講談社文庫

小説　金融庁

江上 剛

講談社

目次

プロローグ 6
第一章 哲夫 12
第二章 直哉 49
第三章 直哉の思い 88
第四章 哲夫の思い 132

第五章　哲夫の憂愁　176
第六章　直哉の憂愁　218
第七章　哲夫の憤怒　261
第八章　直哉の憤怒　319
第九章　哲夫の決意　345
第十章　直哉の決意　380
エピローグ　425
解説　梅澤　拓（弁護士）　433

小説　金融庁

プロローグ

哲夫《てつお》の直《す》ぐ前で黒い背広を着た屈強な男がなにやら大声で叫んでいる。男は数人の作業員に指示を出しているのだ。男の指示で彼らはつぎつぎと家財を外に運び出していった。

哲夫はその後姿をぼんやりと眺めていた。男の側《そば》には父の平吉《へいきち》が背中を丸めて座り込んでいる。へたり込むと表現したほうが相応《ふさわ》しい。両肩を力なく落とし、汗が滲《にじ》んだワイシャツが背中に張り付き、下着が透けていた。母の和代《かずよ》は、一歳になったばかりの直哉《なおや》を背負い、平吉と男に向かって怒りをぶつけていた。

男の指示する声、作業員の靴音、和代の甲高い怒鳴り声……。室内にはうるさいほどの音が響き渡っているはずなのに静かだった。哲夫の耳には何も聞こえてこない。誰もが口だけをぱくぱくと人形のように動かしているのが見えるだけだ。

作業員がテレビを持ち上げた。一人では持ち上がらなかったので、もう一人に声をかけた。二人の作業員は、テレビの両端を持った。かけ声を合わせた。テレビは宙に浮いた。

哲夫は、それを見て急に激しい怒りが湧《わ》き上がった。興奮で涙まで噴出してきた。

止《や》めろ！

哲夫は大きな声で叫んだ。

そのテレビを持っていくな！

喉《のど》が潰《つぶ》れるかと思った。哲夫の声は作業員たちに届かないのだろうか。彼らは泣き叫んでいる哲夫に笑いかけた。

哲夫は涙を流しながら、平吉のところに駆け寄り、訴えた。

テレビを持っていかせないで！

平吉は弱々しい目で哲夫を見つめ、骨ばった手で頭を撫《な》でた。

あのテレビは特別なのだ。家族や村の人、友達と一緒に東京オリンピックを見たテレビなのだ。

昭和三十九年、東京でオリンピックが開催された。

それはアジアで第二次世界大戦後開催される最大のスポーツイベントだった。昭和十五年に東京で開催される予定だったオリンピックは日中戦争が始まり、中止に追い込まれた。それからというもの日本は中国、米国との泥沼の戦争に突入していった。

そして無条件降伏という完膚なきまでの敗戦で終わりを迎えた。

戦火に焼き尽くされた日本は、マイナスから全ての国民が喰《く》うものも喰わず復興に力を注いだ。そして敗戦から十九年の歳月を経て、遂《つい》にオリンピックが開催できるまでに復興したのだ。

近所でカラーテレビがあったのは哲夫の家だけだった。哲夫はそれが自慢だった。昭和三十九年十月十日午後一時五十分、東京オリンピックが始まった。午後二時。参加九十三ヵ国・地域の入場行進が始まった。会場の国立競技場の空はどこまでも青かった。午後二時四十五分。選手団の最後に日本選手団約四百人が整然と行進した。赤いブレザーに白の帽子。青い空に鮮やかに映えた。

「凄《すご》いだろう」

哲夫は画面を見ていた友人たちに自慢した。

そのテレビが作業員に居間から運び出されようとしている。

父さん、なんとかしてよ。

哲夫が叫んでも平吉は何もしない。腰を上げようともしなければ、彼らにも、ましてや黒い背広を着た男には何も言わない。

哲夫は、テレビを運んでいる作業員たちの前に両手を広げて立った。ここは通さないぞ、という風に睨《にら》んだ。

彼らはテレビを居間の床に置いた。しゃがみ込み、哲夫と目線を合わせると、頭を

た。
作業員の一人が言った。哲夫は目を吊《つ》り上げて、広げている両手に更に力を入れ
撫でながら困ったような顔をした。
どいてくれないかな。

黒い背広の男が作業員を叱《しか》り始めた。男は、まるで烏《からす》だった。細い体軀《たいく》で陰気そうな顔つきだった。

男と作業員がなにやら言い争いを始めた。男が、はやくしろと叫んでいる。作業員は、テレビは置いてやったらどうですか、子供が可哀《かわい》そうですよ、と言っている。それでもめているのだ。

哲夫は必死で両手を広げた。

どいてくれるだろうか。

作業員は、哲夫に頼んだ。男が、彼より偉いのだ。

哲夫は、もう少し頑張ればなんとかなると思った。テレビに飛びついた。

坊や。勘弁してくれよ。

作業員が、面倒なことになったという顔で男を見た。

どかしてください。

男は冷淡に言った。

仕方がない。やるぞ。

作業員は、もう一人に声をかけ、哲夫の身体《からだ》を引っ張った。哲夫は必死で耐えた。爪《つめ》がテレビに食い込むのではないかと思われた。

案外、しぶといな。

作業員が、呆《あき》れたように言った。

男が、怒った顔で哲夫を睨みつけた。

テレビを諦《あきら》めなさい。お父さんが悪いのだよ。お父さんは、私の銀行にたくさんのお金を借りた。借りたお金は返さなくてはならない。わかるか。

哲夫は、男の勢いに押されるように、思わず頷《うなず》いた。

賢いじゃないか。お金を返してもらうためにこのテレビを持っていくのだよ。坊やが、お父さんの代わりにお金を返してくれたら、このテレビは君のものだ。

銀行と名乗る男は薄ら笑いを浮かべた。

作業員も一緒に笑った。

いくら?

哲夫は訊《き》いた。

銀行と名乗る男は、目を丸くして驚いた。

おいおい、本気でこの坊や、お金を返す気になっているぞ。

いくら？

教えてやろうか。

銀行と名乗る男は、哲夫の耳元に口を近づけた。哲夫の耳の中で響いた金額は、哲夫の予測を遥《はる》かに超えたものだった。哲夫のテレビにしがみつく手の力が緩んだ。彼が告げた金額に圧倒されてしまったのだ。

間髪いれずに作業員が哲夫の身体を強引に引っぱった。哲夫は床に転がった。勢い余って柱の角にぶつかった。猛烈な痛さに全身が痺《しび》れた。

哲夫は額に手を当てた。その手を目の前に持ってきた。指の先には、うっすらと血が付いている。それを見た瞬間に、また大声で泣きわめいた。火がついたようにという表現そのままだ。哲夫に続いて、和代に背負われていた直哉が泣き出した。

二人の子供の泣き声に送られてテレビは外に運び去られていった。

第一章　哲夫

1

哲夫は目の前にいる学生を見ていた。彼は哲夫のように全体的に骨ばっていない。つるりとした印象だ。顔にも幼さが残っている。

哲夫は自分の顔を思い浮かべた。異様に広い印象を与える額、太い眉《まゆ》、睨むと子供が泣き出すような大きな目、尖《とが》った頰《ほお》。どう見ても女にちやほやされる顔ではない。それに比べて目の前の男は、髪を伸ばし、金色に染め、ピアスでもつけているほうが似合うに違いない。男らしいというより綺麗《きれい》な顔だ。

「金融庁は、平成十二年七月に金融再生委員会の下におかれていた金融監督庁と大蔵省金融企画局が統合してスタートしたんだ。その後、平成十三年一月に内閣府の外局になったんだよ」

哲夫は金融庁検査局の統括検査官だが、総務課から言われて庁舎内の応接室で学生の面接を行っていた。面接といっても選ぶのは学生であって、金融庁ではない。正確には、説得に当たっていると言ったほうがいいだろう。

目の前にいる東京大学法学部の学生は国家公務員I種試験、いわゆる上級試験に合格したのだ。彼ら東大法学部の学生は、受験前から先輩官僚を訪ねて官庁訪問を繰返す。そして密《ひそ》かに主要官庁と内々定の密約を交わす。試験に合格したら来いという約束だ。優秀な学生を囲い込む青田買いというのは民間企業の特権かと世間では思っているが、霞《かすみ》が関《せき》の青田買いもすさまじいものがあった。

他大学の学生はその対象ではない。あくまで東大法学部の学生だ。試験に合格する前に官庁を訪問するという傲慢《ごうまん》さを持ち合わせているのは、明治以来多くの官僚を輩出してきた東京大学、それも法学部ならではだ。

学生は、柳井徹《やないとおる》といった。彼は相当上位の成績で試験に合格していた。ところがまだどの官庁に行くのか決めかねている。財務省も彼を狙《ねら》っているとの情報もあり、総務課長がじきじきに哲夫に面接を頼んできたのだ。

総務課長は財務省からの出向なのだが、面白いことに絶対に財務省に負けるなと哲夫に発破《はっぱ》をかけてきた。

哲夫が、

「学生は財務省かこっちかと迷っているんでしょう」

と彼をからかった。

するとと彼は、

「金融庁に優秀な学生を採用しなくてはいけませんでしょう」

と真面目《まじめ》な顔で哲夫を睨んだ。

金融庁は、毎年、I種試験合格者を十人程度採用するが、今年はまだその数字に届いていなかった。

「長官の下に総務企画局、検査局、監督局の三局が置かれていて、その他に証券取引等監視委員会などがあって、職員は千二百名ってところかな。柳井君は金融庁の何に関心があるのかな」

哲夫は歯の浮くような口調で言った。大手銀行の頭取を震え上がらせている人間とは思えない。

「松嶋《まつしま》さんはなぜ金融庁にお入りになったのですか」

柳井は利発そうな目で哲夫を見つめた。柳井に見つめられるとその方面の趣味はないはずだが、少し顔が赤らんでしまう。

「私？　私ですか？」

「お聞かせください」

「私なんかあなたと違って田舎者《いなかもの》のノンキャリですから。何も話すことなんかありませんよ」

「地方の財務局にお入りになったのですか」

柳井は、哲夫の戸惑いを無視して質問を続けた。

哲夫は福島県の県立高校を卒業して東北財務局に就職した。財務局は、当時の大蔵省の委任を受けて民間金融機関の検査や監督を行っていた。

その後、大蔵省と民間金融機関との癒着が大きな社会問題となり、平成十年六月に金融行政を担う金融監督庁が総理府の外局として創られた。地方の財務局は引き続き金融監督庁、そしてその後の金融庁の委任を受けて地方金融機関の指導に当たっていた。

上司から東京へ行ってみないかと言われ、哲夫が大蔵省に勤務することになったのは、平成五年のことだった。大蔵省に来てからは、一時、調査局にも在籍したが、平成八年からはずっと検査局に検査官として勤務している。

「なぜ金融庁に入ったか……」

哲夫は、薄目で柳井を見た。ぼんやりと視点の定まらない景色の中に柳井の整った顔が浮かんだ。

この学生に話したって分からないだろう。なぜ金融庁に入ったかなどはくだらないことだ。個人的な怨念《おんねん》のようなものだ。この何も屈託もない人生を歩み、またキャリアとして出世階段を上っていく男にうらみつらみを聞かせても仕方がない。

「銀行が嫌いだったからです」

哲夫は、ぶっきらぼうに言った。

柳井は、哲夫の答えに少し驚いた表情をしたが、すぐに気持ちを立て直したのか、微笑を浮かべた。

本当にこの学生はお稚児《ちご》さんのようだ。こうして微笑《ほほえ》むとこちらが照れくさくなってしまう。哲夫は年甲斐《としがい》もなく柳井の顔を直視できずに俯《うつむ》いた。

「松嶋さんは面白いですね。僕も銀行が嫌いなんです」

「嫌いだから監督指導しようというのは了見が狭いですよ」

「そう思って迷っていたのですが、松嶋さんも銀行が嫌いだって分かって、俄然《がぜん》、興味が湧いてきました。なんだかやる気が出てきました。銀行が嫌いでは勤まらないのではないかと思っていましたから」

柳井は、弾んだ様子をみせた。

「面白いな。君は」

哲夫は、柳井が銀行を嫌う理由を知りたかったが、他人の世界に足を踏み入れるのは趣味に合わないと思いとどまった。

「でも普通はその業界が好きでなければ、官僚ってやれないでしょう。嫌いでもやれるんだと思うと嬉《うれ》しいじゃないですか」

「それじゃあ、君はうちへ来てくれるんですね」

哲夫は念を押した。

「ええ、そのつもりです。よろしくお願いします」

柳井は軽く低頭した。

哲夫の脳裏に総務課長の里村《さとむら》の喜ぶ顔が浮かんだ。

2

哲夫は検査局に戻った。普段は、哲夫たち現場の検査に当たる検査官は合同庁舎の向かいに見える霞が関ビル三十一階にいる。しかし哲夫は検査官を指導し、検査の方向を決める指導官の仕事も兼務しているので頻繁にこの合同庁舎に来ていた。

金融庁は合同庁舎の八階、九階、十二階のフロアーを占めている。八階には監督局、九階には大臣や長官の執務室や総務企画局があり、検査局は十二階にあった。

総務企画局は、金融庁の人事や予算、職員の福利厚生など、監督局は各金融機関の監督に関する指針の策定などを担っていた。

哲夫の属する検査局が実際の金融機関の検査を行っている。金融検査を担当する職員の数は案外少ない。平成十六年度で四百七十八人だ。これでも他の官庁が人員削減されている中で増加している点は恵まれていると言える。この他に財務省管轄下で地方財務局に五百七十六人の検査官がいる。全国の金融機関をこの一千五十四人で検査している。だが、実際のところ、まかない切れないというのが実情だ。

検査官のほとんどは哲夫と同じように旧大蔵省の検査局から移ってきたのだが、一割程度は銀行などから転職してきた者もいる。転職組は専門的知識も豊富で、徐々に増加しつつある。

「彼、何とかなりそうですよ」

哲夫は里村に言った。

里村隆一《りゅういち》は財務省からの出向組でキャリアだった。いつも穏やかで笑顔を絶やさないタイプだ。笑顔のままで筋を通してしまうという強さがある。哲夫とは気があった。彼は現場に温かい。

「さすが、松嶋さん。相当大変だったでしょう。彼、なかなか難しいから」

「いい子でしたよ」

「金融検査がいかに重要かを納得してくれましたか」

里村は満面の笑みを浮かべた。よほど嬉しいようだ。あの柳井という学生はなかかなかの玉なのだろう。

「ええ、まあ」

「あれ、なんだか頼りないなあ」

実際、里村に柳井が言ったことを聞かせたらどういう反応をするだろうか。銀行が嫌いだから金融庁を志望すると柳井は言った。哲夫も金融検査の目的など、一切、説明しなかった。

「ちゃんと話しましたよ。一、金融機関は私企業、自己責任原則に則《のっと》った経営が基本である。二、しかし金融機関の主たる利用者は一般企業と異なり、預金者、借入者など、つまりは一般公衆であり、その利益は適切に保護されなければならない。三、一金融機関の破綻《はたん》であっても連鎖反応により金融システム全体に、更には信用収縮等を通じて実体経済全体に重大な影響が及ぶ恐れがあり……」

哲夫は早口で研修用のペーパーを読みあげた。

「もうけっこう、けっこうです。柳井君も松嶋さんの情熱に打たれたのでしょう」

里村は両手をかざして、オーバーな動作で哲夫に読むのを止めるように頼んだ。

「じゃあ、私はこれで」

哲夫は霞が関ビルへ戻ろうとした。

「ちょっと、まだいいですか」

里村が笑顔を消した。

「いいですよ。時間はあります」

「よかった。ちょっとお茶を飲みませんか」

里村は哲夫の返事を聞く前に立ち上がった。

哲夫は、里村がお茶を飲むほど暇ではないことを十分知っていた。大臣へのレクチャーや財務省との会議などで分刻みのスケジュールにあえいでいたからだ。

中央合同庁舎第四号館の案内表示には十二階までしかない。しかし実は十三階があり、そこには「喫茶フェリカ」がある。けっして秘密めいた喫茶ではなく四人掛けのテーブルが配置してあるだけの普通の喫茶店だ。

里村は十三階へ続く中央階段を二段とびで昇っていく。元気なものだと感心して哲夫も後に続く。

「時間、大丈夫?」

里村がフェリカのスタッフに声をかける。

「食事は終わりましたけど、コーヒーならどうぞ」

スタッフの女性が明るく答える。女性は気さくで、里村とも顔なじみだ。社員食堂か学生食堂といった雰囲気もある。

「食事、ないの?」

里村が何とかならないのかという顔をした。

「もう二時を過ぎて、三時近いのよ」

彼女が顔をしかめた。しかし決して嫌な顔をしているわけではない。駄々をこねている子供を見るような顔だ。

「昼飯、食べ損ねたんだよ。松嶋さんは、食べました？」

里村が同意を求めてきた。

「僕も彼と会っていましたから食べてません」

哲夫も昼食を食べる機会を失していた。

「ねっ」

里村は、彼女にウインクを投げた。

「もう、里村さんはいつもこうなんだから。仕方ないわね。何かできる？」

彼女は調理場のスタッフに声をかけた。

カレー、という返事が聞こえてきた。

「カレーならできるってよ」

彼女は里村に言った。

「グッド、グッド。それでいい。ここのカレーは最高。カレー二人前ね」

里村は弾むように席に着いた。

哲夫は二つのコップに水を入れてテーブルに着いた。ここは水だけはセルフサービスなのだ。

昼食時を外れているので店内には誰もいない。週刊誌などに公務員が仕事中にコーヒーを飲んだり、煙草《たばこ》を吸ったりしてサボっている写真が掲載され、批判されるが、あれは一部の公務員のことだ。金融庁では働きすぎて問題を起こすことはあっても、サボっている者はいない。

「はい、水」

哲夫は、コップを里村の前に置く。

「すみません。気を使わせて」

里村は、おいしそうに水を飲んだ。

「カレーセットですよ」

哲夫と里村の前にカレーが運ばれてきた。サラダとデザートの小鉢がついている。

「セットにしてくれたんだね。悪かったね」

里村が言った。

「コーヒーはおまけしてあげるわよ」

彼女が微笑した。

「ラッキー。安月給には助かるよ」

「ホント、里村さんは調子いいんだから」

彼女は笑いながら離れていった。

「ところで何か話があるのですか」

哲夫はスプーンを口に運びながら里村に訊いた。カレーの辛味が鼻腔《びこう》を刺激した。

里村は何も答えない。カレーを食べることに集中して、顔をあげようともしない。

里村の集中力の高さがこうした食事をする場面にも現れている。里村は、普段はにこやかなどこにでもいるような雰囲気の男だが、いざとなるとその集中力には特筆すべきところがあった。

哲夫もカレーを食べることに集中した。ここのカレーは昔、母親が作ってくれた味がする。貧しかった哲夫の家ではカレーは大変なご馳走《ちそう》だった。兄弟で奪いあうようにして食べたものだった。懐かしさを覚えながらスプーンを口に運んでいたが、里村の目的は想像できなかった。

3

「ああ、一息つきましたね」

里村は満足そうな笑みを浮かべ、少し出っ張りの目立ち始めた腹をさすった。

「私もカレーが好物ですから、満腹です。ところで話は？」
哲夫は、サービスのコーヒーを飲んだ。
「これを見てください」
里村は、一枚のペーパーを哲夫の前に広げた。
哲夫は、そのペーパーを手に取った。コピーのようだ。字のかすれ具合がどこか胡《う》散《さん》臭い。
「これは？」
哲夫は、緊張した顔で里村を見つめた。
「大東五輪銀行に関する怪文書です。まあ、読んでみてください」
里村はデザートのプリンをスプーンですくっている。
哲夫は、促されるままに読み始めた。
「不良債権　まだ多し
　不幸住むと　人の言う
　ああ、われ　隠蔽《いんぺい》日々に試みて
　大東五輪　崩壊す
　人事戦争　まだ激し
　不幸生むと　人の言う」

哲夫は小さく声を出した。なじみのあるリズムが耳に響いた。

「カール・ブッセの詩を上田敏《うえだびん》が翻訳した『海潮音』の詩をもじったものでしょう」

里村が哲夫の疑問を察しているかのように答えた。

「どうりで、どこかで聞いたような詩だと思いました」

哲夫はペーパーをテーブルに置いた。

「昔、三遊亭歌奴《さんゆうていうたやっこ》の『山のあな、あな……』っていうのがありましたでしょう。あれですよ。正式にはですね、『山のあなたの空遠く　幸い住むと人の言う　ああ、われひとととめゆきて　涙さしぐみ、かえりきぬ　山のあなたになお遠く　幸い住むと人の言う』ですね」

里村は目を閉じてすらすらと暗唱した。

「よくご存知ですね」

哲夫は感心して、軽く手を叩《たた》いた。

大東五輪銀行は中部地方を基盤とする都銀旧大東銀行と関西を基盤とする旧五輪銀行が合併して平成十三年に出来た銀行だ。

「大東五輪銀行は、生まれた時から先行きが危ぶまれていました」

里村は、コーヒーを口に運びながら話し始めた。

「日本の金融界は、今でこそようやく落ち着きつつあるようにも見えます。しかし来年四月になんとしてもペイオフを実施しなくてはなりませんが、まだまだ不安要因が隠れています。それが大東五輪銀行です」

平成八年十一月十一日に当時の首相端爪《はしづめ》は「日本版金融ビッグバン構想」を発表した。彼は経済通を自負しており、日本の金融を一気にグローバル化しようとしたのだ。しかし後日深く反省することになるのだが、バブルによって傷ついた金融機関の不良債権の膨大さを甘く見ていた。

彼は、平成九年四月に消費税を三パーセントから五パーセントに引き上げた。景気の足腰が強いと判断したのか、経済通を自任していて他人の意見が耳に入らなかったのか、今となっては不明だが、これも愚策だった。景気は一気に冷え込んだ。

その年の五月には総会屋に巨額の利益供与をした疑いで第三産業銀行が東京地検の強制捜査を受け、銀行トップが逮捕されるという一大スキャンダルが起こった。この事件は証券界にも飛び火し、証券会社トップが続々と逮捕される事態になった。またこの総会屋利益供与事件は、大蔵省や日銀幹部に対する接待疑惑へと発展していくことになる。

十一月に入ると、山陽証券が会社更生法を申請して破綻し、北海道開発銀行が大手銀行として初めて破綻した。金融機関の破綻は続き、山三証券が破綻、続いて徳日シティ銀行も破綻した。

平成十年一月に大蔵省は銀行の不良債権は銀行総貸出額六百二十四兆八千億円のうち七十六兆七千億円と発表したが、こんなものではなかった。もっと底が深く膨大であった。

遂に政府は大手銀行二十一行に約一兆八千億円の公的資金を注入した。そして六月には大蔵省から金融機関行政を分離するべく金融監督庁がスタートするのである。平成十年七月に端爪は失意のうちに首相を退き、後任に山渕《やまふち》が就いた。山渕は、景気浮揚が至上命題で、蕪《かぶ》を両手に抱え「株上がれ」とパフォーマンスして見せたりした。

その努力も空《むな》しく十月には日本長期融資銀行が破綻、十二月には日本債券銀行が破綻した。こうした底知れぬ金融不安を取り除くために翌十一年三月には大手銀行十五行に約七兆五千億円の公的資金が注入された。

不良債権に押し潰されそうになった金融界は巨大化することで生き残りを図った。政府や金融当局もそれを後押しした。そして八月二十日に第三産業銀行、芙蓉《ふよう》銀行、日本興産銀行の三行が経営統合を発表した。続く十月十四日には住倉銀行と桜花銀行が合併を発表した。

ここで焦ったのが五輪銀行だった。五輪銀行は桜花銀行に合併を打診していたのだが、一転して袖《そで》にされてしまった。そこで翌年の平成十二年三月十四日にそれまで合併協議を続けていた大東銀行と朝日山銀行の間に割り込む形で経営統合を発表した。ところが三行統合を目前にして突然朝日山銀行が脱退した。朝日山銀行が五輪銀行の横柄さに辟易《へきえき》したという噂《うわさ》があったが、定かではない。その後、朝日山銀行は大和川銀行と合併し、大和川朝日銀行となった。

こうして都市銀行は、自ら創り出した不良債権の重石《おもし》に潰されることへの恐怖からあっという間に、既に平成八年四月に発足していた大東京四菱銀行をはじめ、第三産業銀行ら三行統合によるイナホ銀行、住倉銀行などの桜花住倉銀行、大東五輪銀行そして大和川朝日銀行の五つに集約されてしまった。

「大東五輪銀行は派閥争いが好きですからね。旧五輪銀行のＤＮＡをずっと持っているのでしょう」

「この人事戦争というところなどはそれを意味しているのでしょうか」

「そうでしょうね。何の意味もない怪文書ですが、これを読むと今も人事争いを続けているようですね」

「松嶋さんは大東五輪銀行をどう捉《とら》えていらっしゃいますか」

里村の目が光った。

「どうとおっしゃいますと？」

「次の時代を担えるかという意味です」

里村は強い視線で哲夫を見つめた。

「私は検査官ですから、ルールに従って検査するだけです。そこに私情を差し挟む余地も考えもありません」

哲夫は薄く笑った。

「さすがに松嶋さんだ。厳格な答えです」

里村が微笑んだ。

「当然の答えです。相手をどうしよう、こうしようと考えて検査などを実施していません。世間は時々、誤解しますが、検査はルールに従って行うだけです」

「ところが検査局内でこの大東五輪銀行に関しては少し意見がありましてね」

里村は思わせぶりに言った。

「どういう意見ですか」

「このままでは経営が立ち行《ゆ》かないのではないか、何らかの対処をすべきではないかというのです」

「恣意《しい》的ですね」

「ええ、若干政治的でもあります」

「そうした考えは不味《まず》いのではないでしょうか。私はそう思いますが」

「私も同感です。検査を使って銀行を恣意的に動かしていると見られて、うちにとってなんのメリットもありません」

「その通りです。かえって銀行に警戒感がでるだけです」

「そこであなたに検査に行ってもらいたいと思っています」

「私に……ですか」

「重荷ですか」

「仕事とあれば行きますが。私が検査チームに加わることで、向こうは緊張するでしょう」

哲夫は表情を暗くした。

「井上《いのうえ》さんのことですか」

里村の質問に哲夫は軽く頷いた。

井上聡《さとし》は哲夫の恩師のような存在だった。金融検査の全《すべ》てを叩き込んでくれた。哲夫がまがりなりにも今日まで検査官をやれているのは井上のお陰だった。

ところが井上は平成十年一月に自宅で首を吊って自殺した。東京地検が連日に亘《わた》って銀行との癒着を問い詰めたからだ。井上は検査のスケジュールなどを全て把握していたために銀行のいわゆるＭＯＦ（大蔵省）担当の攻勢に遭うことが多かった。厳格な人柄で接待などを野放図に受けるタイプでなかったが、その融通の利かなさがかえってマイナスに働いた。普段から銀行の言いなりにならないために井上のことをよく思っていなかったMOF担当が検察に不利な証言をしたのだ。本当は他の検査官を接待していたにも拘《かか》わらず井上を接待したことにしたのだ。井上がそのことに気づいたときはもう手遅れだった。検察はだれでもいい。逮捕すればいい。あるいは生真面目な井上を攻めれば、検察に有利な供述でも得られると考えたのだろう。他の被疑者に比べて厳しい尋問をした。その結果、井上は何も喋《しゃべ》らずに自らの命を絶った。

自殺する前日、哲夫は井上の電話を受けた。井上は、悲しそうに笑いながら旧五輪銀行のMOF担当倉敷浩一《くらしきこういち》の名をあげ「嵌《は》められたよ」と言った。

井上が自殺して哲夫は「嵌められた」という意味を理解した。

哲夫は、その後、大蔵省の廊下で倉敷と会った。哲夫は無意識に倉敷に飛び掛かって行った。止める人たちがいなければ、傷害事件に発展しているところだった。六年も前の話だ。

「あれは昔の話ですよ。うちで最も公正で信頼性の高い松嶋さんが主任で行ってくだされればその結果については誰もが納得するでしょう」

里村は自信ありげに言った。

金融機関に対する検査は、銀行法第二十五条などに「銀行の業務の健全かつ適切な運営を確保する」ものと定められている。したがって金融庁の検査は、その目的以外で行ってはいけないのだが、どうしても不必要なところまで検査を及ぼしてしまうという批判がある。そしてそれが誤解を生む。だから「厳しすぎる」だとか「景気の足、経営の足を引っ張るな」などと悪口を言われるのだ。

哲夫は、いつも自分自身に「不必要なことにまで調査が及びすぎていないか」と問いかけながら検査を行っていた。そこが他の検査官より中立性が高いと評価される所以《ゆえん》だった。

「今、三月ですから、決算をまたぐかもしれませんね。また嫌われます」

「仕方がないですね。金融再生プログラムの仕上げの年に当たっていますから、非常時対応で行かざるを得ません」

金融検査は決算業務を邪魔しないように配慮して入検するのだが、最近の傾向は特別検査として決算事務そのものを横目で睨むことが多い。銀行はどうしても決算の数字合わせをする傾向にある。これを放置すると、引き当て不足になったり、繰り延べ税金資産が過剰になったりする傾向が出る。これを防ぐために決算事務そのものを検査するのだ。

これを経営権の侵害だと怒りを顕《あら》わにする頭取もいる。また過剰引き当ての傾向に傾き、かえって健全性を阻害しているのではないかとの批判もある。

しかしそうして細かくチェックしなければ銀行の決算の健全性を保つことはできないという使命感を、哲夫たち検査官は強く持っていた。

「ところでどうして松嶋さんは金融庁に入られたのですか」

里村が微笑しながら訊いた。

「妙なことを訊きますね。まるで今日の柳井君と同じですよ」

哲夫は苦笑した。

「彼も訊きましたか。いやあ、僕もなかなか松嶋さんと話す機会がありませんし、こんなこと改まって訊けませんものね」

里村は照れくさそうに指で小鼻を擦《こす》った。

「なんて答えたらいいでしょうね」

「柳井君にはなんて答えたのですか」

哲夫は迷った。銀行が嫌いだからだ、などと柳井に話してお互い気があったなどと言うと里村はどんな顔をするだろうか。

4

哲夫の記憶は高校の卒業の時へと戻っていった。

＊

哲夫は、担任の教師と向かい合っていた。

「大学には行かないのか。なんとか奨学金をもらってやるが」

教師はいかにも悔しいという顔を見せた。

「大学には行きません」

哲夫はきっぱりと言った。

哲夫の家は、哲夫が大学に行きたいという希望を素直に出せるほどの豊かさはなかった。母が日雇いや近所の金持ちのまかない家政婦などをして稼いだ金で哲夫と直哉を育てていた。

「就職するにはどういうところが希望だ」

「先生、公務員、それも銀行より偉いところはありませんか」

哲夫は真剣なまなざしで教師を見つめた。

教師は不思議そうな顔をして、小首を傾《かし》げた。

「どういうことかな？」

「銀行より偉い役所はないかと聞いているのです」

「なぜそんなことを聞くんだ」

「僕の父さんは銀行に殺されたんです」

哲夫の父は昭和四十年の夏に自殺をした。自宅近くの林に入り、木の枝にロープをかけ、それで首を吊ったのだ。哲夫が九歳のときだった。

父が死んだ昭和四十年は前年の東京オリンピック景気の反動から大きく景気が後退し、不況になった。

五月二十八日夜十一時半のことだった。時の大蔵大臣仲田《なかた》英一《えいいち》が重大なことを発表した。大手証券会社山三証券に関することだった。

「政府、日本銀行は、現段階において証券界の必要とする資金について、関係主要銀行を通じて日銀が特別融資を行うことを決定した。さしあたり山三証券には、日本興産、芙蓉、四菱の三銀行を通じて実施する」

山三証券に対する無期限、無制限の「日銀特融」という事態だった。

当時国内では「銀行よさようなら、証券よこんにちは」というキャッチフレーズに代表されるように証券ブームに沸いていた。

哲夫の父もそのブームの渦中にいた。父は、当初は、雑貨を扱う商売で得た少額の資金を元手に株式投資を繰り返していた。徐々に株式投資にのめりこみはじめた父は銀行から資金を借りて、本格的に始めた。成果は順調で、哲夫たちは田舎の村にしては、何不自由ない暮らしをしていた。

ところが山三証券経営危機から、国内景気は一挙に悪くなり、父が取り引きしていた証券会社などが倒産していった。

父は大きく損失を膨らませた。もうどうしようもなくなった父は破産した。銀行などの債権者が大声でがなりたてながら家に押し寄せてきた。勿論《もちろん》、哲夫には事情が一切分からなかった。ただ家の中にある家財道具がどんどん運び出されていくのを悲しい思いで見つめていた。

父は、哲夫の側で力なく肩を落として座っていた。その寂しそうな姿は今も哲夫の中に鮮明な記憶として残っていた。

「そうか……。その家財道具を運び出したのが銀行だったのか」

哲夫の話を聞き終わって、教師は暗い顔になった。

「そうです。そのときのことは忘れられません」

哲夫は話し終わると、涙が滲《にじ》んできた。父が最後に言った言葉を思い出したからだ。

父は哲夫の頭を撫でながら、「しっかりな」

と言い、薄く笑った。

「それで銀行より偉い役所と言ったのか」

教師は、ようやく納得したのか、笑みを浮かべた。

「はい」

哲夫は言った。

「銀行より偉い役所となると、大蔵省だな」

「大蔵省ですか……。それでは僕、そこを受けます」

「大蔵省は銀行を監督する親分みたいな役所だ。それなら東北財務局を受けたらい い。そこが東北の大蔵省の出先みたいなところだ」

「分かりました」

哲夫は教師に頭を下げた。

「ところで財務局に入ったら銀行をどうするつもりなんだ」

教師は興味深い顔をして訊いた。

「もう二度と父みたいな人を生み出さないような世の中にしたいと思います」

哲夫は、明るく答えた。

＊

「子供の頃、父親が大きな借金をして、銀行に苛《いじ》められましてね。それをなんとかしたいと思って東北財務局に入り、コピーもまともにとれないところから始めて、金融機関の検査や監督を担当していたら、いつの間にかここへ来てしまったということです。財務局にいるときの方がずっと精神的、肉体的、時間的にも楽だったですけどね」

哲夫は、カップの底に残っていたコーヒーを飲み干した。すっかり冷たくなっていた。

「銀行は、少しは変わりましたかね」

里村が同意を求めるような顔で訊いて来た。

「さあ、どうでしょうか」

哲夫は曖昧《あいまい》に答えた。

銀行を変えられると思って仕事をしてきたが、自信はない。いつまでたっても銀行というのは金の言いなりに動く企業体だと哲夫は思っていた。

景気のいい時も悪い時も金を制御しなければならないのにそれに引きずられるのが銀行というものだ。その引きずられる様をなんとか正常な制御の下に置くことが検査の重要な役割だった。

「変える最後のチャンスかもしれません。今回の検査が……」

里村の顔が厳しくなった。

「余計なことを考えずにルール通りやります」

哲夫は里村を見つめ返した。里村は、軽く微笑み、

「行くとするか」

と自らに呟《つぶや》くと席を立った。

哲夫も席を立った。財布から金を取り出そうとすると、里村がそれを制して、

「ここは奢《おご》りです」

とさっさと精算してしまった。

「高いカレーにならなければいいのですが」

哲夫が渋い顔を見せると、里村は声を出して笑った。

5

金融庁の幹部たちはトイレに行くのにも緊張を強いられている。記者がいるからだ。

金融庁を取材する記者は財務省担当と兼務している。財務省の二階と金融庁の三階とは渡り廊下で繋《つな》がっており、財務省側に行くと、そこに記者クラブがある。記者たちは、普段はそのクラブでたむろしているが、金融庁を取材するときは、どういうわけかトイレに立っている。

金融庁は財務省と違い、銀行や証券などの現場に極めて近い。もし金融庁の誰かが記者に不用意な発言などをしようものなら信用不安を引き起こしかねない。そこで取材にはかなり厳しい。長官室はもちろんのこと幹部の個室などに記者が出入りすることは厳重に禁止されており、そうしたルールを破るような記者は排斥されることになる。

しかし記者は金融庁から取材をして記事を書かねばならない。そのために彼らが生み出した手法がトイレでのぶら下がり取材であった。

金融庁の幹部と必ず会えるところはどこかと考えぬいた結果が、トイレというわけだ。

幹部がトイレで小用を足しているとき、横に立って話しかけたり、洗面所で手を洗っている後ろから質問したりするのだ。

哲夫は、記者がいないか周囲を気にしながらトイレに入った。幸い誰もいないようだ。

小用を足そうとすると、背後の個室トイレのドアが開いた。哲夫は背後に誰かが立ったのを感じた。小用を足しているときに背後に立たれるというのはいい気分ではない。早く終わらそうとして、急いでズボンのチャックを上げた。

「松嶋さん」

背後から声がした。

やはりあいつだ。哲夫は、怒った顔で振り返った。

「こらあ、便所に隠れるな。ここは職員専用だぞ」

哲夫は相手を睨みつけた。

大柄の身体を曲げるようにして恐縮した様子で男が立っていた。朝毎新聞経済部記者の大河原慎介《おおがわらしんすけ》だ。濃い眉が特徴的な顔だが、その眉を情けなく下げている。

「すみません。昨日喰ったものが悪かったのか、腹の調子がどうもしっくりしなくて……」

大河原は憎めない笑みを浮かべた。

「君は、よく腹を壊すね。一度医者に見てもらったらどうだね。『松嶋検査官がトイレに行くとどうも腹の具合が悪くなります』って訴えたらいいよ。すぐ入院させてくれるぞ」

哲夫は、洗面所で手を洗いながら、皮肉をこめて言った。

「厳しいな。まるで松嶋さんをストーキングしてトイレに隠れていたみたいじゃありませんか」

「そうじゃなかったのかね」

「そんなことはありません。急に腹が……」

「分かったよ。いいから手くらい洗ったらどうかね。用を足したのだろう」

哲夫は苦笑した。

大河原が、慌てて洗面所に駆け寄り蛇口を捻《ひね》った。

「ところで大東五輪銀行には特別検査に入るのですか」

大河原はストレートにテーマをぶつけてきた。

「なに？　それ？」

　つい先ほど里村と相談したことを、もう大河原が当ててきたことに哲夫は驚いた。

「当てる」というのは記者が官僚などに質問をぶつけることで、それに対して肯定も否定もしなければ肯定したこととして、記者が記事にすることがある。

「大東五輪銀行への特別検査ですよ。とぼけないでくださいよ。あそこ問題多いじゃないですか」

「問題って？」

「だってうまく行っているはずがないですよ。強引な五輪に辟易する大東という関係でしょう。朝日山のようにとっとと離脱したほうが良かったのではないですか」

「そんなに酷《ひど》くはないだろう。うまく行っているはずだよ」

「もう、松嶋さんはいつもとぼけるんだから。この間、藪内《やぶうち》大臣にお会いしたとき、金融再生プログラムは八合目まで来た。後は私の本気を疑った者を始末するだけだ、とおっしゃっていましたよ」

　大河原はにんまりと頬を膨らませた。

「大臣が？」

　大河原は大臣の名前を出したが、こうした話はたいていガセ情報であることが多い。大臣の名前を出すことで、松嶋たちが話しやすい雰囲気をつくろうとするのだ。

「大臣がそこまで踏み込んで発言するかね」

哲夫は大河原に笑ってみせた。

「信用していませんね？　だって大東五輪は大臣の金融再生プログラムを無視した最右翼ではないですか」

金融担当大臣藪内克己《かつみ》が就任早々の平成十四年十月三十日に打ち出したのが金融再生プログラムだった。

そもそも藪内が民間の学者でありながら、金融担当大臣という座を射止めたのは、前任の大臣であった黒柳清三《くろやなぎせいぞう》が護送船団方式を少なからず踏襲していたからだ。

黒柳は金融政策通で厳格な大臣だったが、国会議員であるというしがらみがあった。そのため不良債権問題の解決がなかなか思うにまかせなかった。首相の大泉統二《おおいずみとうじ》は不満だった。米国の圧力も強く感じていた。日本が不良債権問題を早期に解決して、景気を回復させなかったら米国だけの力では世界経済が失速しかねないからだ。

そこで大泉はかねてから親交もあり、出身大学の教授でもある藪内に白羽の矢を立てたのである。

藪内の打ち出した金融再生プログラムは、

「日本の金融システムと金融行政に対する信頼を回復し、世界から評価される金融市場を作るためには、まず主要行の不良債権問題を解決する必要がある。平成十六年度末には、主要行の不良債権比率を現状の半分程度に低下させ、問題の正常化を図るとともに、構造改革を支えるより強固な金融システムの構築を目指す。そこで、主要行の資産査定の厳格化、自己資本の充実、ガバナンスの強化などの点について、以下に示す方針で行政を強化する」

と不良債権問題からの訣別《けつべつ》を強く謳《うた》いあげた。このプログラムは、四月に経済対策閣僚会議名で発表された緊急経済対策に織り込まれた金融と産業の一体再生施策をより具体化したものだった。

このプログラムは今後の金融の進むべき方向を具体的に示したものだが、大きく三本の柱で構成されている。

一つ目は新しい金融システムの枠組みとして、中小企業貸出への配慮をすること、平成十六年度には主要行の不良債権比率を半減させること、新しい公的資金制度の創設など。

二つ目は新しい企業再生の枠組みとして貸出債権のオフバランス化を進めること、DIPファイナンスといわれる企業再建のために民事再生法を適用するまでのつなぎ融資への保証制度やRCC（整理回収機構）を活用した企業再生など。

三つ目が最も金融機関経営者を震え上がらせたのだが、資産査定の厳格化を明確に打ち出し、従来の担保評価に代わり収益還元評価とでも言うべきDCF的手法の採用、特別検査の再実施、自己査定結果と金融庁検査との格差公表など。また自己資本の充実として繰り延べ税金資産の自己資本への算入適正化など。そしてガバナンス強化として健全化計画未達行は責任を明確にするなどを打ち出した。

このプログラムに対して主要行はこぞって反対し、特に大東五輪銀行の頭取である立岡実郎《たつおかじつろう》は「サッカーでやっていたゲームを急にアメフトに変えるようなものだ」と激しく批判した。

特に繰り延べ税金資産は将来の収益を見越して前払いした税金を自己資本としてみなしているもので、赤字決算続きでは自己資本の実態とかけ離れていると考えられていた。しかしこれがなければ主要行といえども自己資本比率が国際業務を行うことのできる八パーセントを割ってしまうのだった。だから政治家なども使い、銀行トップたちは藪内プランとでも言うべき金融再生プログラムにこぞって反対したのだ。

しかし銀行トップたちの抵抗にひるむことなく金融庁は主要行に特別検査を実施し、平成十五年三月期の決算において大手七グループ合計で当期利益約四兆四千億円もの大幅な赤字に追い込んだ。不良債権処理額を大幅に積み増しさせたのだ。

特にイナホ銀行は当期利益約二兆四千億円もの赤字を計上させられた。そこでイナホ銀行は一兆円もの巨額増資を実施し、なんとか自己資本比率九・八パーセントを維持した。もしこの増資がなければ八パーセントを割るところだったと言われている。

他の金融グループも多様な方法で自己資本の充実を図ったが、大東五輪銀行は、どういうわけか出遅れてしまった。

一時、大手自動車会社から巨額の出資を仰ぐとの話が経済新聞をにぎわしたが、いつの間にか立ち消えになった。その後、自己資本充実に関して有効な手が打たれたという話はなかった。

「藪内大臣批判の急先鋒《せんぽう》だった大東五輪銀行を血祭りにあげるって、大臣がアメリカ金融当局に約束をしたって話じゃないですか」

大河原は真面目な顔をした。

「君の話はスパイ映画でも観ているようだね。面白いけど、日本の天気をＣＩＡが左右していると言うようなものじゃないか」

哲夫はからかった。

「その通りでしょう。一説には日本の天候さえアメリカのいいようにされていると発言するファンドトレーダーもいるくらいですから」

「おいおいよしてくれよ。馬鹿《ばか》な話は。せっかく気持ちよく用を足したのにまた出したくなるじゃないか」

「すみません。話を戻しますが、実際、どうなんですか？　大東五輪銀行に特別検査に入るのですか。もう一発、きついやつを喰らわせますか」

「さあね、どうするかね」

哲夫は曖昧に答えた。あまり話に尾ひれがついては問題になってしまうからだ。

「なんとなくニュアンスは分かりました」

「おいおい勝手に理解しないでくれよ」

「ところで松嶋さん、弟さん、大東五輪銀行でしょう?」

「そうだが、なにか?」

「松嶋直哉さんでしょう」

「よく知っているね。どうして知っているの」

「お会いしたのですよ。こんど広報グループの次長になられて、私たちの担当なのです」

「あいつが広報に? 支店にいたと思ったが」

「ええ、つい最近の異動で移ってこられたのですよ。失礼ですが、お顔、あまり似ておられませんね」

大河原が微笑した。

「直哉が広報ね……」

哲夫は、意味なく嫌な気分になった。またやっかいな荷物を目の前に置かれたような思いがふとしたのだ。

「四十歳で大東五輪銀行の広報グループ次長ですから相当のエリートですよ」

「ありがとう」

哲夫は大河原に軽く頭を下げた。そのうち直哉から新しいポストに就いたという連絡がくるだろう。哲夫は、まだ何か訊きたげな大河原を無視してトイレを出た。

第二章　直哉

1

直哉は、倉敷浩一の部屋に呼ばれていた。

倉敷は、昭和四十七年入行の企画担当専務だった。旧五輪銀行出身で行内一の実力者といわれていた。

部屋にはまだ誰もいない。倉敷は会議中だった。部屋の中は一言で言えば殺風景だ。他の役員のような重量感のある木製の机や家具は全くない。そのかわりに金属の光沢を放つスチール製の机と書類棚があり、極めて機能的な印象だった。冷たいという感じさえ受ける。

それは倉敷の人柄そのものを反映しているかのようだ。彼は目的達成のためには、余計な感情を排除して、冷静に最短の行程を選択するタイプだった。

直哉は倉敷を尊敬していた。目的にむかってストレートに進んでいくところが、性格的にも自分と共通すると思っていた。

「遅いな。呼ばれた時間はとっくに過ぎているのに」

直哉は軽く愚痴った。

＊

今日、直哉は広報グループの次長に任命されたのだ。先ほどまで新宿支店の副支店長をしていたのだが、今は広報グループ次長だ。

午前九時に開店すると同時に支店長の柿内康夫《かきうちやすお》に呼ばれた。なんだろうと急いで支店長室に入ると、彼がなにやら難しい顔をして直哉を見つめた。

トラブル？　直哉は一瞬緊張した。

「何かありましたか」

「何かありましたか？　めちゃくちゃだよ」

柿内は眉を吊り上げた。

「どうされました？」

直哉は噴出しそうなトラブルを幾つか思い浮かべた。しかしどれもこれも完璧《かんぺき》に押さえ込んでいるはずだ。

「君、君のことだよ」

柿内が直哉を指差した。

直哉は顔が緊張で強張《こわば》った。何が起きたのだ。柿内を怒らせているのは自分？ それはなんだ？

「何か不都合でもありましたか」

「そうじゃない。転勤、君が転勤なんだよ」

「えっ！」

「そう、この期末の忙しい時に君を抜かれるんだよ。いったいどういうことだ」

「転勤？ この私が、ですか」

直哉は焦った。まだ新宿支店に来て一年足らずしか経《た》っていない。早すぎる転勤だ。いったいどこへ行くのだろうか。不安が過《よぎ》った。

「広報だよ。広報グループ次長だとさ。大栄転だから文句は言わせないだとさ。人事部の奴を殺してやりたいよ。君を抜かれて、どうやってこの期末を乗り切ればいいんだ」

柿内は頭を抱えた。

直哉は柿内の嘆き、すなわち自分への高い評価を嬉しく、かつ申し訳ないと思いつつ、転勤という言葉に胸が騒いだ。それも広報グループ次長というポストに興奮した。

「おめでとう。発令する」

柿内は両腕を机につき、支えるように身体を起こした。

直哉も彼の前に歩み寄り、姿勢を正した。

「松嶋直哉。本日、平成十六年三月八日付で企画本部広報グループ次長を命ず」

柿内が辞令を読み上げた。

直哉は低頭して聞いた。

「倉敷専務から十一時に自分の部屋に来てくれとの伝言だ。遅れないように行ってくれ」

柿内は辞令を渡しながら直哉に伝えた。

直哉が辞令を受け取り、顔を上げると、そこにはこの人事がトップダウンで決まったことを歯噛《が》みする顔があった。

＊

ドアが勢いよく開いた。直哉は床を蹴《け》った。ソファからはじけるように立ち上がった。

「おう、待たせたな」

倉敷が良く響く声で言った。

「馬鹿な会議で長引いてしまった。合併なんてろくなことはないな。大東の馬鹿な奴らと話すなどは時間の無駄だ」

倉敷は、険しい顔をしてはいないが、口をついて出てくる言葉は激しかった。

「相当、いらついておられますね」

「いらつくのは分かるだろう。何もかも思い通りにいかない。合併なんて時間のかかる選択をしたからだ。潰して買えばよかった」

倉敷は直哉の前に立ち、彼を見つめた。

「おめでとう。よく帰ってきてくれた」

倉敷は手を差し出した。

「本日、広報グループ次長を拝命いたしました」

直哉は頭を下げた。

「知っている。私がやらせた。まあ、座れ」

倉敷はソファを指した。

直哉はソファに腰を下ろした。

「支店には結局、何年いた？」

「何年っておっしゃいましても……。一年足らずですよ」

直哉は、困惑した顔をした。

「一年もか、長かったな。君は支店になど行く必要はなかった。しかし本部のうるさい奴らがエリートといえども支店の実態を知らなければならないと言ってね。君を出したわけだ」

「短かったのですが、いい経験になりました」

「今さら言うのもなんだが、君が当初、提案してくれた桜花銀行と手を結べばよかったと思う」

「残念ながら桜花銀行は住倉銀行と一緒になりましたから」

「そうだよ。合意直前に、あの片野《かたの》頭取が現れて、奪っていった。うちの頭取は優柔不断だったからな」

倉敷が優柔不断と批難したのは旧五輪銀行前頭取の田端義人《たばたよしと》のことだ。

「残念でしたが、住倉銀行の片野頭取に勝てる人はそうそういません。もしいるとしたら専務くらいでしょうか」

直哉は微笑した。

「そうおだてるな。せいぜい片野頭取に近づくように努力するよ」

倉敷は笑みを浮かべた。

直哉は倉敷と仕事をした期間を懐かしく思い出していた。

2

＊

「合併のプランを急いで作れ」

倉敷は直哉に極秘に命じた。

どの銀行と経営統合ないしは合併するのが五輪銀行にとってもっともプラスなのかが、経営にとって最大の関心事だった。

直哉は倉敷に桜花銀行との合併を提案した。倉敷もそれを支持し、頭取の田端義人に進言した。田端は人柄はいいが、何も決められない男だった。前任頭取の矢口博司《やぐちひろし》やその前の綿貫晴之《わたぬきはるゆき》の顔色ばかり窺《うかが》って決断をしなかった。

倉敷は水面下で桜花銀行と交渉をした。その交渉には直哉も加わった。もう一歩で合意というところまで行き着いた。しかし田端は積極的に動こうとしなかった。

五輪銀行は、綿貫が頭取に就任して以来、派閥争いの激しい銀行になった。

綿貫はバブル期に頭取に就任したが、積極的な経営を行い、それまでの五輪銀行の風土を一変させた。それまではどちらかというと同じ関西に本拠地を置く住倉銀行に次ぐ二番手というイメージで見られていた。それに対してノーを突きつけたのが綿貫だった。彼は、住倉銀行を抜き去れという号令を全店に発した。彼は自ら住倉銀行の優良取引先の電機メーカーの子会社に積極的に乗り込み、融資を拡大し、親会社のメインまでも勝ち取ろうと画策したことさえあった。この計画は結局のところ住倉の逆攻勢にあって失敗したものの、金融界に五輪銀行の綿貫を強烈に印象付けた事件だった。

綿貫は行内の意思決定の遅さに業を煮やし、改革を進めた。秘書を従来のスケジュール管理から経営計画を立案する政策秘書に格上げし、七人の直属の部下を持った。彼らは「七奉行」と呼ばれて畏怖《いふ》され、たちまち綿貫の影武者として行内で絶大な力を持った。企画、人事などの主要な部署の役員たちでさえ、彼らの意見を聞かざるを得なくなったほどだ。

その中の一人に倉敷はいた。倉敷は綿貫に全面的に仕え、彼の意思の実現に努力した。

綿貫の政権もやがて終わりを迎えるときがきたが、行内には綿貫政権下で冷や飯を喰わされた者たちの怨嗟《えんさ》の声が充満していた。そこで綿貫は自分に一番忠実だと思っていた矢口博司を後任頭取につけた。彼なら裏切ることはない。そう信じていた。

ところが矢口は見事に裏切った。面従腹背の男だったのだ。七奉行のシステムは解体された。かつて綿貫時代に権勢を振るった者たちが今度は冷や飯を喰わされることになった。

このときから猛烈な綿貫派と矢口派の派閥争いの時代に突入したのだった。倉敷は綿貫派の一員としてその戦いに参戦した。

その結果、綿貫派と矢口派はついに妥協点を見出《みいだ》し、和解をした。綿貫と矢口の二人が引退し、別の中立的な頭取を立てることにしたのだ。その代わり新頭取の補佐には両派の主要な人材を配置することになった。

新頭取には国際畑の田端義人が就任した。性格穏やかにして云々《うんぬん》という典型的なジェントルマン頭取だった。

彼を支える立場として綿貫派から送り込まれたのが倉敷だった。彼は専務の地位を占めていた。倉敷は矢口頭取時代も順調に出世の階段を上っていった。綿貫派の一員であるが、その能力と実行力が抜きんでていたため、矢口も重用せざるを得なかったのだ。

倉敷に評価され、その下で頭角を現し始めたのが直哉だったのだ。

直哉は倉敷の庇護《ひご》下で思う存分腕を振るった。それが合併問題だった。メガバンク化で生き残りを図るのが、大手銀行の共通の戦略となったのは、平成十年の公的資金注入後だった。金融当局も金融再編を後押ししたために、とにかく早く、それも主導的立場で相手を見つけるかが勝負となった。

ところが五輪銀行は遅れをとった。意外なほど金融界で好かれていなかったのだ。それはまた金融当局が五輪銀行を嫌っているということでもあった。その原因となったのが、大蔵省検査官に対する接待疑惑事件だった。この時、東京地検の取り調べに最も協力的であったのが、五輪銀行だった。

もともと五輪銀行は与党民政党にも太いパイプを持っており、はじめはそのルートから事件のもみ消しを図った。その甲斐あってのことかどうかは分からないが、関係者の逮捕、身柄拘束という事態だけは免れることとなった。検査官に対する接待が贈賄と解釈された事件なのだが、こうしたものは程度の問題だった。他の銀行に比して五輪銀行の接待は圧倒的に度を越していた。

そこで贈賄側の銀行と収賄側の官僚の両者を逮捕しなければバランスがとれないというのが、当初の検察側の考えだった。

しかし五輪銀行の巻き返しが功を奏したのか、検察側に全面的な協力をすることで、逮捕は官僚側だけになった。

その際、検察側に協力し、官僚を売ったのが倉敷だった。倉敷にしてみれば検察側と取引が成立した以上、積極的な供述をすることが、五輪銀行を守ることだった。これ以外に選択の道はなかったといえるだろう。

その結果と明確に断言できるかどうかは定かでないが、大蔵官僚は逮捕され、検査官の自殺騒ぎなどが引き起こされた。そして大蔵官僚たちに五輪銀行に対する不信感と憎しみを植えつけることになった。

五輪銀行は当初大東銀行と朝日山銀行との三行統合を指向したが、交渉の過程で朝日山銀行が離脱を決めた。また大東銀行との交渉過程で五輪銀行行内の意見集約に疲労困憊《こんぱい》した田端は、突然、頭取の地位を投げ出してしまったのだ。

これは予想外のことだった。田端は倉敷たち綿貫派を中心とした合併事務局の強引さと大東銀行との板ばさみに疲れたのだった。そこで矢口派の立岡実郎が次の頭取に選ばれた。彼は営業畑の人間で実務家タイプではなく、人の御輿《みこし》に乗るタイプだった。綿貫派からも、立岡なら性格もおおらかでいいと了承された結果の就任だった。

しかし彼は頭取になることを自分自身が予測していなかったため、準備が不足していた。それは金融当局との関係を全く経験せず、知らなかったことだ。

そこで倉敷の出番となった。五輪銀行では金融当局と互角に意見交換が出来るのは倉敷だけだと自他共に認めていた。彼が大蔵省から独立した金融庁の検査官などの怨嗟の対象になっていることなどは誰も知らなかった。倉敷の悪口が検査官の口に上るということなどあり得ないし、ましてやもう誰の記憶にも接待事件などは遠い過去になってしまっていたからだ。

倉敷は、金融当局との付き合い方に全く自信のない立岡に見事に取り入り、行内でその権勢は勢いを増し始めていた。

3

「広報というポストはどうだ？」

倉敷は強い力を放つ目で言った。

「驚きました。広報は経験がありませんから」

「実は企画本部の企画グループ内にポストを探そうとしたのだが、タイミングが合わなかった。合併以来、旧大東銀行とポストを分け合っているから、全て思い通りとはいかない。とにかく早く君を手元にもってくることを優先したのだ」

「そこまで……」

直哉は、倉敷の自分に対する思い入れの深さに感激した。

「君の企画力と行動力が今の私には必要だ。ぐずぐずしていたら他のメガバンクに置いてけぼりを食ってしまうからな」

倉敷は豪快に笑った。

「ご期待に添えるよう頑張ります」

直哉は頭を下げた。

「頼むぞ。私の特命担当として動いてもらうこともあるだろうが、広報の強化もお願いしたい。かつて五輪銀行の広報は攻撃的で他行からも怖《おそ》れられたのだが、今は見る影もない。私が直属の上司になるから、何でも相談に来て欲しい」

「分かりました」

直哉は倉敷を見つめた。倉敷は満足そうに小さく頷いた。

「ところで君の兄上は金融庁の統括検査官だとか……」

「そうです」

「あの松嶋哲夫統括検査官なのか？」

「はあ、専務から、あの、と言われるほどかどうかは存じませんが、その通りです」

「いやいやなかなかご高名な検査官だよ。ルールに厳格だと評判だ。私も面識はあるが、同じ名字だなと思った程度で、君の兄上だとは思いもよらなかった。顔はあまり似ていなかったような気もするが、どうだったかな」

目の前にいる直哉は、すっきりした二枚目だ。

倉敷は記憶を辿《たど》るようにわずかに顎《あご》を上げた。

「そうかもしれません。兄は父親に似ているらしいのです」

直哉は哲夫の骨ばった少し尖ったところのある顔を思い出した。

「らしい、というのは？」

倉敷が興味を見せた。

「私は父の顔を良く覚えていないのです。私の幼い頃に亡くなったものですから。父の写真なども残っておりません」

「そうだったのか。それは悪いことを聞いたな」

「いえ、構いません。兄とは八歳も違いますから、私が大学に行けたのも兄が働いてくれたお陰です。兄には感謝しています」

「そうか。いい兄上なのだね」

倉敷が微笑した。

「ええ、いい兄です。仕事熱心な男です」

直哉は誇らしげに答えた。ふと、五輪銀行への入行を報告した時の哲夫の嬉《うれ》しそうな顔が浮かんで来た。

4

「そうか、銀行に決めたのか」

直哉は有楽町《ゆうらくちょう》駅のガード下のドイツ風居酒屋で哲夫と向き合っていた。

財務局の仕事で上京してきた哲夫と久しぶりにあったのだ。

「兄さんにはすまないと思っている」

直哉は目を伏せてジョッキを見つめた。

「まあ、呑《の》めよ」

「ああ」

直哉はジョッキに口をつけた。

「お前が決めたんだ。俺はとやかくは言わない。五輪銀行はいい銀行だ。しっかりやれよ」

哲夫はビールを一気に呑んだ。

「兄さんが銀行を嫌い、いやそれ以上に憎んでいるのは分かっている。小さいときから銀行だけは許さないと言っていたものな」

「父さんが自殺したのは銀行に厳しく取り立てされたのが原因だからな。俺は、小さいながら銀行は許さないと思った。だから財務局に入った」

「今、銀行を苛《いじ》めているの？」

直哉が真面目な顔で訊いた。

「馬鹿言え、そんなことできるか。きちんと銀行が営業しているか、監督指導するのが役割だ。私憤なんかで動いていないぞ」

哲夫は笑いながら言った。

「よかった。もし僕が銀行に入ったら、兄さんに苛められるのかと思うと大変だからね」

「五輪銀行のような大きな銀行は大蔵省という役所が監督している。地方の財務局の小役人なんかおよびじゃないさ。俺は本当のことを言うと、お前には官庁に入ってもらいたかった。もっと言えば大蔵省にな」

「そうだったね。兄さんは僕が東大に合格したとき、絶対に官庁へ行き、役人になれとうるさく言ったよね」

「俺はやむを得ず大学進学を諦めて、地方の財務局に職を求めた。さほど気にしないようにしているが、役所というところは学歴がものをいう。キャリアという上級試験合格者、その中でも東大法学部卒業者と俺たちノンキャリアでは……」

哲夫はまたビールで喉を潤した。そして何かに思いを馳《は》せるような顔で、

「そうだな、月ロケットと電車くらいじゃないのかな。出世のスピードという意味もあるが、電車じゃ絶対に月には行けないからな」

と表情を暗くした。

「兄さんは大学に行きたかったんだよね。僕よりずっと勉強ができたのだから」

「俺が勉強できたわけがないだろう。お前は騙《だま》されているんだよ」

哲夫は笑うと、直《す》ぐに真面目な顔になって、

「俺は、お前をどうしても大学に進ませてやりたかった」

と言った。

「僕が進学に迷ったことがあっただろう」

「そう言えば、妙に家計を気にして進学しないと言ったことがあったな」

哲夫は懐かしそうに微笑んだ。

「うちが苦しいのは分かっていたもの」

「母さんも俺に遠慮して、どうしようかと迷った……」

「そうだよ。兄さんに苦労かけるわけにはいかないってね」

「俺はお前に東大に受かるのかって聞いたんだな」

「あれには驚いたよ。いきなり東大だからね」

「だけどお前は、自信たっぷりにこう言ったよ。必ず合格するさ。自分が合格しないで誰が合格するんだよってね」

「そうだったかな。生意気だったなあ」

「確かに生意気だった。でもその生意気さがあれば大丈夫だと思った」

「兄さんは強力に大学進学を勧《すす》めてくれた。嬉しかった。母さんも泣いていたよね」

「俺はお前には苦労をかけさせたくなかったんだよ。俺みたいに」

「感謝している」

直哉は心から低頭した。

「それより民間銀行に決めた理由はなんだ」

「僕は官僚より民間で自由にやりたかったんだ。五輪銀行はバイタリティのある銀行だから可能性があると思っている」

「そうか。しかし民間は厳しいぞ。官僚のようにキャリアルートがないから、競争が激しい。それでもいいのか」

「ああ」

直哉は大きく頷いた。

「家からテレビを持っていくような銀行員にはなるなよ」

哲夫がにんまりとした。

「兄さん、こだわりのテレビだね。そうだな、家にテレビを持ってくるくらいの銀行員になるよ。約束する」

「そりゃあいいや。みんなに喜ばれるぞ」

哲夫が声に出して笑った。

昭和六十一年四月、直哉は五輪銀行に入行した。

5

「今度、特別検査が予定されているようなのだ。まだ正式な通知はないがね」

倉敷は深刻な表情を見せた。

「特別検査ですか。決算時期ですよ」

直哉は訊いた。

「そうなんだ。こんな時期に検査に入ってもらったら決算ができないから変更してもらえないかと申し出てはいるようだが、無理のようだな」

銀行検査は現在は原則予告方式となっていて、抜き打ち検査は少なくなった。

「金融庁に何か特別な意図でもあるのですか」

「それは分からない。何もないことを願いたいがね。巷《ちまた》の悪い噂では我が行かイナホ銀行を追い詰めるのだと言っているようだ」

倉敷は薄く笑った。

「イナホ銀行に関しては、十五年三月期に思い切って二兆四千億円もの赤字を出しました。あれで潰れなかった。無理やりにでも一兆円もの増資をした成果だと思います」

「あの銀行は、我が行の数倍の顧客基盤がある。奉加帳《ほうがちょう》と言われようが、なにを言われようが金を集めたのは偉い。一兆円というのは、未曾有《みぞう》の金額だからね。国民経済的にもそれだけの金額の投資が一銀行に向けられていいのかということを検証してみる価値があるほどだ」

「おっしゃる通りです。また別の見方をすればそれだけの顧客が金を出すという形で支援をしている銀行を金融庁の立場で追い込むことができるかということです。そうなると残りは大東五輪銀行ということになるでしょう」

「君にも金融庁は我が行をターゲットにしていると見えるかね」

倉敷は厳しい目を直哉に向けた。

「専務のおっしゃるターゲットという意味は分かりかねますが、藪内大臣がメガバンクは二つでいいというお考えを本当にされているなら、大東五輪銀行をどこかに吸収させたいと考えられても不思議ではないでしょう」

「そうなると金融界はイナホ銀行、桜花住倉、大東京四菱の三つのメガバンクに集約されてしまうのかね」

倉敷は暗い顔になった。

「それでも三つです。今後の国際化の流れを考えますと、銀行そのものが巨大化するのが最も安定した形なのか、収益をあげられるのがいい形なのか模索が続くでしょうが、桜花住倉とイナホ銀行との合併のような集約化はまだ続く可能性があります。もちろん企業統治能力の限界を超えてしまっては、元も子もありませんが」

直哉は表情を変えずに考えを言った。

「桜花住倉とイナホ銀行がね……。すると我が行はどう動かなくてはならないと思う？」

「今回の特別検査が何を意味しているかが明確ではありませんが、主導的に我が行からイナホ銀行や桜花住倉、大東京四菱と経営統合に動くべきでしょう。我が行が主導的に動くことができれば、それは我が行の生き残りを意味します。しかし我が行がもしも金融庁から動かされることがあれば、それは我が行の消滅を意味します」

「主導的に動けというのだね」

「我が行が動かなくとも、別が動く可能性があります。そういう流れに我が行が巻き込まれてはなりません。幸い現在は株価もイナホ銀行より高く、財務内容もおかしいところはありません。企業価値が高い時に勝負をするべきだと思います」

倉敷は直哉の話をいちいち頷きながら聞いていた。

「相変わらず君の話は明快だな。感心するよ。そこで君は広報グループの次長だが、先ほども言ったように直属の上司は私だ。私の指示で特命事項に動いてもらうこともある。そこを分かっておいてくれ」

「特命事項ですか」

直哉は緊張した。

「そうだ。ひょっとしたら、今のような再編の渦中に君を巻き込むかもしれないということだ。最後に尋ねるが、兄上とは会う機会があるのか」

倉敷は微笑した。

「あると言えばありますが、なかなか時間がとれません」

直哉は答えた。倉敷の意図が透けて見えたからだ。

「最初の特命事項だが、兄上から今回の特別検査の目的を聞きだして欲しいのだ。検査主任が兄上になりそうなのだ。まだ正式ではないがね」

倉敷が直哉の目を見つめた。

直哉はその目を見つめ返して、口をつぐんだ。

「どうだ。探れないだろうか？」

倉敷の視線が強くなった。

直哉は顔を歪《ゆが》めた。

「難しいか？」

「ええ」

直哉が頷いた。

「兄弟でもか」

倉敷がため息をもらした。

「兄は極めて厳格です。私が銀行員である以上、利害関係人ですから、安易な話はしません」

「噂通りの検査官なんだな」

「申し訳ありません」

「分かった。ところで正式着任は何時《いつ》だ」

「三月十五日です」

「そのときにもう一度、この特命について話そう。それまで考えておいてくれ。重大な特命になるかもしれないから」

倉敷が眉根《まゆね》を寄せ、唇を強く引き締めた。

直哉は、少し憂鬱《ゆううつ》な気持ちになりながらも倉敷の顔を見つめた。金融再編について持論を話したが、しゃべりすぎたのではないかという反省の気持ちが起こった。というのは倉敷の顔にはとっくの昔から次の事態への考えが滲み出ているようだったからだ。それが希望に満ちた表情ではなく不安な表情なのが、直哉の気になるところだった。

「兄さん……」

直哉は呟いた。

6

直哉は支店に戻った。

「どうだった」

柿内が直哉に報告を求めた。直哉は柿内の席に近づいた。

「倉敷専務から激励を受けました」

直哉はさりげなく答えた。

「君はエリートだからな。倉敷専務が以前の上司でもあるのだろう？」

「そうです。ここに来るまで仕えていました」

「君の将来も安泰だね。倉敷専務は頭取も狙える人だから」

「私とは関係ありませんよ」

直哉は苦笑交じりに言った。彼にしてみれば、たった一年で直哉を抜かれ、その直哉がエリート街道をまっしぐらに進んでいくのを快く思えないのだ。

「おめでとうございます」

副支店長の野呂《のろ》清二《せいじ》が現れた。野呂は旧大東銀行出身だ。新宿支店の最後の生き残りと言われていた。というのはこの新宿支店は元大東銀行の支店だったのだ。そこへ旧五輪銀行出身の柿内を送り込み、旧大東銀行出身者を排斥していった。主要なポストはほとんど旧五輪銀行出身者で占められたが、二つある副支店長のポストのうちの一つを旧大東が占めていた。

大東五輪銀行では、ポストの数が旧銀行ごとに配分されていた。旧五輪と旧大東が六対四くらいではないかといわれていたが、数ばかりでなくポストの質においても旧大東銀行は劣勢に立っていた。新宿支店などという成績の向上が見込まれる支店はいつの間にか旧五輪銀行の牙城《がじょう》になっていった。反対に成績向上がなかなか難しい支店には旧大東銀行出身者が多く配属される傾向があった。

「君と一緒にやるなんてろくでもない人生だよ」

柿内が露骨に嫌な顔を野呂に向けた。

野呂は、

「はっ」

と言って柿内に向かい、直立不動の姿勢をとった。

「いいよ。そんなにかしこまらなくても」

柿内が更に顔を歪めた。

「本当に大東の連中は変わっているよな。松嶋君？」

柿内は直哉を見て、薄ら笑いを浮かべた。

「申し訳ございません」

直哉は低頭した。

柿内の発言の意味が分からなかったのだ。

「分からんかね」

「はい」

「野呂君を見ろよ」

柿内は笑いながら野呂を指差した。野呂は身体を堅くしたまま、戸惑った顔で柿内を見ていた。

「あの直立不動の姿勢には笑ってしまうよ。五輪銀行は上司に対してもフランクなのに、彼らは支店長という言葉を聞いただけで反射的に気をつけ！　だものな」

柿内は声に出して笑った。

直哉は不快な気持ちになったが、顔には出さなかった。

「野呂君、直れ！」

柿内が号令をかけた。それをきっかけに野呂の身体が緩んだ。ようやく直立不動の姿勢を解いたのだ。

「習慣でして……」

野呂が卑屈そうな笑みを浮かべて頭を掻《か》いた。

「いらいらするんだよ。その卑屈な顔を見ているとね」

柿内は声を大きくした。

「すみません」

野呂は上目遣いに頭を下げた。

「やめないか、その目つきで私を見ながら、へらへら笑うのを。君たち大東の奴らは、本当に使えないよ。役に立たない。支店長、と聞くだけで直立不動だ。そんなことやっているから何も新しい提案が出てこないじゃないか。五輪を見てみろ。フランクだろう。だから新しいことにどんどん挑戦するんだよ。ちょっとは見習いたまえ」

柿内は唾《つば》を飛ばす勢いで野呂を叱責《しっせき》した。野呂は完全に俯いてしまった。

「支店長、もうその辺でいいかと思いますが」

直哉が口を挟んだ。

「悪かった。大東の連中を見ると、いらいらするんだ。仕事もできないくせに、卑屈で諂《へつら》いばかりつよくてな」

柿内は更に追い討ちをかけた。

旧大東銀行出身者に対する苛めは、新宿支店ばかりではなかった。

もともとは五輪銀行が朝日山銀行と大東銀行との合併協議に割って入ったというの

が真相だった。ところが最後に参加した五輪銀行が一番大きな発言権を持ってしまった。それは銀行の規模などを考えると当然と言えば当然なのだが、強引さは五輪銀行のDNAだった。

直哉は桜花銀行と合併交渉をしたときのことを思い出した。

桜花銀行は財閥系で東京に営業基盤を置く、真面目で地味な銀行だった。五輪銀行は同じ東京に基盤を置く大東京四菱銀行や芙蓉銀行、第三産業銀行なども合併対象にしていた。

しかし大東京四菱は気位も高く内容もいいところから、最初から対象外だった。彼らと合併すれば、食われてしまうかもしれないという気持ちが逡巡《しゅんじゅん》させていたのだ。大東京四菱から非公式なオファーがあったのだが、五輪主導の考えは捨て切れなかった。

芙蓉や第三産業は両行で信託銀行売却など合併か統合に向けた動きを開始していた。世間では合併まで行き着くのか、不安視する向きもあったが、五輪からのオファーには両行とも見向きもしなかった。結局、彼らは日本興産銀行との三行統合に進んでしまった。

残ったのが桜花銀行だった。桜花銀行は五輪にとって組みやすいと思われた。

直哉も、関東関西の営業基盤の補完関係、大企業に強い桜花銀行と中小企業に強い五輪銀行ということを考えればベストの組み合わせだと考えた。そこで倉敷たち経営陣に慎重な交渉を頼んだのだが、強引に交渉を纏《まと》めようとしたため決裂してしまったのだ。

桜花銀行は、五輪銀行のあつかましさについていけなかったと本音を洩《も》らして去っていった。そして永遠のライバルとでも言うべき住倉と一緒になってしまった。直哉は愕然《がくぜん》とした。そして悔しがった。

直哉が次に提案したのが、朝日山と大東の地域合併交渉に参加することだ。強引に進めることは止めて欲しいと願ったが、これも朝日山の離脱という悲劇を生んだ。

その結果、大東銀行とだけ組むという極めて展望のない大東五輪銀行ができあがってしまったのだ。地域銀行の参加を呼びかけたが、朝日山銀行の離脱を見て、どこも参加してこなかった。要するに金融界の嫌われ者だったということに五輪銀行はもっと早く気づくべきだったのだ。

しかしそうは言うものの五輪銀行の行員にしてみれば、なぜ大東銀行などと組まねばならないのだという のが本音だった。彼らのプライドが許さなかったのだ。そして合併した結果、トップバンクになるのならまだ許せるのだが、桜花住倉銀行を永遠に抜けそうにないことも彼らをいらだたせた。その気持ちが内部へ向かい、大東銀行出身者粛清へのエネルギーになっていたのだ。

野呂は柿内の言葉に震えていた。悔しいだろうと直哉は野呂の気持ちを推し量った。

「松嶋君、ニューヨーク支店もほとんど五輪出身者に取って替わるそうだよ。聞いているか」

柿内が野呂を一瞥《いちべつ》した。

「いえ、聞いておりません」

「この間、私の部下がニューヨーク支店の副支店長になったのだが、役員から大東銀行行員を駆逐してこいと発破をかけられたと勢い込んでいたぞ」

柿内は野呂に聞こえるようにわざと声を大きくした。野呂の身体が、まだ小刻みに震えている。ふと見ると、拳《こぶし》を固く握り締めている。

「そんな馬鹿なことを言う役員がいるのですか」

直哉は、あえて馬鹿という言葉を使った。野呂がその言葉に反応したのか、顔を直哉に向けた。

柿内は不愉快そうな顔で、

「言葉を慎めよ。幾ら本部様になったからといって役員を馬鹿呼ばわりしてはだめだぞ。壁に耳あり障子に目ありだぞ」

「支店長、そうは言われましても、旧大東銀行の行員を駆逐するのが役割だというのは酷《ひど》すぎませんか」

直哉は微笑しながら言った。下手に柿内を興奮させても仕方がない。

「君は物分かりがいいね。さすがに倉敷専務の目にかなったエリートだよ。しかしこいつら大東の奴らが何をしているか、分かっているのか。寄ると触ると、五輪の悪口ばかり言っているんだ。それでいて仕事なんかやりゃあしない。こんなところと合併するから、トップバンクになれないんだ」

「支店長、言葉が過ぎると思います。野呂さんが可哀そうですよ」

「何が可哀そうなものか、私は君という部下を取られてしまい、これからはこいつと一緒だ。私の身にもなってみろ。これでノルマが果たせると思うのか！」

柿内は興奮して声を張り上げた。柿内は直哉を了解もなく本部に転勤させられてしまったことに対して異様に怒り、興奮していた。それは過大な収益ノルマが課せられた中で気の合わない旧大東銀行出身者と働かねばならないという不安からくるものだった。

「なあ、野呂副支店長」

柿内が声をかけた。

野呂は怯《おび》えたような顔を柿内に向けた。

「なんでしょうか。支店長？」

「君のところの名古屋本店には、歴代の相談役の部屋があるそうじゃないか」

「はあ、私は見たことはございませんが……」

「名古屋本店、今の名古屋支店だが、その中にごろごろと歴代相談役の個室があるそうだな。しかしそこにいてもらったら現役が仕事がやりにくいだろうからもうすぐ追い出すそうだよ。本部の支店担当から聞いた話だ。追い出されたら何処《どこ》へ行くんだろうな」

柿内は容赦ない。薄ら笑いを浮かべている。自分の苛立《いらだ》ちを野呂にぶつけることを楽しんでいる。

「さあ、私には、とんと……」

野呂は顔に汗をかきながら、柿内に答えた。

「君の銀行はのんびりしていていいよ。何時までも相談役を養っているんだからな。うちなんかさっさとお引き取りを願って共同部屋にしているぞ」

「もう支店長、野呂さんには関係のないことですし、お止めくださいませんか」

直哉は柿内を止めた。

「分かった。もう止める。これからは野呂君と一緒にやっていくのだからな。しかし君が役に立たないと分かったら、容赦なく追い出すからな。そうしていいと人事に言われているのだ。分かったな」

柿内は、野呂に向かって手で払うようにした。

野呂は、軽く頭を下げるとふらふらとした足取りで階下に下りていった。

直哉は彼の後姿を目で追った。疲れきったように見えた。

「支店長、あれでは野呂さんが可哀そうです」

直哉は憤慨した顔を向けた。

「いいんだよ。これくらい言ったってあいつは応《こた》えていない。名前の通りノロマなんだよ。新宿支店に相応《ふさわ》しいなんていうから、貰《もら》ったのに騙しやがって。仲間の支店長たちもみんな大東は使えないと言っている。高い買い物をしたものだよ」

柿内は直哉にはき捨てるように言った。

直哉は険しい顔で柿内を見つめた。

「この大東五輪に何の展望があるというのだ。この合併を画策した奴を私は馬鹿だと思うよ。四番手に固定化しただけじゃないか。この上は、早く大東の連中を追い出して昔の勢いのある五輪にしなければならない。みんなそう思っているんだぞ」

柿内は直哉が旧五輪銀行と旧大東銀行の合併チームにいたことをすっかり忘れているようだ。

「特別検査か……」

直哉は呟いた。

「何か言ったか？」

柿内が訊いた。

「いえ、何も……」

直哉は慌てて否定した。

特別検査が関心を持って調べるとしたら、この合併が成功しているかどうかということだろう。直哉の目に、厳しい哲夫の顔が浮かんだ。哲夫はこうした行員同士の行き違いをどう見るだろうか。哲夫に会ってみよう、直哉は密《ひそ》かに思った。

7

直哉は着任早々、部下の安達光也《あだちみつや》に案内されて日銀記者クラブへ向かった。

安達は広報担当三年。童顔だが言うことはきっちりと言うタイプで、勿論、旧五輪銀行出身だ。

「こちらです」

記者クラブは、日銀本店ビル内の一階にある。この日銀記者クラブは財務省にある記者クラブと並んで経済記者のエリートが所属している。

多くの重要な会見がこの場でなされるので、直哉もテレビで見たことはあった。しかし記者クラブ来訪は初めてだった。以前、企画本部にいたときにもなぜか一度も来る機会に恵まれなかった。

中に入って驚いた。余りにも雑然としているからだ。新聞社、通信社、テレビ局などのブースに分かれてはいるものの、狭くて、資料や新聞が山積みになっている。ここでまともに記事が書けるとは思えないような環境だ。

「驚いたでしょう」

安達が言った。

「多少ね。ちょっと雑然としているようだね」

直哉は、戸惑ったような顔を見せた。

「でもここから主な経済ニュースが発信されるのです。とはいっても各社は別に事務所を持っていて、スクープ記事はそこで書くようですが」

安達は微笑した。

「産日経済の記者さんです」

産日経済とは経済専門紙として最大手だ。

「大東五輪銀行の松嶋です」

直哉は低頭した。

産日の記者たちは鋭い目で直哉を見つめた。

「ここの記者はうるさいですから気をつけてくださいね」

安達は小声で言った。

「どうして？」

直哉は視線だけを安達に送った。

「次に行きましょうか」

安達は産日の記者たちを警戒するように他の新聞社のブースに向かった。

直哉は何も言わずにその後について行った。

「産日経済は経済専門紙のプライドが高いですから、他の新聞社に抜かれることは極めて大きな屈辱になるのです。それでどんな些細《ささい》なニュースでも個別に呼び込んで話をすると大きく扱ってくれますが、リリースペーパーなどで各社平等に公表すると、本当につれないほど小さな扱いになるのです」

「なかなか気を使うんだね」

「そうですよ。例えば新商品を発売するとするでしょう。事前に産日経済の記者を呼んで話をするとたいしたことのない商品でもそれなりに気を使ってくれます。これを見た関係の役員が喜ぶのですよ。産日経済しか読んでいない役員がいますから、ここに記事が出ていないと、広報は何をやっていたんだとおかんむりですよ」

安達は悪戯《いたずら》っぽく片目をつむった。

直哉は産日経済のブースを振り返った。記者たちの背中が見えた。彼らは大東五輪銀行をどう評価しているのだろうか。一度じっくり訊いてみたい。

「次は朝毎新聞です」

朝毎新聞は、一般紙の最大手のひとつだ。

「大東五輪銀行の松嶋です」

直哉は丁寧に頭を下げた。二人の記者が顔をつき合わせて話し込んでいた。

直哉の声を聞いて、振り向いた。

「どうも、新しい次長さんですね。キャップの加藤《かとう》です」

小太りで人なつっこい笑顔の男だ。胸のポケットに入れたカードケースから名刺を取り出して直哉に渡した。加藤毅《たけし》という名だ。厳しい記事で評判の朝毎とは思えない雰囲気の男だ。上手《うま》くやれそうな気がした。

加藤の隣に座っていた男が、おもむろに立ち上がった。

「松嶋です」

直哉はその大柄な男に挨拶《あいさつ》をした。

「待ってましたよ」

男は名前を言う前に、その特徴的な濃い眉を引き上げた。

「待ってましたと言いますと？」

直哉はその男を見上げた。嬉しそうな顔をしている。直哉には全く見覚えのない顔だった。

「私は財研キャップの大河原慎介です」

大河原は軽く頭を下げた。

財研とは財務省記者クラブのことだ。

「実はお兄さんととても親しくさせていただいています」

「兄と？」

「そうです。金融庁きっての統括検査官松嶋哲夫さんのことです」

大河原は微笑んだ。

「それはどうも……」

直哉は眉根を寄せた。安達が直哉の顔を見ている。哲夫の名前を聞いたことがあるのだろう。

「お兄さんとあなたのことを噂していたところですよ。お兄さんとはお会いになりますか？」

「いえ……、まあ」

「そうですよね。兄弟とはいえ金融庁検査官と銀行員では、頻繁に会うとコンプライアンス違反に問われそうですね」

「そういうことも気をつけております」

直哉は言った。苦笑しながら大河原を見た。

直哉が朝毎新聞のブースから次に移ろうとしたとき、大河原がすっと近づいた。

「松嶋さん、大東五輪銀行は大変ですよ。お兄さんに話を訊いておいたらいいと思いますよ」

大河原が囁《ささや》いた。直哉が振り向くと、そこには大河原の真剣な視線があった。

直哉は大河原の顔を見つめた。

「次長、次は読朝新聞です」

安達の呼ぶ声が耳に入った。

直哉は安達の声の方向に歩きながら、大河原の言った意味を考えていた。不安な気分が足先から上ってくる。

「やはり会わざるを得ないのか」

直哉は大きく息を吐いた。

第三章　直哉の思い

1

卓上電話が鳴った。

直哉はクリッピングされた新聞記事を読んでいた。毎日、大量の記事が配信される。それらの記事の重要性について優劣はつけられない。突然、小さな記事が大きな事件になることもある。そのため直哉は大量の新聞記事や雑誌記事などを読むことが仕事になる。どんな記事でも気になったものは自分や部下の手で調べる。記者に直接電話を入れ、記事の背景を聞き出すのだ。そしてそれらは解説付で役員たちに回付される。

受話器を取った。

「もしもし松嶋ですが……」

『ああよかった……』

いきなり女性の声が飛び込んできた。それも若い声のようだ。

「どちら様ですか」

『分かりません？　もう忘れてしまったのですか』

こういう電話の相手が一番困る。自分の名前を覚えているか試しているのだ。銀行の役員の中にもこういう手合いがいる。覚えていないお前が悪いとでも言いたげで、一度、どちら様ですかと訊《き》いたら、頭取だったことがある。そのときはさすがに直哉も冷や汗をかいた。

「すみません。どうも思い出せなくて……」

『こちらこそすみません。ちょっとからかってみただけです。森山《もりやま》商事の森山弘子《ひろこ》です』

「なんだ、副社長ですか。電話の声があまりにお若いのでどきりとしましたよ」

『あら、失礼ね。声だけ若いと言うの？』

「失言です。申し訳ありません」

直哉は電話に向かって頭を下げた。

森山商事は直哉が勤務していた新宿支店の取引先で数棟の賃貸ビルを経営していた。

「どうされたのですか？　ご無沙汰《ぶさた》していますが」

『本部に行って偉くなったのでしょう？』

「そんなことはないです。支店にいたときの方が気楽ですよ。そちらこそお元気ですか」

直哉は、弘子の声が明るかったのでたいした用事ではないと思い、軽口を叩いた。

ところが弘子は急に黙った。

「もしもし、森山さん、ご用件は？」

どうしたのだろうか。直哉は急に不安になった。

『松嶋さんは随分楽しそうね。うちとの約束はどうしたのよ』

弘子の声が急に変化した。怒ったような声になった。電話口から怒りが沸騰して、湯気が立ち上ってくるようだった。いったいどうしたのだろうか。

「なんのことでしょうか」

直哉には思い当たらない。

『あなたの説得にのって再生子会社に取引を移したのに何もやってくれないじゃないの。ほったらかしよ。どうしてくれるの。うちが大東銀行の取引先だからって馬鹿《ばか》にしてるの』

弘子は声を荒らげた。

「ちょっと副社長、どうされたのですか」

『どうしたもこうしたもないわ。あなたのせいでうちは散々よ。社長も死にたいって言っているのよ』

弘子の声がどんどん激しくなる。

「ちゃんと説明していただけますか。何か誤解されているようですから」

直哉は冷静に答えた。

『説明してあげるから、一度会いましょう』

弘子は命令口調で言った。

「分かりました。時間を指定してください」

『それじゃあ明日、午前十時に会社へ来てちょうだい』

弘子は、音を立てて受話器を置いた。

「いったいどうしたんだろう」

受話器を置きながら、直哉は呟いた。

「どうしたのですか」

安達が、心配そうな顔を直哉に向けていた。

「聞こえた？」

直哉は、少々ばつが悪そうな顔で訊いた。

「聞こえましたよ。ガンガン」

安達は苦笑いしながら耳を指差した。

「そうか、悪かったな」

「どちらの方ですか」

「新宿支店の取引先なんだけどね。そんな怒られるような振る舞いをしたわけじゃないんだ。思い当たらないよ」

直哉は困惑した顔をした。

「再生子会社のことを話しているように聞こえましたけど……」

「ああ、ディージー・ファイナンスのことだよ。そこに新宿支店から取引を移したんだよ。電話をしてきたのは不動産業でね、ビルを数棟保有しているんだが、何せ返済が五十年以上かかるからね、査定では要注意先以下になりそうなのさ。だから支店で取り引きするより再生子会社で再生してもらった方がいいと思ってね」

「大東五輪の頭文字をとっただけの安易な名前のディージー・ファイナンスですね。あれ、評判悪いんですよ」

安達は、こともなげに言う。

ディージー・ファイナンスは、大東五輪銀行はほとんど出資せず関係会社や一部の外資系投資銀行などの出資を仰いで作った会社だ。会社を作った目的は、支店でなかなか再生できない会社をここに取引を移すことで専門家たちによるアドバイスを受けながら再生させようというものだった。

「どう評判が悪いの？」

「不良債権の塩漬け会社だという評判ですよ」

安達は顔をしかめた。

「やはりね、そのことか。来年三月までに不良債権比率を四パーセント以下にしなくてはいけないと考えて不良債権を飛ばすために作ったという話だろう。僕もあの会社に取引を移すのを躊躇《ちゅうちょ》しないわけではなかった。しかし不良債権比率を引き下げる目標があったからね。仕方なかったんだ。でも再生できる会社を移したつもりだった……」

「ところが移された会社は、何もしてもらえず放置されているというのですね。暗澹《あんたん》たる気持ちになりますね」

安達は、沈んだ目になった。

森山商事は、新宿支店の大口取引先だった。十七億ほど融資があった。全てがビルの建設資金だった。地元の地主だった森山商事の社長森山勝治《かつじ》に積極的にビルを建てさせたのは旧大東銀行だった。オフィスビルを建設させ、その賃貸料で返済させる計画だったが、景気の低迷によって賃貸料は当初計画から相当下がってしまった。なんとか延滞せず返済は続けていたが、森山商事にとって不幸なことは、旧大東銀行が旧五輪銀行と合併し、大東五輪銀行になったことだ。その結果、新宿支店は統合されてしまった。

「取引先を差別するつもりはなかったはずだが……」

直哉はまたひとりごちた。

大東五輪銀行になっても優良企業は安定した取引を継続することができたが、不振に陥った、特に旧大東銀行の取引先は、次々に取引を打ち切られたのも事実だった。

明日の午前十時に森山商事に行かなくてはならない。憂鬱《ゆううつ》だが仕方がない。取引先の不満をなだめるのも仕事の一つだ。直哉は、まだ広報の仕事に集中しきれず支店の仕事を引きずっていることを少し情けなく思った。

2

「ただいま」

直哉は玄関のドアを開けた。

「お帰りなさい」

「パパ、お帰りなさい」

麻美《あさみ》と健一《けんいち》が直哉の両腕を奪い合うように摑《つか》んだ。

「ママ！　パパが帰って来たよ」

健一がリビングに向かって叫んだ。

「はい、はい、よかったわね。今、ママ、手が離せないからね」

亜紀子《あきこ》の声が聞こえる。

「鞄《かばん》、僕が持つ」

健一が、直哉の鞄を奪おうとする。

「私よ」

麻美がそれを制止しようとする。

「鞄は重いから、二人で持ってください」

直哉が二人の頭上に鞄を掲げ、静かに下ろす。恭《うやうや》しく二人が鞄を押し頂くように受け取った。そしてワッと声をあげると、リビングに向かって走り出した。

直哉は苦笑しながらリビングに入った。

「たまに早く帰ると凄《すご》い歓迎だな」

直哉は二人の頭を撫《な》でながら言った。

「そうよ。だから早く帰るようにしてね」

亜紀子がテーブルに料理を並べながら言った。

「着替えてくる」

「すぐ食事にするから」

直哉は、二階の自室に向かった。

「パパ、早くしてね。お腹《なか》、ペコペコ」

健一が、お腹を押さえて、おどけて見せた。

直哉はカジュアルなスエットに着替えながら、ふと机の上を見た。封筒が一通置いてある。なんだろうと思い、手に取ってみる。万年筆で丁寧に宛名《あてな》が書いてある。裏返してみると、今貞《いまさだ》食品の財務部長柳沢道夫《やなぎさわみちお》からだ。

「珍しいな。柳沢さんからだ」

直哉は、封を切ろうとした。

「パパ、遅いよ」

麻美が迎えに来た。

直哉は、手紙が気になったが、そのまま机に置いて階下に下りていった。

3

「コーヒー入れるわね」

食事が終わり、子供たちを寝かしつけ、直哉は亜紀子とリビングで寛《くつろ》いでいた。

「ああ頼むよ」

直哉は言った。

「今日は驚いたわ」

「なにが？」

「突然、早く帰るから夕食を頼むって言われたから。気分でも悪くなったのかと思ったのよ。心配したわ」

亜紀子はコーヒーを運んできた。

「早く帰ると驚かれるようでは、父親失格だな」

直哉は笑った。

「たまにでも早く帰ってきてくれると助かるわ。子供たちも喜ぶしね」

「できるだけ心がけます」

実は、直哉は森山商事の弘子の電話にショックを受け、転勤の疲れなどが押し寄せたのだ。弘子から怒鳴られるような仕事振りをした覚えはない。転勤するときも挨拶《あいさつ》をしたほどだ。それなのにたった二週間ほどであんなに変わるのは信じられない。明日、どんな酷い罵声《ばせい》を浴びせられるかと思うと憂鬱だった。コーヒーを飲む。丁度いい苦味が背筋を伸ばしてくれる。

「そうそう今日もかかってきたのよ」

亜紀子が眉根《まゆね》を寄せた。

「かかってきたって電話か？」

「そう……。無言なの。気味が悪いわ」

「無言電話なの？　それに今日も、ということは昨日もかかってきたの？」

「ええ……。あなたが正式に着任した後くらいからよ」

「おかしいな……。なんだろう。やましいことはないけど」

直哉は胸に手を当ててみた。

亜紀子が、くすりと笑みをこぼした。それほど気に病んでいないのかもしれない。

「あっ、そうだ」

直哉は机に放置した手紙を思い出した。

「どうしたの」

亜紀子が訊いた。

「手紙、手紙」

直哉は立ち上がって二階を指差した。

「今貞食品さんからのお手紙ね」

亜紀子が言った。

「そうだ。取ってくるよ」

直哉は二階に行った。机の上に封筒がある。なんだかなぜもっと早く読んでくれないのかと恨めしそうな感じを受ける。直哉は封筒を摑むと、階下に下りた。

「何の手紙だったの？」

亜紀子が心配そうに訊いた。取引先の財務部長から手紙が来るなどというのは珍しいことだからだ。

「今から読むよ」

直哉は椅子《いす》に座り、封を開けて、中から数枚の便箋《びんせん》を取りだした。丁寧な字が並んでいた。

手紙は簡単な時候の挨拶の後、

『わが社は大東銀行様をメイン行に、五輪銀行様、芙蓉銀行様をサブ行に、その他第三産業銀行様、住倉銀行様にお世話になっておりました。ところが大東銀行様は五輪銀行様と合併され、芙蓉銀行様は第三産業銀行様、日本興産銀行様と経営統合、そして住倉銀行様は桜花銀行様と合併するなどめまぐるしく変化されてしまいました。その結果、現在では取引行は大東五輪銀行様、イナホ銀行様、桜花住倉銀行様になりました。なかでもメイン行とサブ行が一緒になられました大東五輪様は、私どもの圧倒的メイン行となられ、シェアも七割に達せられました。当社の借り入れ約八百億円のうち六百億円ほどが貴行となったわけであります。

当社は、今、売り上げの不振に苦しみ、貴行から示された経営計画も達成いたしておりません。社長以下、私ども役員、従業員も必死で働いておりますが、銀行の支援がない状態では設備投資もままならず、リストラと給与引き下げばかりが先行しているのが現状であります。あまりに遅々とした成果しか上がらぬため、最近は社長も経営に疲れているように見え、いつ投げ出しても不思議でないようにさえ見えてしまいます。

こうした状況で、当社がどん底の苦しみにあることをご承知の貴行が、金利の大幅な引き上げを要求されてきました。今まで二パーセントであった短期借入の金利を倍の四パーセントに引き上げるというものです。長期金利も同じく二パーセントから三パーセントでしたのを、これも四パーセントから六パーセントと倍にすると言ってきました。もしこの引き上げに同意しなければ、当社の借り入れを書き換えないとまで言ってきております。

大東五輪銀行様は当社から撤退されようとしているのでしょうか。

大東五輪銀行様が引き上げても他の銀行様が支援してくれれば問題はありません。しかし他は、大東五輪様の動きを見ているだけで、すこしも積極的に支援してくれません。

松嶋さん、このままでは当社は倒産してしまいます。

松嶋さんは当社のことを支援すると約束してくださいました。当社は加工食品業界ではそれなりの地位を築いております。そのことを評価して、支援してくださいました。ところが松嶋さんが転勤された途端に、手の平を返されたようで悔しくてなりません。なんとかしてください。

どうして急に取引方針が変更になったのですか？　助けてください。なにとぞもう一度チャンスをください。社長も同じ気持ちです。一度、ご相談の時間をいただきたくお願い申し上げます』

直哉は、手紙をテーブルに置いた。目を閉じた。柳沢の細く土気色の顔が浮かぶ。

あれは新宿の居酒屋だった。直哉は、柳沢と二人で向かい合っていた。

＊

今貞食品は旧大東銀行と旧五輪銀行の両行新宿支店の主力取引先だ。佃煮《つくだに》や漬物、かまぼこなどの伝統的な加工食品を製造販売している。全国のスーパーなどで販売し、「イマサダ」ブランドは消費者の信頼も得ており、販売額もピーク時には一千億円まで到達したことがある。

バブルの頃、銀行は今貞食品に融資攻勢をかけた。社長は二代目だった。大学で経営学を学び、先代社長のようにたたき上げではなかった。社長が急死した後、四十代で社長に就任した。今から約二十年前のことだ。日本はものすごい勢いで経済を拡大していた。銀行は、社長を褒《ほ》め上げ、おだて上げ、上場を目指すべきだと甘い囁きを続けた。それは旧大東銀行も旧五輪銀行もその他の銀行も同じだった。上場のために持ち株会社的な会社を作ったほうが良い。その会社に借り入れさせて、株を大量に引き受けなさい。そうすれば上場した際、社長は一気に億万長者だ。

海外に工場をつくるべきだ。その方が圧倒的にコストダウンが図れる。工場は、アメリカだ、いやタイだ、いや中国だ。ええい、まとめてつくってしまえ。

いい不動産がある。この土地にビルを建てれば、賃貸収入が第二の収益源になるはずだ。本業の加工食品業なんか先が知れている。これからは不動産ビジネスです。

なんとか先代社長より優れた社長だと言われたい二代目は、たいした検証もせず銀行の言いなりに投資をした。全てが借り入れだった。やがてバブルが崩壊した。

工場は一度も稼動せず閉鎖に追い込まれた。売り上げが低迷し始めた上、借り入れも多く、上場は無理だろうと証券会社が手を引いた。株式市場は将来の成長を買うところです、漬物やかまぼこなどの加工食品に将来はありません、と証券マンは冷たく言い放った。同じ男がついこの間までは将来性を高く評価しますと笑顔で話していたのが、嘘《うそ》のようだ。いや、まさしく嘘だったのだ。

ビルを建設するために購入した土地はそのまま塩漬けになった。地方都市だったため、今も再利用もできずにそのまま雑草が生い茂っている。

直哉は、新宿支店に赴任して今貞食品の書類を見て、これは酷いと思った。

「今貞食品は、格付けはなんですか？」

直哉は支店長の柿内に訊いた。

「一応、要注意先だよ」

柿内は大儀そうに言った。

「どうみても破綻《はたん》懸念先ですね」

直哉は素直に口に出した。

柿内は、興奮した様子で、

「勝手なことを言うな。この支店だけで六百億円も融資しているんだぞ。これが要注意先か破綻懸念先かでどれくらい支店の業績に影響を与えるか、分かっているんだろう。本部から来た直後だからといって不用意な発言をするな」

と直哉に言い募った。こめかみを震わせている。

「申し訳ありません」

直哉は、柿内の尋常ならざる様子に驚き、とりあえず頭を下げた。

銀行の債権は、正常先、要注意先、破綻懸念先、破綻先と大きく四つに分類される。

正常先は、文字通り正常な取引先で積極的に取引を深める先であり、その債権に対する引当金も少なくて済む。要注意先は不良債権予備軍ではあるが、取引は現状維持が基本だ。引当金は各銀行によってばらついており、数パーセントしか引き当てていない銀行もあれば、三〇パーセント以上も引き当てている銀行もある。

ところが大型倒産の際は、この正常先と要注意先から突然破綻しましたと連絡が入ることが多い。このことから銀行の債権管理の甘さ、引当金不足を世間から批判されるのだ。

破綻懸念先。これは要注意先から一歩も二歩も破綻に向かって進んだ状態だ。ここに分類されると引当金を七〇パーセントは積まねば引当金不足を非難されるだろう。

要注意先が企業の破綻可能性のグレーゾーンなら破綻懸念先はレッドゾーンというべきものだ。問題は引当率で格段の差がある。このため銀行は要注意先を破綻懸念先には落としたくない。銀行収益が大幅に悪化するからだ。

最後の破綻先は、もう読んで字のごとく破綻した先であり、引当金は一〇〇パーセントにしなければならない。

柿内が直哉に怒ったのは、今貞食品を要注意先に留《とど》めているのに、直哉が素直に財務状況を分析すると破綻懸念先になると指摘したためだ。柿内が格付けにかかわるデータを改竄《かいざん》して今貞食品を要注意先に留めているというわけではないが、とにかくあらゆる手段を講じてなんとか格下げを免れているというのが実情だった。

それなのに突然、本部から転勤してきて苦労知らずと柿内が思っている直哉が、「王様は裸です」と指摘したものだから、柿内の怒りに火をつけてしまったのだ。

直哉は柿内に頭を下げはしたものの、支店最大の融資先である今貞食品に対する取引方針を確認しなければならない。

「この今貞食品はどういう取引方針なのですか？」

直哉は、着任直後でまだ柿内の性格を把握していない。

「取引方針？」

柿内は暗い目で直哉を見つめた。

「ええ……」

直哉は戸惑った。柿内が訊き直す意図が摑めない。

「取引方針は、放置だな。とりあえず絞れるだけは絞るつもりだ。なにせ今貞食品が支店収益に占める割合は大変なものだからな。支店の貸出金約二千億円のうち約六百億円だ。私が在任中は、このままそっとしておいて欲しい。倒産するなら、後任か、できれば後任の後任くらいで倒れてくれるのがベストだ」

柿内はにんまりとして、その細い顎を撫でた。直哉は柿内が、痩《や》せた身体を軽く折り曲げ、細い顎を撫でる姿を見ていると、背筋が寒くなった。まるで死期が近い人に寄り添う死神みたいに見えたのだ。

「それでは何もしないということでしょうか、メイン行が」

「君は本部から来たところだから、理想に燃えているのだろうが、現実はそれほど甘いものではない。支店の業績が悪化すれば、君がたとえどんなにエリートでもこれだ」

柿内は、手刀を喉《のど》に当てた。

直哉は苦笑した。

「私が見たところ、今貞食品はまだ潰《つぶ》れない。大丈夫だ。こういうところは腐りかけの肉と同じで一番美味《うま》い。肉汁が一杯つまっている。これを在任中はすっかり舐《な》め尽くすつもりだ。余計な支援などをすれば成績が落ちるだけだからな」

柿内は目だけで笑った。直哉はショックを受けた。今貞食品は、どう見ても病気にかかっている状態だ。早めに検査をして、治療に専念すれば治る可能性は十分にある。確かに柿内の言うように、その治療の過程では銀行が損を被るという意味で痛まねばならないこともあるだろうが、それがメイン行の役割だ。柿内の考え方では、メイン行としての責任の自覚が全くない。

「支店長、お言葉ですが、それではメイン行の役割を放棄しているように思えますが

「……」

「君はやはり若い、そしてエリートだ。今やメイン行などという言葉を言う銀行員などいない。それは過去の遺物だ。そんなことを言っていると今貞食品の他の取引行であるイナホ銀行や桜花住倉から融資の肩代わりを迫られるのが落ちだよ。それに本当のメインは大東銀行であって、五輪銀行ではない。これは私に押し付けられた会社だ。迷惑しているというのが実感だ」

柿内は口角をひき、唇をへの字に曲げた。それは直哉に世間知らずと嘲《あざけ》っているようなものだった。

直哉はその場は引き下がった。

しかし支店勤務にもなれた頃、今貞食品の所沢工場を見学に行った。その帰りのことだ。見学に同行してくれた柳沢が、ちょっといいですかと遠慮がちに言った。呑《の》みましょうと言うのだ。

直哉は、暗い印象を柳沢から受けていたので、そう気は進まなかった。しかしせっかくの機会であり、了承した。

西新宿の外れにある居酒屋に着いて、柳沢は疲れましたねと言いながら酒を呑み始めた。

直哉も焼き鳥などを摘《つま》みながら、ビールを呑んでいた。

突然、柳沢は、酒の入ったグラスをテーブルに置き、真剣な目で直哉を見つめた。そして頭を下げた。

「助けてください」

柳沢は頭を下げたまま言った。

直哉は突然のことに驚いた。

「部長、頭を上げてください」

「副支店長、このままだと我が社は潰れます。いや潰されてしまいます。なんとか助けてください」

柳沢は、顔を上げたものの、連綿と今貞食品の窮状を訴えた。最初からこうするつもりで直哉を居酒屋に誘ったのだ。

直哉も真剣に聞いた。今貞食品のことが頭から離れたことがなかったからだ。柿内は、何もしないで絞れるだけ絞れ、と言ったが、それではメイン行の役割を放棄しているというのが直哉の考えだった。

「私は、副支店長は私たちの悩みを聞いてくださる方のようにお見受けしました。工場見学にお誘いして、来てくださったのは実は副支店長だけなのです。支店長には何度もお声をかけましたが、生返事ばかりで一度も見学してくださいません。見学して、何かオブリゲーションを負うのが嫌なのではないかと穿《うが》って見てしまいます。ところが松嶋副支店長は……」

柳沢は直哉を誉《ほ》めた。直哉は、柿内が工場見学にも行っていないことに驚いたが、さもありなんと思った。

「当店の最大のお客さまの工場を見学していないなど、どうかしています」

直哉は思わず柿内に批判的なことを口走った。柳沢は、微笑した。

「その通りです。もう頼りは松嶋副支店長だけです。私たち役員、従業員は死ぬ気でやります。なんとか助けてください」

柳沢は泣き出さんばかりだった。

「分かりました」

直哉は柳沢の手を握った。柿内と対立しても今貞食品を再建しようと決意したのだ。

柳沢は目を赤くして直哉を見つめた。本当に泣いていたのだ。こんな真面目《まじめ》な役員や従業員がいる会社を潰してなるものか！

直哉の目には工場見学で出会った多くの従業員がきびきびと働く姿が浮かんでいた。

＊

「どんな内容だったの？」

亜紀子が心配そうな様子で直哉を見ている。

「どうも良くないらしい」

直哉は手紙を差し出した。亜紀子が受け取り、黙って読んだ。

「あなたが転勤してから急に変わったって書いてあるわ」

「そうなんだ。この今貞食品は、僕が、柿内支店長と決裂寸前まで議論して、金利を引き下げたり、新たな設備資金を融資したり、とにかく大東五輪銀行で全面支援しようとしていた取引先だ」

「そうよね。支店長と喧嘩《けんか》したと随分気に病んでいたのを覚えているわ」

「柿内さんにしてみれば今貞食品は旧大東銀行に押し付けられた会社だという意識が強くて、まともに支援しようとしなかったからね。今、有力な上場企業と提携話も進んでいて、もうしばらく我慢すれば再建可能なのだが……」

直哉は、コーヒーを飲んだ。苦い。

「あなたの転勤と支援方針の変更と何か関係があるのかしら」

「分からない……」

直哉は森山商事の弘子の電話を思い出した。あの会社ともうまくいっていたはずだが……。

「この柳沢さんに会ってあげたら？」

亜紀子が言った。直哉は言われるまでもなく会うつもりになっていた。

4

翌日、直哉は広報部に出勤しないで、直接、新宿にある森山商事を訪ねた。

森山商事は、歌舞伎町《かぶきちょう》の通りを抜けた新宿駅と大久保駅との間、職安通りと呼ばれる通り沿いにある七階建てのビルに入居していた。

ここは森山社長夫妻の自宅を兼ねていたが、森山商事は、このほかにも新宿区内に靖国通り沿いに二棟、西新宿方面に一棟の賃貸オフィスビルを保有していた。

直哉は憂鬱な気持ちをなんとかうち払いながら、ビルに入った。五階に森山商事の標示がある。腕時計を見る。約束の十時には、まだ五分ある。気持ちを整えてエレベータに乗り込み、五階のボタンを押した。

直ぐにエレベータは五階に着いた。エレベータを出ると、廊下があり、森山商事は一番突き当たりのはずだ。森山商事を訪ねるのは、転勤の挨拶以来だが、そのときは和やかに会話を交わしたはずなのに……。直哉はなぜ副社長の弘子があんなに激高したのか、想像がつかない。それが憂鬱の原因だった。

「おはようございます」

直哉は、森山商事の看板を確認し、ドアを開け、中に向かって挨拶をした。できるだけ元気に聞こえるように言った。

「お待ちしていました」

弘子が目の前に現れた。その現れかたが突然だったので、直哉はドキリとした。

「約束の時間ですよね」

「ぴったり十時です。でも今か今かと待っていました」

弘子は笑顔を作っているが、目が笑っていない。

直哉は応接室に案内された。広々とした部屋に濃い茶の革張りのソファが並んでいる。その一つに座ると、女子社員が茶を運んできた。目の前には弘子が座った。

「直ぐに社長が来ます」

弘子が真っ直ぐに直哉を見つめて言った。

「驚きました」

直哉が言った。硬さを少しでもほぐそうと微笑したが、弘子は顔を崩さない。

「何に驚かれたのですか?」

「あの電話です。突然、叱《しか》られたものですから」

「驚いたのはこちらです」

弘子はきっぱりと言った。もともと水商売をしていたとの噂《うわさ》で、顔立ちはきりりとして美人だった。もう年齢こそ五十歳を過ぎているのだが、軽くウエーブのかかった髪を纏《まと》め上げ、着物でも着ればまだ十分にクラブのママが務まる雰囲気を持っていた。

社長の森山勝治は七十歳を超えているはずだ。弘子が後妻なのかどうかは定かではない。

社長室に通じる応接室の奥のドアが開き、スーツ姿の細身の男性が入ってきた。腰をかがめている。勝治だ。年齢以上に老けているのは、胃弱体質が原因だと言っていたのを直哉は思い出した。「社長、ご無沙汰しています」

直哉は立ち上がって礼をした。

「松嶋さん、ご苦労様です。無理を言いましたね」

勝治はゆっくりと近づき、弘子の隣に座った。

「お加減が悪いのですか」

直哉は勝治が転勤前よりも痩せてしまったことに驚き、訊いた。

「いや、大丈夫です。ちょっと寝込んだものだからね」

勝治は弱々しく笑った。

「これもみんな大東五輪銀行のせいよ」

弘子が怒ったように言った。

「これこれあまり言うな。松嶋さんに失礼ではないか」

勝治が制した。

「分かりました。松嶋さん、もう一人、来られるからちょっと待ってね」

「もう一人ですか？」

直哉は首を傾げた。いったい誰だろう？　直哉は不安な気持ちが募ってきた。

「お待たせしました」

女子社員に案内されて入ってきたのは新宿支店の副支店長野呂清二だった。

「野呂さん」

直哉は思わず声を上げた。野呂は何も言わなかった。軽く頭を下げただけだ。

「これで全員揃《そろ》ったわ。始めましょうか」

弘子が、まるで戦闘開始というような口ぶりで言った。野呂は、怯《おび》えたように身体をちぢませて直哉の隣に座った。直哉の顔を見ようともしない。

「松嶋さん」

弘子が口火を切った。

直哉が顔を上げ、弘子を見つめた。顔が整っているだけに怒りがストレートに表情に表れている気がする。

「あなたが転勤される直前ですが、当社の取引をディージー・ファイナンスという会社に移しました。そうですね」

「はい」

「このディージー・ファイナンスは企業再建を主な仕事にしているというご説明でした。あなたがおっしゃるには当社は業績が悪いわけではない。しかし現在の銀行の格付け基準では要注意先以下になってしまい、不良債権と同じような認定を受けてしまう。そうなると支店で取引を継続するのは難しい。その前にこのディージー・ファイナンスに取引を移せば、今までと変わらぬ取引をしてくれるばかりでなく、いわゆる正常先への道も拓《ひら》いてくれるというものでしたね」

「そうです」

直哉は頷いた。

森山商事は旧大東銀行の取引先で、合併によって大東五輪銀行の取引先になったが、全ての融資が返済されるまで数十年を要する超長期融資だった。

森山商事がビルを建設した頃は、賃貸収入が右肩上がりをしている時代だったし、また銀行融資もビルの建設資金なら三十年や五十年くらいはかけて返済してもいいと考えていた。返済が終わる頃にまた新しいビルを建設するくらいの考えだったのだ。

それに不動産の価格も低下するなどとは信じられていなかったので、多くの不動産を所有する森山商事は優良企業だった。

ところが銀行の財務内容が悪化したため、金融庁は不動産融資のような超長期融資の評価を低くした。返済が五年以上も必要とする融資を厳しく査定したのだ。その考えからすると返済までに数十年を必要とし、借り換えといって何年かに一度、残っている元金を新しい融資に切り替えているような森山商事への融資は不良債権になってしまったのだ。

会社側は全く知らない、関係のないところで銀行だけが基準を変えてしまったのだ。

直哉は支店では徐々に支援が難しくなってきていた森山商事を、新しく作られた企業再生関係会社ディィージー・ファイナンスに移すことを考えた。このディィージー・ファイナンスは支店では取引を継続するのが難しくなってきた中小企業の取引先を再生しようというものだった。

支店長の柿内に相談すると、一も二もなく「移せ」という指示が来た。森山商事が旧大東銀行の取引先であったことで柿内はさほど思い入れがなかったためだ。それに加えて新しく作られた会社に不良債権を移すことは支店の不良債権を減らすことであり、業績上もこうした会社を積極的に利用していることを本部が評価したのだ。

企画部にいた経験のある直哉は、このディィージー・ファイナンスが作られた理由は企業再生という建前上の理由以外に、平成十七年三月末に銀行が不良債権比率を四パーセント以下にしなければ業務改善命令を受けるかもしれないからだということも知っていた。その会社に不良債権を移し、銀行本体の不良債権比率を下げるのだ。

しかしそれは従来、多くの銀行が苦し紛《まぎ》れにしてきたペーパーカンパニーへの不良債権の飛ばしではなく、実際に中小企業の再生の支援をする会社だと信じていた。再生専門家を顧問に迎え入れ、多くの行員たちが出向して行ったからだ。だからこそ弘子に勧《すす》めたのだ。

「私は松嶋さんの言葉を信じました。野呂さんにも確認しましたね。野呂さん」

弘子が野呂に声をかけた。

「は、はい」

野呂は僅《わず》かに顔を上げた。

「お二人が勧めてくださったので、私は社長に銀行からディィジー・ファイナンスに取引を移すように言いました。でも社長は反対されたのです」

弘子は隣で眠るように目を閉じている勝治を一瞥《いちべつ》した。

「社長は反対だったのですか」

直哉は訊いた。勝治が反対していたことは知らなかった。

「社長は、大東銀行と取引をしているのであって、そんな訳の分からん会社と取引はできないという考えでした。私はそれでも説得しました。なぜならお二人が勧めてく

だったからです」

弘子は目を吊《つ》り上げて、直哉と野呂を見つめた。

「私は騙されました」

弘子が一段と声を荒らげた。

「申し訳ありません」

急に野呂がテーブルに頭を擦《こす》り付けた。

5

弘子の罵声は、テーブルに頭を擦り付けた野呂の上に浴びせられた。直哉は、身体を固くしてどうして良いか分からず、じっと弘子の怒りが収まるのを待っていた。

弘子は、ディージー・ファイナンスが何も支援してくれないばかりか、最近になってビルを売却しろ、いっそのこと破産してしまえと担当者がうるさく言ってくることに憤慨していた。

「なぜそんなことを言ってくるのですか」

直哉は弘子に訊いた。

弘子は、目を丸くして、口をぽかんと開けた。

「聞きたいのはこっちよ。なぜそんなに態度を変えたの？」

弘子の視線が野呂に落ちた。

「野呂さん、少なくとも僕はディージー・ファイナンスがきちんと森山商事さんの面倒を見てくれると思っていたし、私が支店にいたときはそうだったのじゃないのですか」

直哉は野呂に訊いた。あまり良い気持ちはしなかった。野呂に責任転嫁をしているように見られはしないかと思ったのだ。しかし分からないことは分からない。

「全ては私の力のなさです」

野呂は再び頭を深く下げた。

「どういうこと？」

弘子が迫った。野呂は直哉を心配そうな目で見た。何か迷っているようだ。

「野呂さん、私を気遣っておられるのでしたら、お気になさらず遠慮なく話してください」

直哉は野呂に発言を促した。野呂は、意を決したように直哉を見つめると、姿勢を正した。

「旧大東銀行のお客様の粛清です」

野呂は言った。粛清という耳慣れない言葉に直哉は驚き、息を呑んだ。

「松嶋さんが転勤されて直ぐに柿内支店長から方針が出されました。会社をリストアップされ、これらの会社を徹底して処理しろと指示されました。そのリストを見ますと、全てが旧大東銀行のお取引先でした」

「なんてことを、本当ですか……」

直哉が呟いた。しかし柿内ならやりかねないと思った。直哉がいるときは、柿内の旧五輪銀行中心主義を批判的に見ていたため、さほど目立ったことはしなかった。しかしいなくなった途端に歯止めを外したに違いない。

「私は、思い切って申し上げました。これは全て旧大東銀行の取引先ばかりですがと……」

「そうしたらなんて言ったの？　支店長は！」

弘子がつんつんした口調で言った。

「はい、偶然だよとおっしゃって私の意見など無視されました。森山商事さんは再生会社に取引が移っていましたが、こうした会社の取引方針を具体的に実施すると評価が上がります。実は、関係会社である五輪不動産が森山商事ビルに非常に関心を持っていました。支店長のところに何度も足を運ばれていまして、五輪不動産にビルを売却させようということになりました」

「何を勝手に！」

弘子が目を吊り上げた。

「五輪不動産に森山商事さんのビルを売り、その売却代金で融資を返済させ、それでも残る融資はあらためて償却するかどうか協議しようということになったのです」

「それで急に五輪不動産がディージー・ファイナンスの担当者と一緒に来るようになったのね」

「ビルを売った代金で返済させれば、不良債権の回収実績が向上するからだね」

直哉は言った。

「その通りです。このままでは長い期間をかけて再建していくことになります。それで一気にやろうということです」

「しかし松嶋さんがいなくなった途端とは、ひどいじゃないの」

弘子が、言葉のニュアンスを変えた。直哉には責任がないように思ったようだ。

「金融庁の検査が近いとかで、本部からとにかく不良債権の処理を急げという指示が来たのです。支店長は本部の指示に忠実ですから……」

野呂は肩を落とした。

「売らないわよ。絶対に」

弘子は言った。

眠ったようにソファに身体を預けていた勝治が目を開けた。

「金融庁とやらに銀行は振り回されているようじゃの。たとえ金融庁が不良債権の処理を急がしても、私らのことを考えてくれる銀行員はいないのか……。そういう気概のある銀行員はいないのか……。私らはなんの悪いこともしていない。返済だって滞らせたことはない。言われるままに返済を続けておるではないか。それゆえ決して不良債権だとは思ってはおらん。利息を払い、返済をきちんとしているのが何故《なぜ》不良債権なんじゃ？　だから銀行から、その訳の分からん会社に取引を移すのには反対したんじゃ」

勝治はゆっくりと噛み締めるように言った。穏やかに話す口ぶりからは怒りがじわじわと滲《にじ》み出ていた。まさしく銀行の支援でビルを建て、苦しくとも返済を滞らせずに来たにも拘《かか》わらず、ただ超長期の融資だというだけで不良債権に認定されることは納得がいかないだろう。金融庁と銀行の都合で真面目に経営してきたものを壊されてはたまらないという思いが勝治の言葉には感じられた。

「申し訳ありません」

野呂が勝治に向かって深々と頭を下げた。

「私が至りませんでした。なんとしても支店長に抵抗すべきでした。長い間、旧大東銀行でお世話になっておきながら、大東五輪銀行になったら切り捨て御免ではお客様に合わせる顔がございません」

直哉はテーブルに頭を擦り付けている野呂の背中を叩いた。

「野呂さん？」

野呂が顔を上げた。

「ひとつ訊きたいのだけれど、今貞食品も同じ？」

直哉は小声で訊いた。今貞食品の名前を弘子に聞かれたくなかったからだ。野呂は、直哉に小さく頷いた。

「やっぱりそうか……」

直哉は呟いた。

「どうしてくれるの？」

弘子が強い口調で言った。

「支店長にかけあってみます」

直哉は言った。柿内のやり方に対する反感がふつふつと湧き起こってきた。

6

柿内は、椅子の背もたれが折れ曲がるほど身体を預け、両足を机に投げ出した。営業マンとして鳴らした男だが、ここまで態度を悪化させたことはない。よほど直哉の言ったことに腹が立ったのだろう。

「本部に行って、またエリートに戻ったんだな。いい気なもんだ。支店長に意見しに来るとはね」

「意見をしに来たわけではありません。あまりに酷いと申し上げているのです。私が転勤して直ぐにお取引先に対する態度を変えてしまわれるとは思いもよりませんでした」

直哉も負けてはいなかった。隣の野呂は黙って俯《うつむ》いていた。何か言ったらどうかと思ったが、大東銀行出身者であり、柿内に遠慮があるのだろう。

「では何かい？　もう少し時間が経《た》っていればよかったのかい？」

「そういう意味ではありません。旧大東銀行の取引先ばかり狙《ねら》い撃ちにして、融資を引きあげるだの、金利を上げるだのではおかしいと思います。少なくとも公平ではありません。また方針を立てて取引をしてきたものをこんなに急に変えると相手との信頼が損なわれます。それは大東五輪銀行にとって決していいことではありません」

直哉は強い口調で言った。

柿内は薄く笑った。

「君は本当に甘いね。君みたいな甘い本部官僚が多いからいつの間にか大東五輪はくだらない下位行になってしまったんだ。このままだとイナホ銀行や桜花住倉や大東京四菱に絶対に追いつけないぞ。もっとあくどく儲《もう》けなければならない」

「支店長のおっしゃることは分かりますが、森山商事にビルを売れ、今貞食品に金利を上げるぞ、さもないと融資を引きあげるぞ、ではあまりに酷いではありませんか。取引先の嘆きが聞こえませんか」

「言い訳がましく聞こえるかもしれないが、これもみんな金融庁のせいだ。もう直ぐ特別検査が入るらしい。今度は相当にやられるという噂だ。その金融庁が不良債権を減らせ、リスクに見合った金利を取れ、と言っているんだ。本部が金融庁の言いなりに、支店に指示をしてくるのは君も承知だろう。私はその指示に忠実に従っているだけだ。とにかくみんな金融庁のせいだ」

「それでも私たちは私たちなりに考えてお客様本位に対処してきたではないですか。金融庁にもきちんと説明すれば分かってもらえるはずです」

「松嶋、君はそれを本気で言っているのか。そういう甘さを捨てろと言っているのは本部なんだぞ。私は君のそうした考えもあって客にはできるだけマイルドに接してきた。しかしそれでは本部の、いや金融庁の意向に添わないんだ。君がなんと言おうと、私は私のやり方でやる。君はもう広報グループの人間だ。出しゃばるな」

柿内は言い放った。

「支店長！」

野呂が急に立ち上がった。

「なんだ。野呂、文句があるのか!」

柿内が睨みつけた。

「い、いえ、何も……」

野呂は、口ごもりながら、またソファに腰を下ろした。

「何もかも金融庁のせいだ。恨むなら金融庁を恨め。客にはそう言っとけ」

柿内は両手で前を払った。出て行けという合図だ。

「支店長、方針は変更なさいませんか」

直哉はもう一度訊いた。

「変更しない。すれば自分の首が危ない」

柿内は両手で自分の首を絞めて見せた。

今貞食品の柳沢や森山商事の弘子になんと言えばいいのだろうか。彼らを助ける方策はないだろうか。金融庁も客との信頼を壊せとは言っていないはずだ。どうしてそのところが柿内には理解できないのだろうか。

直哉は眉根を寄せ、唇を強く嚙んだ。

7

直哉は倉敷に呼ばれた。倉敷の執務室に急ぎながら、昨日の柿内とのやり取りが胸にわだかまりとして残っていた。

どうして自分の転勤のタイミングを図るかのように柿内は取引先に厳しく当たるようになったのだろうか。いずれ時間を見つけて今貞食品の柳沢にも会わねばならない。柿内の好きなように彼らを潰されてはたまらない。こうした支店の動き、特に旧大東銀行の取引先に対する締め付けは一般的なのだろうか。倉敷は知っているのだろうか。

「入ります」

直哉は倉敷の執務室のドアを叩いた。

「入れ」

中から倉敷の声がする。

執務室に直哉が足を踏み入れると、倉敷は椅子から立ち上がった。机に置いたノートブックパソコンのキーボードを叩いていたようだ。

「急に呼んで悪かったな。そこに座ってくれ」

倉敷はソファを指差した。直哉は指示されるままソファに座った。

「どうした、浮かない顔をしているじゃないか。珍しいな」

倉敷が直哉を見て言った。

「なんでもありません。ちょっと気になることがありまして……」

「そりゃいけないな。気になることはあまり溜《た》めるな。ところでだ……」

倉敷は背を丸めるように身を乗りだしてきた。直哉は緊張した。

「三割ルールというのは知っているな」

「はい」

三割ルールとは金融庁が公的資金注入行に対して、二年連続で経営健全化計画の収益目標を三割以上下回った場合、経営者の責任を問うというものだ。

「大東五輪銀行が、三割ルールの適用を受けるわけにはいかない」

倉敷の視線が強くなった。

「可能性があるということですか」

直哉は訊いた。

「ある」

倉敷は強く断定した。

直哉は倉敷の次の言葉を待った。息を呑む思いだった。経営陣の交替も視野に入れなくてはいけないほど経営が悪化していたのだ。直哉が本部を離れて支店で死に物狂いで営業活動していた間に一体どうしてこんなことになってしまったのか。それとも直哉は本部にいたにもかかわらず、経営の本当の実態は知らされていなかったと言うことだろうか。

「大東銀行との合併が失敗だった。何も決められなかった。また何も決めようとしなかった。田端頭取が勝手に頭取の座を投げ出してしまっただろう？　あれは大東に配慮したり、五輪に顔を向けたりしているうちにっちもさっちも行かなくなったのが真相だ。今、ようやく立岡頭取の手によって五輪主導にしつつある。もう大東にいろいろなことは言わせない。もう少し時間が欲しい。遅れを徹底して取り戻すつもりだ」

倉敷はさらに身を乗りだしてきた。直哉は身体をそらさざるを得なかった。

「そこで君の兄上に聞いて欲しいのだ。どこまで大東五輪を攻めるのか、どこまで追い込むのか、時間はもらえるのかと。無理な願いだとは分かるが、頼む」

倉敷が頭を下げた。

直哉は困惑した。この傲慢《ごうまん》で頭取さえ自分の部下だと言いかねない男が頭を下げている。信じられない光景だ。

しかしこれは直哉に頭を下げているのではない。直哉の後ろに見える哲夫に下げているのだ。

「専務、頭を上げてください。勘弁してください」

直哉は泣き言のように言った。倉敷はゆっくりと顔を上げた。強い視線は相変わらずだ。

「分かりました。どうなるか……、兄の立場もありますので期待はできませんが……」

直哉はやっと小声で答え、

「ちょっと伺《うかが》ってもいいでしょうか」

と訊いた。倉敷は頷いた。

「最近、支店では取引先への方針を急に変更しているようなのです。それも旧大東銀行の取引先に厳しいようなのです。何か本部からの方針が出たのですか」

「旧大東の取引先から撤退しろという指示など出しているわけがない。ただ支店には収益に結びつける営業を闇雲《やみくも》にやれとは命じている。当たり前のことだ」

倉敷は旧大東の取引先に対する厳しい対応を否定したものの、旧五輪主導を確立するという方針を明確に打ち出そうとしている姿勢がすばやく柿内に伝わっているのだとしか思えない。

「何とかしなくてはならないことばかりですね」

直哉は呟いた。

「そうだ。なんとかしなくてはならない」

倉敷が強い口調で言った。直哉は自分の思いと倉敷の思いとに微妙に違いがあるような気がした。

第四章　哲夫の思い

1

哲夫は官舎に戻ってきた。午後十時を過ぎている。

今日は、久しぶりに高校時代の同窓生との集まりがあったのだ。哲夫の仕事の性質からして民間人と飲酒する場合は非常に気を使う。その中に銀行や保険など金融庁との利害関係者がいないか事前にチェックしておく必要がある。もしそうした人間が交じっている場合には出席を見合わす場合が多い。

国家公務員倫理法では、利害関係者との関係を細かく規定して、基本的には供応や接待を受けてはならないことになっている。同窓会などの多人数のパーティで、しかも費用が自己負担ならば問題はないのだが、哲夫がそうした会に出席をしないのは、要するに面倒なのだ。痛くもない腹を探られたり、無用な誤解を生んだりすることがあるからだ。

しかし今日は特別だった。哲夫の東北財務局行きを支援してくれた高校の恩師が、東京に出てきたというのだ。恩師は、既《すで》に還暦を越えて引退しているが、東京にいる者たちで呑もうということになったのだ。

場所は、赤坂の榮林《えいりん》という中華料理店になった。ここは最後の締めに出てくる酢辣《スーラー》湯麵《タンメン》が絶品で、店の名物にもなっている。

恩師を囲んで哲夫を入れて六人が集まった。みんなすっかり中年のオヤジになっていたが、集まれば少年に戻った。

恩師は、真面目に最近の金融不良債権問題を話題にしようとしたが、哲夫はご意見拝聴との姿勢を崩さなかった。

しかし景気回復、特に地方の景気を回復させるためには銀行の不良債権問題に早く区切りをつけて欲しいという恩師の意見は痛いほど胸を打った。派手な不夜城の東京にいると実感が湧かないが、地方の経済はまだまだ土砂降り状態なのだろう。

少し足元がふらついている。酔うほど呑んでいないはずだが、気が置けない仲間だったからだろうか。

目の前に官舎の入り口が見えた。官舎は、赤坂の外れにあった。鉄筋コンクリート製四階建てエレベータなしの他の官庁と合同の官舎だ。広さは2LDK。十分な広さではないが、場所がいいだけに贅沢《ぜいたく》はいえない。

門から敷地内に足を踏み入れたとき、松嶋さん、と声をかけられた。

良い気分ではない。夜の暗闇の中で呼び止められるのは、足先まで冷たくなる気がする。振り向くと暗闇の中に大きな黒い影が覆いかぶさるようにそこに立っていた。

「大河原です」

影が揺れた。

「君か……。今日は疲れているんだ。勘弁してくれないかなぁ……」

朝毎新聞の財研キャップだ。

「良い気分のようですね。どこかで一杯ですか」

大柄な割りに人なつっこい男だ。黒い影のままじりじりと近づいてくる。

哲夫は門の中に足を踏み入れた。大河原も一緒についてくる。

「おいおい不法侵入だぞ」

哲夫は振り向いて大きな声で言った。

「そう堅いことを言わないでくださいよ。ちょっといいじゃないですか」

「困った奴だな。俺は行くぞ」

哲夫は無視して歩き始めた。大河原は、身体をかがめるようにしてついてきた。

「大東五輪銀行にはいつ特別検査に入るのですか」

背後から大河原が言葉を投げかける。哲夫は無視して、足を早めた。

「あそこの流通や建設関連企業は、相当痛んでいるという話ですが……」

大河原の声が誰もいない階段に響く。

「おい、ちょっと寄るか？」

哲夫は立ち止まった。

「願ってもないことです」

大河原は、その場で軽くジャンプすると、哲夫の側をすり抜けるように階段を駆け上がった。気が変わらないうちに四階の哲夫の家に辿《たど》り着こうというのだ。

「忙しい奴だな」

哲夫は苦笑しながら階段を昇った。

2

美代子《みよこ》が、冷やしたグラスと缶ビール、ねぎと浅蜊《あさり》のぬた、オクラを添えた冷奴《ひややっこ》、厚焼き玉子を大河原の前に並べた。

「奥さん、良《い》いですよ。勝手に上がりこんだのですから」

大河原が恐縮している。哲夫が記者を自宅に上げるのは珍しいことだ。いつもは玄関先で美代子が謝罪して帰ってもらう。

実際のところ金融庁の検査官が記者と会ってもプラスになることはない。自分のリスク、すなわち業務上に知り得た情報の漏洩《ろうえい》という公務員として犯してはならない罪を疑われるのが落ちだ。

大河原は先ほどから珍しそうに室内を観察している。

哲夫と大河原がいるのがリビング。その奥にダイニングキッチンといえば聞こえがいいが、とてもダイニングはできそうにない、キッチンというしゃれた呼び名が恥ずかしいような台所がある。部屋は夫婦の寝室となっている和室と息子が使っている洋室がある。

息子の公夫《きみお》は今、高校二年生だ。部屋で勉強をしているのだろうか、顔を見せない。

「狭いだろう」

哲夫は大河原のグラスにビールを注《つ》ぎいれながら言った。

「いやあ、こんなものですよ。僕なんかも同じような間取りですよ。もっともあまり家には帰りませんが」

大河原は快活に言った。

「それじゃ、何にだか分からないが、とりあえず乾杯！」

哲夫はグラスを掲げた。大河原は一気に呑み干した。美代子が、別の缶ビールを大河原のグラスに注ごうとすると、

「奥さんはいかがですか」

と大河原が言った。

美代子が微笑して、哲夫の顔を見た。

「頂いたら」

哲夫は言った。

「そうしましょう」

美代子は、台所に行き、新しいグラスを持ってきた。

「はい」

美代子は大河原にグラスを両手で支えて差し出した。なんだか嬉しそうで少女のようにうきうきとした顔をしているのが、哲夫にはおかしかった。

「大河原君、気をつけてくれよ。こいつは僕より強いからね」

哲夫は美代子をからかった。

美代子とは高校の同級生だった。東北財務局時代に結婚をした。小柄なせいもあって年齢より若い印象だ。一番いいのはくよくよしない前向きな性格なことだ。官舎にいても周りのうるさい女性たちと上手《うま》くやってくれている。

「それでは乾杯」

美代子が自分のグラスを目の高さまで上げた。

「乾杯」

大河原がにこやかな顔で応じた。

美代子は美味《おい》しそうにグラスの中身を呑み干した。

「この卵焼き、めちゃくちゃにうまいですね」

大河原が誉める。

「あらお上手ね」

美代子がグラスに自分でビールを注ぎいれている。

「うまいだろう。その厚焼きは我が家の名物さ。売り物になるかもしれないと思っている」

哲夫も卵焼きを口にした。甘さが口中にじっくりと広がる。

「絶対、売り物になりますよ」

大河原がお代わりと言って皿を差し出した。美代子が嬉しそうにその皿を持って台所に消えた。

哲夫は、酔いが回ったのか、目を閉じた。里村の微笑《ほほえ》んだ顔が浮かんできた。

＊

哲夫は、里村の席に近づいた。

「どうです。考えてくださいましたか……」

里村は書類から目を離し、哲夫を見上げた。いつも微笑みを絶やすことのない里村の顔を見ていると、何故だか力が抜けてしまう。得な性格だ。自分と違って敵を作ることはないだろう。

「あまり気が進みませんが、引き受けます」

哲夫は苦笑交じりに言った。これで決まった。大東五輪銀行へ責任者として検査に入るのだ。

「ありがとうございます。これで安心しました」

「徹底的にやりますよ。過去の怨念《おんねん》とかではなく……」

「お願いします。しかし世間は、厳しくやればやるほど亡くなった井上検査官の弔《とむら》い合戦などと言うでしょうね」

井上検査官という名を口にしたとき、里村は顔を引き締め、瞑目《めいもく》した。

「松嶋さんが大東五輪銀行の検査に行ってくだされば、藪内大臣も安心されるでしょう。とにかくこれで終わりにしたいと思っているのです。こうした非常時検査を……」

「その意気込みでやらせていただきます。いつまでも決算期の銀行業務に睨《にら》みを利かせるような非常時検査を続けておりますと、そのうち金融界は歪《いびつ》になっていくでしょう。びくびくと我々の顔色ばかり窺《うかが》うようになって自主性も自信も失っていく」

「その通りです。藪内大臣も全く同じ考えです。世間ではまるで金融庁が権限拡大を狙って金融機関を苛《いじ》めているような陰口を叩きますが、全くそのような考えはない。権限など拡大しても我々にはなんのメリットもない。ただひたすらに一日でも早く金融界の正常化を成し遂げたいだけです」

「よく分かっています。来年の三月には、大手行の不良債権問題は間違いなく終結宣言を出せるでしょう。そういう検査にいたします」

哲夫は口元を引き締めた。

「まだまだ銀行では決算を尻《しり》から作ろうと考えている連中が幅を利かせています。徐々によくなったとはいえ、まだまだです。先入観はいけないと思いますが、その最たるものが大東五輪銀行でしょう」

里村は顔は穏やかだが、その口から出る言葉は激しい。

「大事なのは愚直ではあるが正直であること、ではないでしょうか」

「全く松嶋さんのおっしゃる通りです。来年の三月末までの不良債権問題からの訣別《けつべつ》を宣言しておきながら、もしその舌の根も乾かぬうちに訣別できてはいなかったなどという事実でも出ようものなら、金融行政に対する信頼はガタガタになりますからね」

里村は哲夫に同意を求めるかのように何度か頷いた。

「私たちは金融界を信頼し続けて、裏切られてきました。監督する立場で変な言い方ですが、いつも彼らを信頼してきました。ところが彼らは先送りしか選択しなかった。私たちも景気などの政治的な判断でそれに同意してきました。そして裏切られ続けてきた。国民も皆同じです。こんどこそ信頼を取り戻さなくてはならない」

哲夫は里村を見つめた。

「藪内大臣も同じ考えです。どんなことが起きようとも金融界が国民からの信頼を取り戻さなくては経済社会の発展はありません。そのための、嫌われ役が私たちでしょう」

里村は、初めて微笑むのを止め、口元を引き締めた。

＊

「松嶋さん、眠いのですか。すみません。お疲れのところ……」

大河原が哲夫の顔を覗《のぞ》きこんだ。

「大丈夫だよ」

哲夫は目を開き、泡の消えたビールを呑み干した。

「ところで大東五輪銀行のことですが……」

「いいじゃないか、その話は」

哲夫は大河原のグラスにビールを注ぎいれた。

「結局、あの銀行は何も金融庁の言うことを聞きませんね。どうしてあんなに強気なんでしょう。素直に聞き入れたイナホ銀行や大東京四菱などは、今、建て直しに必死ですよ」

「金融庁ってどんな役所だと思う？」

哲夫はグラスにビールを注いだ。

「そりゃあ、金融業界のお目付け役でしょう。今も昔も……」

大河原は質問の意味を探るような目つきになった。

「今も昔も……、というと大蔵省時代と変わらないと思うんだ？」

「そりゃあそうでしょう。松嶋さんだって大蔵省から来られているわけだし……」

「長官がね……」

「長官って、三木《みき》さんですか？」

「他に誰がいるの？　三木勇介《ゆうすけ》以外に」

哲夫は笑った。

「三木長官がどうされたのですか」

「新大陸に行くような気持ちだとおっしゃったのさ。イギリスを追われてアメリカへ行ったピルグリム・ファーザーズみたいなものだ」

「えっ、ピル……」

大河原が困惑した顔になった。

「ピルグリム・ファーザーズ、一六二〇年にメイフラワー号に乗ってイギリスのプリマスを出て、六十五日の航海を経てアメリカ大陸に辿り着いた約百人の人たちだよ」

「よくご存知ですね」

大河原は頭を掻《か》いた。箸《はし》が厚焼き玉子を摘《つま》んでいる。

「常識だろ？　それはさておき三木長官にしてみれば金融庁に大蔵省から移るときは、そういう新大陸に上陸する気分だったそうだ。何もかも真っ白で、何の指針も、前例もない。前例だけで動いていた時代が全く否定されたわけだからね。それであっちに当たり、こっちに当たりで試行錯誤を繰り返してきたわけだ」

「検査マニュアルもそうですね」

「そうだ。あんなものを作り、手の内を銀行に公表するなんてコペルニクス的転回もいいとこだよ」

哲夫は、ビールを呑み干した。

「大蔵省と連続していたわけではないんですね」

「少なくとも気概だけはそうだ。とにかくこの国の金融の信頼を取り戻すんだ、という使命感だよ。腐敗と汚辱にまみれていたのはほんの一部の驕《おご》り高ぶった幹部たちだ。大方の大蔵省職員は、プライドを持ち、私《わたくし》より公《おおやけ》に殉じるタイプばかりだ。それを踏みにじられたわけだからね。そんなところから新大陸を目指したわけだ。自分たちで前例を作り、道を切り開くためにね……」

哲夫は、気持ちは興奮しているのだが、猛烈な睡魔に襲われてテーブルに伏せた。遠くなる意識の中で、大河原の声が聞こえる。

「よくわかりました。大東五輪銀行は相当厳しくやられますね……」

3

哲夫は合同庁舎十二階の会議室に着いた。ドアを開けると、二十数名の者たちが立ったまま一斉に哲夫に視線を向けた。

「おうみんな早いな。おはよう」

哲夫が挨拶をする。

「おはようございます」

全員が声を合わせる。

「それじゃあ席に着いてくれ」

哲夫の声を合図に教室方式に並べられたテーブルの思い思いの位置に全員がついた。哲夫は立ったままだ。

「集まってもらったのは、このメンバーで大東五輪銀行に検査に入る。私が主任を務める松嶋哲夫だ。よろしく頼む」

哲夫の声に、一瞬、ざわめきが起きた。哲夫は全員が静まるのを待った。

「異例だが、こちらの意気込みをみんなに共有してもらうために集まってもらった」

哲夫は言った。

「御堂章《みどうあきら》といいます。いつ入るのですか？」

「来週月曜日だ」

哲夫は御堂に言った。

御堂は破綻した北海道開発銀行出身だ。まだ三十歳前半。勢いがあり、真っ直ぐな性格がその強い視線に現れている。

「花木《はなき》恭子《きょうこ》といいます。相手に予告はしないのですか」

「本日、水曜日、長官の決裁をもらったら先方には通告する。実質的には事前予告はないのと同じだ」

花木はこのチームただひとりの女性検査官だ。日本長期融資銀行に入行したが、二年で辞めた。退職直後の平成十年に長銀が破綻し、それをきっかけに金融に目覚めたといい、外資系金融機関などに勤め始めたが、金融庁に転じた。まだ三十歳にはなっていないはずだ。はきはきとした口調で話す、なかなかの美人だ。ちょっとしたファッションモデルでも通用する。

「そうとう松嶋主任は意気込んでいますね」

君塚信男《きみづかのぶお》が丸い腹を摩《さす》りながら、にんまりとした。

「君塚さんのようなベテラン検査官にご出動願わねばならないほどの意気込みですよ。予告もなし、徹底して貸出資産を洗い、ガバナンスをチェックします」

君塚は大蔵省以来の仲だ。哲夫の先輩でもある。太った身体からはユーモアが漂い、性格も穏やかで説得力がある。しかし不正やゴマカシには厳しく、その細い目が鋭く光ると徹底して問題を抉《えぐ》り出す。

通常の場合検査の流れは、事前に検査開始日を予告し、先方の銀行に準備をさせる。準備とは債務者ラインシートと呼ばれる資産査定の説明資料を作成させるなどして、債務者区分が適正かどうかを自主的に判定させておくのだ。実際の検査ではこれらの資料に基づいて検査官と検証していくことになる。

銀行では事前の予告が入ると、銀行員たちが通常の仕事を放棄して資料作りに連日徹夜となる。今回のようにあまり事前準備期間がないと資料作りが間に合わないが、相手にあまり加工させず、生のままのデータで検証できるというメリットはある。

「決算時期ですから、また迷惑がられますね。特に大東五輪銀行は反抗的ですから」

野川浩《のがわひろし》が暗い表情で言った。大蔵省から移ってきたたたき上げ検査官だ。いつも胃弱のような眉根を寄せた暗い顔をしている。銀行からの評判は良くないが、仕事は堅い。

「上も特別検査は終わりにしたいと考えている。今後は平時の検査になる。今回の検査はその締めくくりになるつもりでお願いしたい。ところで言わずもがなだが、検査についての考え方を再確認しておく。最近、いろいろと検査、ならびに検査官についての苦情が多発しているからだ」

哲夫は全員を見渡した。幾分、声が大きくなった。検査官たちは真剣な顔つきで哲夫を見つめている。哲夫は、全員の前をゆっくり歩きながら、話を進める。

「まず金融検査の目的だ。あくまで金融機関は私企業だ。金融庁の子会社じゃないぞ」

哲夫の言い方に、検査官の中から笑いが漏《も》れた。

「だから彼らの自己責任原則に則った経営を尊重しなければならない。しかし、金融機関の主たる利用者は一般企業と異なる預金者、借入者などだ。つまるところ一般の公衆というべき存在だ。その彼らの公益は適切に保護されなければならない。

また金融機関は金融システムで互いに緊密に関係しあっている。だからたとえひとつの金融機関の破綻であっても連鎖反応がおき、金融システム全体に影響を与え、このことが信用収縮などを引き起こし、実体経済全体に重大な影響を及ぼすことになる」

哲夫は、平成七年八月の兵庫銀行や木津《きづ》信用組合の破綻の頃のことを思い出した。九年も前のことだ。花木と目があった。理知的な目をしている。ここにいる花木などは大学生になっていたのだろうか。

あの頃は、最悪だった。正月があけてまもない十七日に阪神淡路大震災が起きた。朝のニュースで阪神地区の家並みが灰燼《かいじん》に帰し、黒煙が上がっている姿を見て、身震いがした。直ぐに現地の日銀などと連絡を取り、日常的な金銭の支払いを行えるように手配をしなくてはならなかった。こういう緊急事態にちゃんと対応できてこそ役所というものだ。

落ち着く間もなくその前年に破綻した東京協和信組と安全信組の受け皿銀行である東京共同銀行が営業開始をする三月二十日になった。この二信組の破綻は歴史的なことだった。銀行不倒神話が崩れたのだ。戦前の金融恐慌のトラウマから戦後になって大蔵省はその行政の中心に「一行たりとも倒産させない」というテーゼを据えた。世に言う「護送船団方式」だ。

ところがこれがバブル時代に銀行経営者に対する深刻なモラルハザードを引き起こしてしまった。すなわち倒産することがないという甘えから銀行経営者は杜撰《ずさん》かつ巨額の甘い融資を拡大したのだ。そのツケがこの二信組にまずやってきた。

一般公衆に被害を及ぼすわけにはいかない。そのためには東京共同銀行という受け皿銀行を作らねばならなかったが、小たりとはいえ、銀行は破綻させられないというタブーは破られた。

東京共同銀行が華々しくオープンするために準備が整えられた。新聞記者も多数集まった。銀行破綻という暗い事実に直面しながらも、多くの一般公衆に大蔵省行政に対する信頼を見せる良いセレモニーになるはずだった。

ところが、オウム真理教などという狂信的集団が、あろうことか地下鉄にサリンを撒《ま》いた。多くの死傷者が出た。オープンセレモニーに来ていた記者たちが突然、そわそわとしだした。多くの記者やカメラマンがその場からいなくなり、サリン事件の現場に走った。運命というものは暗転し始めるとどこまでも暗転するものなのだ。銀行破綻を明るい話題に変えようと思った新銀行のオープンは、暗く悲惨な事件とともに記憶されることになった。

同じく三月の二十八日には大東京銀行と四菱銀行が翌平成八年四月に合併することを発表したが、それが、たいした話題にならないほど景気は悪化していた。そしてついに七月三日には日経平均が一万四千円台というバブル後最安値をつけた頃、続々と銀行が破綻し始めた。八月一日にはコスモ信組、八月三十日には兵庫銀行、木津信組……。

兵庫銀行は阪神淡路大震災の影響を受けていたというものの頭取は元大蔵省銀行局長だった。大蔵省銀行行政のトップを戴《いただ》いている銀行は破綻させられないというタブーは破られてしまった。もう天下りを有りがたがる時代は終わるだろうと思ったものだ。

この頃の大蔵省は混乱の極致だった。今までの大蔵省行政のタブーが次々と打ち破られる中、不良債権の実態は把握できず、住宅融資専門会社の破綻も免れない事態となり、そこへ銀行の経営状態の深刻さを伝える情報が洪水のようにもたらされる。どれを優先して処理して良いかさえ分からない状態だった。

そこへ飛び込んで来たのが大和川銀行ニューヨーク支店の元行員の投機失敗による十一億ドルもの損失発生だった……。

この情報を大蔵省幹部は酒席で聞いてしまった。その頭の中を推し量るわけにはいかないが、またか？　なぜだ？　なぜこんな混乱した時期に、それをさらに混乱させるようなことを言うのだ！　耳を塞《ふさ》ぎたくなる思いだったに違いない。それで判断を間違った。また後で詳しく伺いましょうとばかりに適切な指示を怠ってしまった。その結果、大和川銀行はアメリカ撤退の憂き目に遭い、どうにかその場での倒産は免れたものの経営は悪化していった……。

大蔵省は信頼され、期待されすぎていたのだろう。ところがバブル崩壊という予想を超える未曾有の危機に直面したとき、何もできなかった。ただ渋面を作りながら奈《な》落《らく》へと落ちていっただけだった。大蔵省はたいしたことない、そういう認識が一般化した。世間では貸し渋り、貸し剝《は》がしが横行し、自殺者が急増した。そして遂に大蔵省解体……。

「本当に小さな銀行の破綻を過小評価していると金融システムは大変な事態を招くんだぞ」

哲夫は思わず拳を振り上げてしまった。

「だから、銀行法第二十五条などにもあるように我々の検査は銀行業務の健全かつ適切な運営を確保するために行うものだ。だからそれ以外の不必要な点まで検査を行い、金融機関との無用な軋轢《あつれき》を引き起こしていないか、これを不断に問いかけねばならない」

「どれくらいの期間やるんですか」

君塚が質問した。

「わかりません。最低三ヵ月にはなるでしょう」

哲夫は答えた。

「大東五輪は相当問題ありという噂も入ってきています。たとえば人事であるとか……」

御堂が訊いた。

「予断は許さない。マニュアルに従って淡々と検査しろ。結果はその後についてくる」

「政治的な意図はないですね。例えば井上さんの弔い合戦とか？」

野川が哲夫の表情を見抜こうとするかのように、じっと見つめた。

「ない。全くない」

哲夫は即座に否定した。

野川も井上には可愛《かわい》がってもらった検査官だ。井上が自殺したとき、五輪銀行を殺してやると奥歯を嚙み締めていたのを思い出す。それ以来、彼は旧五輪銀行の検査から外されていた。偶然なのか、意図的なのか……。

4

「今回も資産査定重視ですか。やりだすと細かいところにまで目が行き過ぎて困るんですよ」

御堂が苦笑しながら言った。

「それは御堂さんのトラウマに由来しているのよ」

花木が半畳を入れた。

「トラウマ？」

「御堂さんは破綻した北海道開発銀行出身でしょう。自分の銀行が潰れて、同じように内容の悪い銀行が潰れないのはおかしいなんて思っているんじゃないの？」

「バカ！　そんなこと思って検査しているわけがないだろう」

御堂が呆《あき》れたように、花木に向かって大きく手を左右に振った。

「そのくらいにしておけ」

哲夫は注意した。

「確かに不良債権の問題は大きい。だから資産査定重視でやってきたが、最近は金融機関も多くのリスクに晒《さら》されている。例えばイナホ銀行で起きたシステムリスクやそれに伴うレピュテーションリスク、それにコンプライアンスリスクなどもある」

君塚がベテランらしく落ち着いた口調で言った。

イナホ銀行のシステムリスクとは、イナホ銀行は三つの銀行が統合したのだが、その統合日に大規模なシステム障害を引き起こしてしまったことだ。全国のイナホ銀行のATM（自動預金受け払い機）が休止するなど、国民生活に大きな影響を与えた。その結果、イナホ銀行の評判は急落し、世評が低下することで経営に悪影響を与えるレピュテーションリスクに晒されることになった。

金融検査マニュアルという検査官たちの検査手引書というべきものにも、検査するべきリスクの種類としてシステムリスク、事務リスク、流動性リスク、市場関連リスク、信用リスクが挙げられ、それらのリスクと並立して法令等遵守、いわゆるコンプライアンスリスクを並べている。

同マニュアルには、

『（金融機関は）リスクをすべて最小化すればよいというわけではない。リスクの分散は金融機関の本源的な機能の一つであり、金融機関の役割は、適切なリスク管理を行いながら必要なリスク・テークを行っていくことにこそある。健全な事業を営む融資先に資金の円滑な供給を行うことは金融機関の責務である。近年の金融機関の不良債権問題は、過去、金融機関において適切なリスク管理が行われていなかったことに原因があるが、他方、現在懸念されている信用収縮の背景には、適切なリスク管理に自信が持てないが故の「貸し渋り」という面もあると考えられる。適切なリスク管理態勢の確立こそ、我が国の金融業が現下の不良債権問題を克服し、真に再生するための出発点となるものである。

また、金融機関のリスク管理態勢の確立は、我が国経済の産業構造転換を進める観点からも重要である。欧米先進国から導入した基本技術を応用して量的拡大を図ることに重点を置いてきた、戦後の我が国のキャッチアップ型産業構造においては、過去の企業業績の延長線上に与信判断を行うことが適合的な場合が多かった。しかし、近年の我が国は、ベンチャー・ビジネスに代表されるように、むしろ一定のデフォルト発生の余地を認識しつつ、技術や経営の革新を目指す、創造型産業構造へと転換しつつある。我が国が、こうした必要なリスクをとることを躊躇しない創造型産業構造へと転換していくためにも、リスクを前提として必要な資金を供給していく金融業の存在は欠かせないのである』

と書いてある。

「我々は金融検査マニュアルに従って、淡々と検査を実行するだけだ。それ以上でも以下でもない。世間がいろいろと雑音を入れるだろうが、一切そうしたものには動かされる必要はない。また御堂君が言ったように、これまでは資産査定に重点を置いてきたが、今日的なリスク管理にも目を向けていくことになるだろう。しかしそれもマニュアルを遵守することには変わりない」

哲夫は言った。

「まさにマニュアル至上主義の面目躍如ですね。マニュアルには金融機関が適正なリスク管理、リスク・テークができなかったから貸し渋りが起きたと書いてありますが、金融機関では金融庁リスクと言って、金融庁が貸し渋りの原因を作っていると言っていますよ」

花木が微笑しながら言った。

「花木君、それは僕に対する批判かい？ それとも金融庁行政に対する批判かい？」

哲夫は小首を傾げて微笑んだ。

「批判ではありません。ただしそういう世間の声にも耳を傾けつつ検査しませんと、いつの間にか世間常識からずれてしまった検査マニア集団になってしまわないとも限りませんから、申し上げました」

「花木君の指摘は今後の金融庁行政に生かすことにするよ」

哲夫は全員に向かって言った。笑いが漏れた。あらためて花木を見た。ウインクでもしそうな笑顔を見せている。美人は得だ。何を言っても許される。緊張した会議を和ませてくれる役割もある。この考え自体がセクハラではないかと思い、哲夫は花木から視線を外した。

「言わずもがなだが、我々が独善に陥らないために金融検査の基本原則を確認したい。野川君、頼む」

哲夫は野川に前に出るように促した。

野川は、返事をして哲夫の隣に立った。意外と背が高い。細くていつも猫背気味だから気がつかなかっただけなのか。

「金融検査の基本原則を申し上げます。第一に補強性の原則。金融機関は、自己責任原則に基づく金融機関自身の内部管理と、会計監査人などによる外部監査を前提としていますが、金融検査はそれらが適切に行われるように促すものです。したがって検査においては、銀行側で適切にこれらの管理が行われていることを前提に事後監視型チェックに重点を置きます。ゆめゆめ我々の検査が一番優先すべきだなどと傲慢なことを思わないようにしてください。軋轢《あつれき》が生じるだけですよ」

野川が珍しくにんまりとする。

「余計なことを言うな」

失笑とともに掛け声がかかる。

「次に効率性の原則。我々の検査は監査役や会計監査人などと十分に連携をとり、効率的に行うことが肝要です。経営実態に応じて検査頻度や検査範囲のメリハリをつけます」

野川が哲夫の顔を一瞥する。

「そうはいうものの今回も終わりは見えない。数ヵ月はかかると思ってくれ」

哲夫が言った。

「続いて、実効性の原則。検査は金融機関の業務の適切性、健全性を確保するために行うもので、その機能、役割を十分発揮するように実施する必要があります。したがって検査結果は経営の問題点を的確に指摘するとともに、それが是正に繋《つな》がるように監督局との連携も重要です。要するに指摘の為《ため》の指摘をするのではなく、あくまで金融機関経営に役立つ検査をするということです」

野川は言葉を結んで、一礼した。

「ありがとう」

哲夫は野川に自席に戻るように促すと、全員に向かって、

「それでは来週月曜日から戦闘開始だ。各自しっかり頼む」

と声を大きくした。

「了解しました」

全員の声が会議室に響いた。

哲夫は、検査官たちを見つめながら、彼らを頼もしく思った。彼らの高い使命感に検査の成否がかかっているのだ。それはまた日本の経済社会にも大きく影響するのだ。

「よし!」

哲夫は、平手で両頬《ほお》を叩いた。

5

「あなた直哉さんから電話よ」

美代子が受話器を持っている。

「直哉から」

哲夫は読んでいた新聞から目を離した。午後の九時ごろ帰宅して、遅い夕食を食べ、寛《くつろ》いでいたところだった。

哲夫は美代子から受話器を受け取った。

「哲夫だ。どうした？」

『兄さん、直哉です。ご無沙汰してすみません。挨拶が遅れましたが、今度、広報グループの次長になりました』

「知っているよ。新聞記者から聞いた」

『朝毎の大河原さんでしょう。挨拶に行ったら、兄さんの話で持ちきりでした』

「そんなに記者と親しくしているわけじゃない。あの記者がしつこいだけだ」

『こっちは兄さんの噂話を聞かされて大変でしたよ』

「わかった。ところで用件はなんだ？」

『新しいポストに就いたし、しばらく行っていないから親父《おやじ》の墓参りに行かないかと思ってね……。お袋もちょっと気がかりだし』

「墓参りか……」

父の平吉が自殺をしたのは昭和四十年の夏だった。哲夫はまだ九歳、直哉は一歳だった。あれから三十九年も経った。もし平吉が生きていれば七十四歳になっていたはずだ。

墓は福島の三春町《みはるまち》の福聚寺《ふくじゅうじ》にある。三春町は、滝桜《たきざくら》という枝垂《しだれ》桜とラジウム温泉で有名だ。

『しばらく行っていないだろう。日帰りでちょっと行かないかと思って……』

直哉の声がどこか沈んでいる。無理に明るく言っているようだ。

「今週はかなり忙しいな。土曜日も役所に行かなくてはならないくらいだ。日曜日は休みたいと思ってはいるけどね」

哲夫は渋ってみせた。

『そうだろうな……。兄さんは忙しいんだろうな。まだ桜は咲いていないよね』

「枝垂れは四月だから、まだだろう。お前は親父が死んだときは、まだ一歳になるかどうかだろう」

『そうだよ。親父の顔は覚えていない』

「親父の顔は、お前そっくりなんだよ」

『本当かい？　兄さんに似ているとばかり思っていた』

「本当さ。俺みたいにごつごつした感じじゃなくて、お前みたいにすっきりとした人だった。優しげだったよ」

父は株にのめり込んで失敗したのだが、そんな激しい相場を張るようなタイプではなかった。穏やかで優しい顔しか浮かんでこない。

『確かに僕も冷徹な銀行員に徹しきれないところがあるからな』

直哉が独《ひと》り言《ごと》のように言った。やはり何か屈託があるようだ。

「お前、何か心配事でもあるのか」

『どうして？』

「突然墓参りなんて言い出すからさ。心配になるんだ」

『なんでもないよ。本当に墓参りに行こうかなと思ったんだよ』

直哉の声が慌てた。

「分かった。あまり時間はないが、日曜日に日帰りで、お袋の顔を見て、墓に参ろうか。新幹線だな」

三春町へは郡山《こおりやま》まで東北新幹線で行き、そこからローカル線の磐越《ばんえつ》東線で二駅行けば三春に着く。東京駅から約二時間もみればいい。

『東京駅の東北新幹線改札で午前九時に待っているよ。そこで切符も買おう』

「温泉にでも入るか」

『そうしよう。楽しみにしているよ。兄さん』

直哉が受話器を置いた。

哲夫が顔をしかめて美代子を見た。

「どうしたの？　お墓参り？」

美代子が訊いた。

「そうなんだ。あいつが急に親父の墓参りに行こうって言って……。新しいポストに就いたから報告したいらしい」

「あなた大丈夫なの？」

美代子が心配そうな顔を向けた。

「なにが？」

「なにがって……。月曜から検査でしょう？」

美代子が眉根を寄せている。

「そうだな……」

哲夫は腕を組んだ。

「たとえ兄弟でも検査の前日に一緒に新幹線に乗っているところを見られたら、誤解されるわよ」

「そうだな。検査に入ることは伝えてあっても、やはりそうかな」

「そうよ」

美代子が断定的に言った。

「わかった。取りやめる。その代わりあいつをここに呼ぶ。日曜の夜だ」

哲夫は吹っ切れたように言った。

「えっ。うちに呼ぶの？」

美代子が驚いた。

「ああ、何でも良いから、ちょっと作ってくれ。悪いな」

「それも大丈夫？」

「大丈夫だろう。なんだか心配でな。電話の声が沈んでいたから」

「直哉さんだってもう四十歳を過ぎているのよ。いつまでも子供扱いしていると怒られるわよ」

「分かっている。でもあいつにとっては俺が親父みたいなものだからな」

哲夫は苦笑した。

「甘いわね」

美代子が微笑した。

「甘い。大甘だな」

哲夫は笑った。直ぐに断りの連絡をしよう。あいつとの墓参りは検査が無事に済んだ後だ。それがいい。哲夫は自分自身を納得させた。それにしても兄弟ともまともに話せないなんて、なんと因果な商売なんだろう。この金融検査官という商売は……。

6

土曜日の夕方、哲夫が検査局の席にいると、君塚に連れられるようにして御堂と花木がやってきた。

「なんだ君たちも来ていたのか」

「ええ、霞が関ビルの方にいて明後日《あさって》の準備などをしていたのですが、主任がきっといらっしゃっているに違いないと思いまして……」

御堂が言った。

「今、帰ろうかなと思っていたところだ。ちょっとビールでも呑んで行くか」

哲夫が立ち上がりながら言った。

「そうなるんじゃないかと思ってきました」

君塚が笑いながら言った。

「ちょうど喉が渇いたなと思っていたところです」

花木がおどけて敬礼をした。

「調子の良い奴だな。たくさんは呑まないぞ。三十分一本勝負だ。いいな」

哲夫が目を大きく見開いて、念を押すように頷いた。

「了解です」

三人が声を揃えた。

合同庁舎を出た哲夫たちは地下鉄虎《とら》ノ門《もん》駅の方に桜田通りを歩き始めた。

「本当にこの辺りは日本の中心ですよね」

御堂が哲夫の背後から話しかけた。

「今さら、改めて何を言っているんだ」

哲夫が振り返って、笑った。

「御堂さんの言う通り、国会議事堂、文部科学省、国土交通省、財務省、経済産業省、農林水産省、総理大臣官邸などが一ヵ所に集まって、霞ケ関駅、虎ノ門駅、溜池《ためいけ》山王《さんのう》駅、国会議事堂前駅と地下鉄の駅がその周りを取り囲んでいる。地下鉄路線は銀座、丸ノ内、千代田、日比谷、南北と五本もあるわ。まるで何かあったら直ぐに地下鉄に逃げ込めとでも言うみたいにね」

花木が周りの官庁ビルを眺めながら言った。

「北朝鮮からミサイルでも飛んできたら、直ぐに地下鉄に逃げ込めば助かるぞ。そうなれば日本はまた役人ばかりが多くなって住み辛《づら》い国になるだろうよ」

君塚が皮肉っぽく言った。

「僕は北海道で暮らしていましたから、こんな中心で働くのは夢でしたね」

御堂が大きな声で言った。

「実際に暮らしてみてどうだ？」

哲夫が前を向いたまま言った。

「夢と現実のギャップに驚いていますよ」

「馬鹿なことを言っているうちに着いたぞ」

哲夫は、紺地に白で酒と文字を抜いた暖簾《のれん》がかかった店の前で止まった。

虎ノ門界隈《かいわい》はオフィス街ではあるが、サラリーマンが気楽に入ることのできる居酒屋が多い。それも最近流行のほの暗い、しゃれた雰囲気の店ではない。木のテーブルに木の椅子。店内は殺風景だが、酒はめっぽう美味く、肴《さかな》はみんな手作りという店だ。一人二千円もあれば十分だ。哲夫たち公務員でも懐《ふところ》を気にせず、自腹で気楽に呑める。

「土曜日に開いている貴重な店だ。感謝して利用させてもらうように。それから仕事の話は無し、だぞ」

哲夫は睨むように三人を見た。

「了解しました」

三人が口を揃えた。

店内は土曜日の夕方なのにそれなりに混んでいた。さすがに普段のように満員というわけにいかないが、なんとか四人の席を確保できた。

「とりあえずビールで良《い》いですね」

御堂が哲夫たちの好みも聞かず生ビールを注文した。

若い男性店員がビールを持ってきた。

「適当に摘みを頼んでくれよ」

哲夫は御堂に言った。

御堂は壁一面に貼《は》られた短冊状のメニュー表を嬉しげに眺めて、次々と店員に注文した。

「ええと、さつま揚げ、蕎麦《そば》サラダ、卵焼き、刺身盛り合わせ、焼き鳥盛り合わせ、季節野菜の天ぷら、まあこんなところかな。乙女《おとめ》はどうですか？」

御堂がおどけて花木に言った。

「もう十分よ。でも乙女としてはトマトサラダくらいつけて欲しいわね」

花木が、いいかしらと小首を傾げた。

「結構ですよ。それではトマトサラダ追加！」

御堂が店員に叫んだ。

「それじゃあ乾杯しようじゃないか」

君塚が生ビールのグラスを持ち上げた。

「何に乾杯しましょうか？」

御堂が哲夫の顔を見た。先ほどとは変わって真面目な顔になっている。

「そうだな……。来週からの過酷な労働に乾杯だ。無事に過ごせますように、乾杯！」

「乾杯！」

「乾杯！」

グラスが硬い音を立てる。

何杯目かの生ビールのグラスを片手に、御堂が哲夫に質問をした。

「潰れた銀行と潰れない銀行の差はなんですかね」

御堂は、自分が最初に勤務した北海道開発銀行が破綻していくのを経験した。支店の一担当者だったが、シャッターが黙って下りていく瞬間は涙が止まらなかったという。支店にいた限りは毎日、必死でその日のノルマを果たしていただけだった。だからまさか破綻するとは思ってもいなかった。新聞等で書きたてられても自分の勤務先のことは思えなかった。

「難しい質問だな」

哲夫は卵焼きを摘んだ。

「それは運とどちらが先に息切れするかよ」

花木はビールを呑みながら、トマトを摘んだ。

「運か？」

御堂がため息をついた。

「どこも同じことをやった。私がいた銀行も同じだった。不良債権を正面から見据えることなくあちこちに飛ばした。飛ばしているうちに実態が分からなくなった。分からなければ対処のしようがなかった。体力のある銀行は何とか今日まで生き延びているわ。途中で倒れたのはそこまで体力がなかっただけよ。それが運なの……」

花木は、またトマトを食べた。

確かに花木の言う通りかも知れない。どこもかしこも浜の真砂《まさご》ではないが、尽きることのない不良債権に押しつぶされようとしていた。それらを検査し、指導する大蔵省側もどうすべきか明確な指針はなく、ただ資産査定の厳格化を呼びかけるだけで責任を持って金融機関に不良債権の早期処理を迫ることもしなかった。怖れていたのだ。厳格な処理の後がどうなってしまうのか見えなかったからだ。また国民も不良債権処理に公的資金を使うということに激しく抵抗していた。実際、増殖する不良債権という黒い塊を前にして、関係者が立ちすくんでいた。

その中で御堂や花木が勤務していた銀行は破綻の憂き目にあった。今現在も営業している銀行は、ただ運がよかっただけかもしれない。ただしまだ本当にその黒い塊から逃げ切れていない可能性がある。もはやそれは一刻の猶予もない。運がよかったとか悪かったとかでは片付けることはできない。もはや時代は変わり、早く黒い塊を摘出したところが勝ちなのだ。それこそ「早く病巣が見つかってよかった」という運になる……。

「しかし主任、よくここまで来ましたよね。もう直ぐペイオフ解禁ですよ。なんとか無事解禁できそうですよ。ここまで日本の金融を正常化できたのは、我々の誇りにしていいんじゃないですか」

君塚が言った。

「確かにそうですが、まだまだ十分かどうかは自信がありません。これから何が起きるかまだ安心はできないですからね」

哲夫は口元を引き締めた。

「まだまだですか……」

君塚がビールを一気に呑み干して、お代わりと声を上げた。

7

「兄さん、大東五輪銀行のことをどう思っているの？」

　直哉はいきなり訊いた。

　直哉に墓参りに行くのは難しいと伝え、その代わりと言ってはなんだが、うちに来ないかと連絡した。直哉は、即座に了解した。やはり墓参りは口実のような気がした。

　一緒に夕食を済ませた後、美代子は近所に用事があると言って出かけた。気を利かせたのだろう。公夫も部活の関係でまだ帰ってきていない。部屋には哲夫と直哉の二人きりだった。

「どうって？」

「来週から検査だろう。行内では原理原則に厳しい兄さんが主任で来るといって、戦々恐々のようなんだ」

「直哉は検査に関係しているのか？」

「僕は広報だからあまり関係はない。しかしついこの間まで新宿支店にいたからその査定には協力をしなくてはならないと思っている」

直哉は言っていた。哲夫には分かっていた。直哉は関係ないと言っているが、上司から哲夫の検査に臨む態度を聞いてくるようにと特命を受けているに違いないのだ。

「お前が、俺の弟だってことは知られているんだな」

「勿論《もちろん》、知られている」

直哉の顔が真剣になっている。哲夫が何を言おうとしているのかも分かっているのだ。

「お前も大変だな。変な兄を持って……」

哲夫の言葉に直哉が苦笑した。

「俺は今回で特別検査を終わらせるようにと言われている。それが俺に対する特命事項だ。もう今回の検査を限りにして平時の態勢にしたいと上は考えている」

「ということは？」

「徹底してやるつもりだ。たとえお前が勤務している銀行であってもな。遠慮はしない。全てをさらけ出してもらう」

「厳しいね」

直哉の顔が苦痛に歪《ゆが》んだ。

「でも自己責任原則に照らして、きちんと経営していれば問題は全くない。我々と堂々と渡り合えば良い」

哲夫は厳しい目で直哉を見つめた。

「まだ大東五輪銀行は一つではないからね。兄さんが厳しくすれば、取引先、特に旧大東の取引先が困ってしまうかもしれない」

直哉の顔がますます暗くなった。

「それは違う。銀行によっては取引先との関係悪化を金融庁のせいにするが、それは本末転倒もいいところだ。俺たちは粛々《しゅくしゅく》と検査をするだけだ。それもマニュアルに準拠して」

「その通りだと思う。兄さんは何も間違っていないさ。間違っているのは銀行だよ。しかし銀行は直ぐ自己防衛に走るからな」

直哉はため息をついた。

「直哉。お前は上司から何かを言われてここにいるのかもしれない。そんなに心配するな。俺は原理原則を貫くつもりだ。どんな政治的判断も加えない。だから正しく経営していれば、何も怖れることはない。そう上司に伝えておいてくれ」

哲夫は微笑した。

直哉は軽く頷いた。

「ただいま！」

玄関で元気の良い声がした。公夫が帰ってきたようだ。

「おじさん、来ていたの？」

公夫がリビングに入ってきた。

「久しぶり。剣道強くなったか」

直哉は明るく公夫に言った。

「まあまあだよ。でも勉強しないと、おじさんみたいになれないって父さんに叱られるんだよ」

公夫は笑って、哲夫の顔を見た。

「その通りだ。直哉おじさんは、俺の自慢の弟だからな」

哲夫は声を大きくした。

「兄さん……」

直哉は、哲夫に学資を出してもらって大学に行っていた頃のことを思い出した。

「直哉、自信を持て。しっかりやるんだ。日和《ひよ》るんじゃないぞ。分かったな」

哲夫は直哉を指差した。

「分かったよ。自分の行動は恥ずかしくないようにする。ありがとう、兄さん」

直哉は立ち上がった。顔つきが幾分か明るくなったように哲夫には見えた。直哉の暗い顔は見たくないが、全ては運命に任せる以外にない。哲夫は少し緊張をした。

運、という花木の割り切ったような声が聞こえてきた。そうだ。運がよければ直哉と笑って酒が呑めるかもしれない。

第五章　哲夫の憂愁

1

哲夫は大東五輪銀行の役員会議室にいた。目の前には頭取の立岡実郎、その隣には企画担当専務の倉敷浩一がいた。他に数人の役員や部長たちがいたが、哲夫の目には倉敷の存在が大きく映っていた。それは倉敷の顔を見ると、どうしても亡くなった井上検査官を思い出してしまうからだった。

私を離れ、公の気持ちで事に当たれ。井上の言葉を哲夫は心の中で反芻《はんすう》した。

「それでは今日から検査に入らせていただきます」

哲夫は立岡に言った。

「よろしくお願い申し上げます」

立岡は、深く頭を下げた。

立岡の顔は硬い。その硬さがこの場の空気を全て象徴していた。哲夫も自分の頬の筋肉の感覚を確認してみる。ほとんど動きが取れないほどだ。固まっていると言っていいだろう。

いけない、いけない。俺も怖い顔をしているようだ。立岡は俺が睨みつけているように思っているにちがいない。

哲夫は立岡から倉敷に視線を移した。倉敷は哲夫の視線を感じると、滑るように避けた。

嫌な奴《やつ》だ。睨み返せばいいものを……。

「決算の大変な時期に入検して申し訳ないと思っております」

哲夫は再び立岡に視線を戻した。

「存分に検査をお願いいたします。私たちは検査結果を経営に役立てる考えでおります」

立岡はやや緊張を解いたかのように微笑した。

「それはとてもありがたい考えだと思います。検査を負担に感じる金融機関が多く、ましてやこのような時期の特別検査は蛇蝎《だかつ》のごとく嫌われますが、私どもは各金融機関に共通かつ標準的なものさしを当て、正確に実態把握をするだけであります。ぜひ頭取のような前向きな考え方で対処していただきたいと存じます。検査結果をどう活用していただくかはガバナンスの問題であります。そのガバナンスについても十分なウオッチをさせていただきます」

「ガバナンス、すなわち企業統治ですな。ぜひ我が大東五輪銀行が厳しいガバナンスで運営されていることを知っていただきたいものです」

「合併や統合を行いますと、どうしてもガバナンスに歪みが生じます。人間の組織ですからやむを得ないとは思いますが、それでも社会的なインフラとしても金融システムに影響を与えてもらっては困ります」

「イナホ銀行のオンライン事故のようになってはいけないということですな」

「あれは典型的なガバナンスの欠如によって引き起こされた人災ですが、イナホ銀行はあれによって災いを福に転じつつあるようです」

哲夫はきっぱりとした口調で言った。立岡の顔に翳《かげ》りが走った。哲夫がイナホ銀行を評価したことに意外感を持っているにちがいない。哲夫は倉敷の顔を一瞥《いちべつ》した。倉敷も同じように目を見開いている。

「イナホ銀行は良くなりましたか」

立岡が訊いた。言葉の奥に不安が僅《わず》かに滲《にじ》んでいる。

「まだ成果はこれからだと思いますが、あの銀行は一兆円増資を成し遂げ、去年の決算で二兆円の不良債権処理を行い、八千億円の繰り延べ税金資産を取り崩しました。

当初、無謀な増資計画だと思いましたし、実現も危ぶみました。しかしやり遂げたのは素直に評価しています」

哲夫は立岡をじっと見つめた。

平成十五年一月イナホ銀行は取引先企業から優先株で一兆円を集めるという増資計画を発表した。一国内企業の増資としてはかつてない規模だった。

平成十七年三月末までに不良債権比率を総資産の四パーセント以下にするという金融再生プログラムに従って、金融庁は大幅な不良債権処理の引当金の積み増しを迫ってくる。また自己資本の水増しと悪名高い繰り延べ税金資産の取り崩しも必至だ。

ところがシステムトラブルで顧客や市場の信頼を失っていたイナホ銀行にはあまり選択肢が残されていなかった。外資系銀行や証券に頼めば、高いレートにならざるを得ない。それでは将来の収益が確保できなくなる。唯一とでもいうべき方法はその膨大な取引先から少しずつ資金をかき集める道だった。

この増資を発表したとき、その金額の大きさに各銀行は冷ややかな視線を送った。勿論、哲夫もその実現性を不安視した一人だった。三木金融庁長官からは金融担当大臣の指示として「優越的地位の乱用」、すなわち融資などを条件に無理やり増資を引き受けさせるなどの行為があった場合には厳罰に処すという方針を聞かされていた。

結果は、約三千四百社から一兆八三〇億円という増資資金を集めたのだ。イナホ銀行の増資成功を藪内金融担当大臣は素直に評価した。自分が打ち出した金融再生プログラムがいい方向に動き出した証拠だと思ったのだ。

「しかしイナホ銀行は相当無理をしたのではないですかな。優越的地位の乱用とか、松嶋さんのところにも相当苦情が行ったという風に聞いておりますが……」

立岡は倉敷の方を向いて、小さく笑った。

倉敷が強張《こわば》った表情のまま頷いた。

相変わらずだ。他行の情報だけは熱心に集めているようだ。この体質は旧五輪銀行時代と一向に変わっていない。他行の情報など幾ら集めても何の役にも立たないのを早く分かればいいのに……。

哲夫は旧五輪銀行の情報収集の凄《すご》さを昔、先輩検査官から聞いたことがあった。旧五輪銀行の最も輝いていた綿貫晴之頭取時代のことだ。このころ旧大蔵省に最も強い影響力をもっていたのは政権与党の民政党幹事長大場《おおば》三郎だった。その大場を綿貫は支援していた。そこで旧大蔵省の中では旧五輪銀行は特別扱いとなっていた。

そんなある日、先輩の検査官は旧五輪銀行からマージャンに誘われた。その時、他の銀行の検査結果を持参させられたというのだ。勿論、自分の判断ではなく、かなり上からの指示だった。先輩はその風呂敷《ふろしき》包みを自分の横に置いてマージャンを始めた。メンバーの中には大蔵省のキャリア幹部もいた。マージャンが始まると、行員がいそいそとやってきてその風呂敷包みを持って行きそうになった。何をするんだと、その包みを抱えるとキャリア幹部が自分を睨んだ。ああそうか、と全てを悟って、手を離した。するとにっこりと笑って行員はその包みを持ってその場を立ち去った。先輩は、その時、イースーチーピン待ちで満貫をてんぱっていたのだが、隣に座った旧五輪銀行のMOF担当が、見事にイーピンを捨ててくれたと笑って話した。

「何も問題はありませんでした。統制がとれていたという意味ではガバナンスが見事に機能していたのでしょう」

確かに、増資期間中、取引先や、明らかに他の取引銀行から言わされていると思われるような苦情が多く寄せられてきた。しかし処分の対象になるような事例はなかった。

「そうですか。それはたいしたものです」

立岡は、渋い顔を倉敷に向けた。

「金融再生プログラムを真摯《しんし》に受け止め、私たちの検査を素直に経営に生かすかどうかが経営の分かれ道になると言えるでしょう。私たちはルール通りに仕事をするだけですので……」

哲夫は厳しい視線を立岡、そして倉敷に向けた。倉敷はまた視線を避けた。

検査会場は大東五輪銀行の東京本店十一階に設営された。十一階に会議室が幾つか集中しているからだ。

大会議室は幾つかのブースに分けられた。各支店の支店長が検査官に説明を行うためだ。その他の会議室は検査官の控え室や個別に協議するための特別室になった。勿論、哲夫が執務する部屋も一つ確保した。

2

哲夫は執務室の机に座り、書類を整理した。今回の検査はこの大東五輪銀行の命運を決めるかもしれないと思っていた。

先ほど会った立岡や倉敷の顔を思い出した。

立岡は俺の言いたいことが分かっただろうか。倉敷が視線を避けたことが哲夫を嫌な気分にさせていた。

イナホ銀行を誉《ほ》めたのは、大東五輪銀行に対する皮肉でもなんでもない。ルール通り検査するからルール通りやる気があるかを問いかけたのだ。ルール通りにさえやれば、まだ間に合う。そう思っている。

哲夫は保温水筒から美代子が用意してくれた紅茶をカップに注いだ。今は検査を受ける銀行から食事などの接待は一切受けることはない。受ければ、法令違反として厳しく責任が追及されることになる。茶くらいはいいではないかという人もいるが、面倒なので哲夫はいつも美代子に紅茶を作らせて、それを飲んでいた。紅茶の甘い香りが、部屋に漂う。それだけで気分が癒《いや》される感じがする。

「紅茶ですか。いい香りですね」

君塚が部屋に入ってきた。

「飲みますか」

哲夫は微笑した。

「いただきます。遠慮なく」

君塚は嬉しそうに答えた。

哲夫は水筒の蓋《ふた》に紅茶を注いで、君塚に渡した。

「カップもなくてすみませんね」

「いえいえ松嶋さん自ら淹《い》れていただいて恐縮です。しかし改まってなんですが、昔とは様変わりですね。銀行の人間は、誰もこの部屋に入ってきませんね」

「昔は、来るなと言っても入ってきて、ろくな相談を持ちかけられなかった。露骨ではないものの見逃してくれ、呑みましょう、食べましょう、遊びましょうでしたからね」

哲夫は笑った。

「そんなに酷《ひど》くはなかったでしょう。しかし昼飯くらいはご一緒にという誘いはしょっちゅうでしたね」

君塚も笑った。

「そうでしたね。銀行が悪くなったのも銀行ばかりは責められませんね。私たちも規律が緩んでいた。その結果、井上さんのような真面目《まじめ》な方が自ら命を絶《た》って責任を果たされた。あの方は銀行の誘いを断る方でしたが、自らの組織に殉じられたのだ、身をもって規律を私たちに教えてくれたのだと思うと、今でも身が引き締まる思いがしますよ」

哲夫はしんみりとなった。

「どうしてもこの旧五輪銀行の本店に来ると、井上さんを思い出してしまうってとこですね」

「ああ、私憤はいだいていませんがね」

哲夫はカップを抱えるようにして紅茶を飲んだ。

「準備は順調です」

「ああそうですか」

「今回は大東五輪銀行も真剣ですね。検査会場もこちらの要望通り設営してくれています。検査対象の支店も指示しました」

「今回の資産査定は融資額五億円以上でしたね」

「ええ、それに赤字先、債務超過先、前回と格付けが変更になった先などを加えますと、ほぼ大東五輪の融資先の八割は査定することになるのではないでしょうか」

金融庁は、資産査定の対象となる融資先を様々な基準で抽出し、各銀行に自己査定をさせる。その査定ルールは金融検査マニュアルに細かく記載されており、それに従って銀行自身が融資先の格付けを行う。それが自己査定だが、金融庁は検査に入るとラインシートと呼ばれる査定説明資料を銀行に作成させ、その自己査定が適切に行われているかを検証する。

ラインシートというのは、査定基準日を設けて、その日に残っている融資一本ずつについて過去に遡《さかのぼ》って作成する。これが銀行にとっては大変な作業なのだ。最初は運転資金として普通に短期で融資した資金が、返せなくなったりして長期資金になってしまったものもある。こうした融資の履歴を一本一本解明する作業で、検査期間中は不眠不休の作業となってしまう。

「かなり徹底して査定することになりますね」

「それに大きな問題先もありますからね」

「スーパーエコーですね」

「ええ、それもありますが、その他にもまだまだ他行と比べて査定が甘いのではないかと思われる大口先が多くあります」

「今回で決着を付けられますかね……」

哲夫は君塚の目を見た。

「私たちが、きっちりと共通かつ標準的なものさしをなんの政治的配慮もなく適用できるかにかかっていると思います。みんなもやる気ですから大丈夫でしょう」

「そうですね。私たちについて大東五輪銀行を苛めているだとか言う人間もいますが、決してそうではない。むしろなんとかしようと思っているくらいです。私の話を立岡頭取が分かってくれるかですね。早く手術を受けたところほど回復が早いのですから」

哲夫は、先ほどの倉敷の視線が泳いだことを思い出した。あの逃げるような視線は何を意味しているのだろうか。

「支店は幾つか訪問したいですね」

「松嶋さんが行きたい支店はありますか」

君塚から問われて、ふと新宿支店を思いついた。直哉が勤務していたところだ。

「特にはありませんよ」

哲夫は新宿支店の名前を口に出さなかった。

「わかりました。どこかガバナンスに問題がありそうな支店をみつくろいましょうか」

君塚がにんまりとした。

「お任せしますよ」

哲夫は言った。

いよいよ始まった……。里村が言っていたが、これが最後の非常時対応の特別検査になればいいが……。

3

資産査定が始まった。十一階の査定会場は銀行員たちでざわついていた。査定の順番は哲夫たち検査官が決めていく。その順番にあわせて各地から支店長とスタッフが資料を抱えて会場にはせ参じてくるというわけだ。午後からの査定であっても、早くから控え室で支店長たちは待っていることになる。大きな支店で査定対象先が多いと一週間まるまる査定に費やすこともあるが、小さな支店だと午前中で終わることもある。また、対象先が少ない支店など、わざわざ支店長が本店まで来ることがないと判断される場合は審査部などの本部が検査官と対峙《たいじ》することもある。

哲夫は検査全体の指揮を執る立場であるため、直接、資産査定には関《かか》わらない。しかし会場をぶらりと見て回ることがある。

検査官にはできるだけ相手の立場に立って面談しろと言いつけてある。検事が容疑者を追及しているわけではないからだ。しかし時折、怒声が聞こえることがある。それもいちいち注意はしない。行き過ぎていると苦情がくれば別だが、こうした銀行員と検査官の攻防は騙《だま》し騙されというところもあり、怒声もテクニックの一つだと思っていた。

やっているな。

哲夫は御堂の検査ブースを眺めていた。

御堂が強い口調で支店長とやりあっていた。支店長は自分の脇《わき》をスタッフで固めている。外から見ると御堂一人に対して数人が束になってかかっているという風に見える。常識的には一人である御堂が弱いのだが、実際はそうではない。支店長といえども査定対象となった全ての取引先について十分に実態を把握していない。だからスタッフがいないと太刀打《たちう》ちできないのだ。

「このローンは破綻懸念先だというのですか」

支店長がこれ以上ない苦しそうな顔をしている。

「返済できますか」

御堂が電卓を弾《はじ》いている。

「できます」

支店長がむっとした口調で言った。

「支店長、できますと簡単に言われますけど、これ何十年もかかりますよ。ビルの賃貸収入だって、右肩上がりに計算されていますが、こんなことあり得ますか」

御堂が顔をしかめている。

「あり得ます」

「『あり得ます』たったそれだけですか。あなたは、この住居兼オフィスビルの融資が破綻懸念先ではなく、要注意先であることを説明しなくてはいけない。それが何も説明しない。それでも支店長ですか」

「失礼なことを言わないで欲しい。私は支店長です。このビルのオーナーは地域でも名士で信用できる人です。返済は間違いありません」

「でも今、都内でもオフィスビルが過剰になったり、このビルのようにIT化に対応していないところは、借り手が少なくなっているのが現状でしょう。そうしたことをこの返済計画に織り込んでくれなければ困ります。こんなバラ色の返済計画ではダメでしょう」

「そんなことはありません。このビルのある港区はビル需要も旺盛《おうせい》でして……」

支店長が身体を乗り出している。債務者が格下げされないように必死なのだ。

「君、担当ですか」

御堂が支店長の隣に身体を固くして座っている若い銀行員に向かって質問する。

「あなたはどう思いますか。本当にこんな右肩上がりで利益が上がり、予定通り返済できるという計画でいいと思いますか。厳しい計画を立て、それでこの会社の問題をあぶり出し、きちんと再建計画を立てるのが本当の銀行ではないですか」

御堂の問いかけに、若い行員は俯《うつむ》いた。

「彼は私の部下です。私と同じ考えです」

支店長が横から口を出す。

「あなたに聞いてはいません。私はこの担当者の方に質問しているのです」

御堂が支店長を睨む。

元銀行員として北海道開発銀行の破綻を知る。彼には経営の悪化した取引先の杜撰な再建計画、すなわち問題を正面から見据えずに先送りする計画を多く立案した経験があるのだ。そのことが結果として、自分が勤務する銀行を破綻に追いやってしまったという深い後悔があった。

「再建は厳しいと思います」

担当者は搾《しぼ》り出すように言った。

「お前……」

支店長が担当者を睨んだ。

「担当者の方が素直に見ておられます。それに支店長、金利も他の銀行が引き上げていないのに上げているじゃないですか。これでは再建する気がないんじゃないですか」

「そんなことありません。正常だから金利を上げました。上げちゃいけないんですか。金融庁だって収益、収益っていうじゃないですか」

「上げてはいけないとは言っていません。しかしこの会社、そしてこのローンをどうしようかというビジョンがあなたにはない。ここは私が厳しく査定するから、それを踏まえて再建策を作り直しなさい」

御堂は厳しく言い放った。

「破綻懸念先にするということですか。そんなことをしたら融資ができなくなります。この会社の社長は今、寝たきりなんです。寝たきりでこのビルの最上階に住んでいるのです。もし破綻懸念先になり、融資を引きあげれば、この寝たきりの社長はどうなるのでしょうか……。住むところもなく……」

支店長は目を潤ませて御堂を見つめた。今にも涙を溢《あふ》れさせんばかりである。ついに泣き落としに来た。

御堂は腕を組んで支店長を睨んでいる。奥歯を音が出るほど噛《か》んでいる。

花木のブースを見ると、支店長がにこやかに笑みを浮かべている。花木が美人なので何か冗談でも言ったのだろうか。でも甘く見ているととんでもないことになる。

「この運送会社は二期赤字ですが、来期は黒字なのですね」

花木は涼《すず》やかな瞳《ひとみ》を支店長に向ける。

支店長は心なし頬を赤らめているように見える。

「ええ、大丈夫ですよ。調子がいいですから。ようやく景気も底を打ち始めましたしね」

「でも主な運送品目は雑誌や新聞ですね。系列もあるようですが」

「ええ、都内新聞系です」

「新聞や雑誌の売り上げは相当落ち込んでいませんか」

御堂や花木たち検査官は世間の動きや景気動向にも大いに関心を持っている。どんな業界であっても、その業界の最近の動向に関する知識を仕入れる努力を怠らない。そうでなければ銀行員たちに太刀打ちできない。

「全て順調というわけにはいきませんが……」

支店長は先ほどとは変わって、暗い顔になった。

「それならこの売り上げ計画と利益の計画は甘くありませんか」

「来期が黒字になるという根拠が弱いということでしょうか」

「そうです。抜本的なてこ入れ策でもない限り黒字化は難しいでしょう？」

「そんなことはありません。系列を超えて運ぶ荷物を獲得しようとしていますし、その努力はきっと報われます」

「支店長の言われることは分かりますが、具体的ではありませんね。運送業というのはただ運ぶというのではなくそれぞれに得意分野があるはずですから、営業もそんなに簡単なことではないはずです」

花木は冷静な口調で言った。美人である花木が言うと、厳しく聞こえるのか、支店長は黙ってしまった。

哲夫は十数ヵ所も設けられたブースの中で行われる取引先の格付けを巡る攻防戦を眺めていた。

たとえどんなに公平にルール通りやろうとも恣意《しい》的だと非難されるに違いない。また彼らは支店に戻ると、金融庁のせいで融資できないなどと本末転倒なことを取引先に告げるのだろう。俺たちは適切に引き当てしろと言っているだけで融資するなとは言っていない。

破綻懸念先になり、大幅な引き当てをすれば融資ができなくなるのは当然じゃないか。あなたの言うことは詭弁《きべん》だ。

彼らの非難の声は強い。検査される側とする側の立場の違い。真剣に向き合えば向き合うほど妥協点は見出せない。

「それじゃあ、客に死ねと言っているのと同じじゃないですか！」

どこかのブースから支店長の悲痛な叫び声が聞こえる。

客に死ねなどというはずがない。しかし支店長の耳には、検査官の声がこう聞こえるのだろう。

支店長、死ね！

哲夫は君塚らがいる特別チームの部屋に向かった。

4

特別チームは大東五輪銀行の大口取引先十数社を集中的に査定するために君塚をリーダーにして数人の検査官を配置した。野川もその一員だ。

大東五輪銀行は、商社、ノンバンクなど多くの取引先のメイン行となっていた。しかしそれらはいずれも経営が苦しかった。もともと旧大東、旧五輪の両銀行とも財閥系ではなく中京地区や関西地区を地盤にした新興勢力とでも言ってよかった。

特に旧五輪銀行は、同じ関西地区を地盤にする旧住倉銀行（現桜花住倉銀行）に強烈なライバル意識を燃やしていたため、財閥系列にない取引先を猛烈に開拓した。その結果がバブル期に不良債権となって経営を圧迫したのだ。

一方、金融庁は、来年平成十七年四月のペイオフ解禁に向けて金融システムを安定させるという厳しい命題を担っていた。

そのため大手銀行の不良債権比率を金融再生プログラム発表時の八パーセント程度から四パーセント程度まで半減させることにした。

さらに三割ルールという銀行経営陣を恐怖に陥れるものを定めた。これは公的資金を注入された銀行が金融庁に提出した「経営健全化計画」で確約した当期利益の水準を三割以上下回った場合は、業務改善命令を発して、経営陣の交代などを含む厳しい措置を講ずることにしたのだ。

そこまでやるか？

そういう非難の声が聞こえないではなかった。しかし不良債権問題を終わらせる、そのためには安易な、先送り的な問題企業再建計画は認めないという強い姿勢を打ち出さないと銀行が本気にならないのも事実だった。

この金融庁の姿勢を汲《く》み取ってイナホ銀行などが経営改善に動いたのだが、大東五輪銀行は、はっきり言って鈍いという印象だった。

徹底的に経営を改善するような道筋をつけてくれ。

これが哲夫に命じられたことだった。検査にあたって三木長官から直接に言われたことだが、藪内大臣からの言葉だとも言われた。哲夫は身の引き締まる思いでその言葉を受け止めた。

「どうですか、順調ですか？」

哲夫は段ボール箱が所狭しと置かれた部屋で腕組みをして立っている君塚に声をかけた。

「ええ、今のところは恭順の意を表しているようですね。素直に資料を出してきます」

君塚は、腕を解くと、丸い腹を撫《な》でた。どんなに緊張した場面でも、この丸い腹を見るとふっと心が和んでしまうのがおかしい。

「頼みます。野川は？」

「あそこで審査部の行員と鼻を突き合わせていますよ」

君塚が指差した方向には、相変わらず暗い顔で野川が銀行員相手に何かを話していた。

「あいつの暗い顔を見ると、銀行の将来を悲観するんじゃないですか」

哲夫が笑って言った。

「まさか……」

君塚も微笑した。

順調でよかった。今回の検査は当初の目論見《もくろみ》通り進むかもしれないな。

哲夫の視線に倉敷が入ってきた。

倉敷は長身でがっしりしており、なかなかの渋い二枚目だった。着ているスーツなども高級なものに見えた。一言で言えばダンディと評すべき男だった。

倉敷も哲夫を認めると、すっと近づいてきた。

「どうもなかなか準備が思うにまかせません。何かございましたらおっしゃってください」

倉敷は、笑みを浮かべて言った。

「いつもの通りの検査ですからきちんとした資料を出していただければ、それで結構です」

哲夫は硬い顔で言った。

「スーパーエコーも自主再建策が順調に進んでいますので安心していただけると思います」

倉敷は穏やかに言った。

「それはよろしいですね。よく検証させていただきます」

哲夫は倉敷と視線を合わせない。

倉敷が言うスーパーエコーは、かつて日本一の売り上げを誇るスーパーマーケットだった。創業者は価格破壊を旗印に、流通業界に革命的変化をもたらした。それまではメーカー主体で販売価格が決められていたものを、大量販売により販売側が決定権を奪い取ったのだ。

この勢いをバブル期の不動産価格上昇が後押しをした。不動産価格の上昇が、エコーの資金調達力を大幅に強化し、店舗拡大を含む多角化を進めていった。

メインバンクは明確に決めてはいなかった。旧五輪銀行、旧大東銀行、旧芙蓉銀行、住倉銀行の四行を並列メインとして使い分けていた。彼らはエコーに言われるままに競って融資を提供した。

ところがバブルが崩壊するとともに多額の借入金がエコーの経営を圧迫することになった。平成十年二月期には赤字に転落してしまった。そこで主力四行は一千二百億円の金融支援を行った。

エコーの経営悪化が表面化しつつある時、銀行にも大きな変化が起きた。並列メイン銀行であった旧大東と旧五輪が合併して、圧倒的メインとなったのである。こうなると銀行というのは勝手なものである。スーパーエコーの経営再建は大東五輪銀行主導でやるべきだと主張し始めた。そのため下位行の融資肩代わり要請を受け、大東五輪銀行は五千億以上もの債権を保有する銀行になってしまったのだ。

まさにスーパーエコーの先行きがどうなるかで大東五輪銀行の命運も決まるような事態になってしまった。

そして平成十四年二月には大東五輪銀行が中心になりエコーに対して五千二百億円もの巨額の金融支援を行った。この間、イナホ銀行など他の主力行はエコーの格付けを引き下げ、引当金の大幅積み増しを行った。

ところが圧倒的メインとなった大東五輪銀行はまだそこまで踏み切っていなかった。そこが今回の査定の注目されるポイントだった。エコーなどの債権に対してどこまで引き当てを迫ることができるか、世間も注目していた。

哲夫は自然体で臨むことにしていた。他行は他行の、大東五輪銀行には大東五輪銀行の理屈があるだろう。しかしそれらもルールに従って査定をすれば、自《おの》ずとエコーをどうするかの答えは出てくるはずだ。そう思っていた。

「どうですか、ちょっとお茶でもお飲みになりませんか」

倉敷は哲夫の反応を注意深く観察しているようだった。

「結構です。私の部屋に戻りますから」

哲夫は倉敷を見つめて言った。

「お邪魔でなければ、お部屋に伺ってもよろしいですか」

「けっこうですよ。どうぞ」

哲夫は自分の部屋に向かうと君塚に言い残して特別チームの部屋を出た。後ろから倉敷ともう一人スーツ姿の若い男がついてきた。

5

哲夫は自分のカップに紅茶を注いで飲んだ。倉敷には勧めなかった。湯のみ茶碗《ちやわん》がなかったわけではないが、この男には美代子の紅茶を飲ませたくなかったのだ。

哲夫は執務机越しに倉敷と向かい合った。倉敷の傍に若い男が硬い顔で座っていた。

「こちらは顧問弁護士の佐川雄二《さがわゆうじ》先生です」

倉敷が若い男を紹介した。

佐川という男が椅子《いす》から立ち上がった。さらさらとした髪の毛が揺れた。

弁護士？

違和感を覚えながら哲夫は佐川を見上げた。佐川は嬉しくもなさそうな無理やりの笑みを浮かべて名刺を差し出した。そこには有名法律事務所の下にパートナーという肩書きで佐川雄二とあった。

この若さでパートナーというのは、それなりに優秀な弁護士なんだろう。

「弁護士先生が、どうして？」

哲夫は自分の名刺を佐川に渡しながら、倉敷に訊いた。

「金融庁の方と話すのに失敗が許されませんので弁護士さんに同席することをお願いしています」

「なぜそのようなことをするのですか」

「こうやってお話をしていて金融庁にいろいろなことを言われ、経営に問題を及ぼさないためですよ」

倉敷は薄く笑った。

「ばかばかしい。金融庁はルール通りですよ。私たちの言うことがおかしければ、行政訴訟でもなんでもやればいい」

哲夫は不機嫌そうに口をそばめた。

「それだけ私たち銀行側も必死だということです。ねえ、佐川先生」

倉敷は隣に座る佐川に同意を求めた。

「まあ、お互い、言った言わないも嫌ですし、責任を持った発言をするには私たちの同席も効果的だと思います」

佐川は若い割に覇気のない声で言った。

どれほどこの若い弁護士が金融行政に精通しているか知らないが、不愉快極まりない。

「弁護士を同席させることを私に伝えにきたのであればもう用件は終わりですね。お引き取り願えますか」

「もう一つだけ、事前に申し上げておきます。エコーの自主再建は順調に進んでおりますから。他の銀行がいかなる引き当てをしようともメインであるうちが支えますので」

倉敷は椅子から腰を上げながら言った。

「十分に検証させていただきますが、売り上げ、利益とも計画に未達だと聞いています。特に利益は目標の二百億円に対して百数十億円にしかならなかった。その上、その大半は本業から生み出された利益ではなく、グループ間の利益の付け替えのようなものだと……」

「それは誤解に基づく情報です。本業は厳しい中にも着実に回復しており、利益は関係会社間の付け替えなどではありません。評価すべきは売り上げです。このデフレ下でもほぼ目標通りの一兆六千億円を達成しました。これほどの売り上げ規模を誇る国民的スーパーを一省庁が云々するのは不遜《ふそん》でしょう」

倉敷は小鼻をぴくりとさせた。気分が高揚しているのだろうか、目元が潤んでいる。

「不遜？　どういう意味でしょうか」

「少し言い過ぎました。この言葉は経済産業省の大臣がおっしゃった言葉です。私の言葉ではありません」

「経済産業省？　倉敷さん、何をおっしゃりたいのですか。経済産業省だとか、大臣だとか関係ないのではありませんか」

哲夫はいよいよ眉根《まゆね》を深く寄せた。

「エコーは産業再生法に基づいて自主再建中であり、その動向は逐一、経済産業省次官や大臣に報告しております。その方面からもしっかりやってくれとの励ましも頂いております。その事実を申し上げただけで、私ども銀行のことを申し上げたのではありません」

「よく分かりました。エコーに経済産業省は人も出していますし、産業再生法を適用して各種税の優遇措置などをしていますから、経済産業省のメンツもあると言いたいのですか」

「そこまで申し上げてはおりません。エコーの再建を経済産業省が注目していると申し上げただけです」

倉敷は、哲夫を見つめたまま、端整な顔をゆっくりと上下に動かした。それはまるで哲夫にここでの発言の確認を求めているかのようだ。

この男、まだMOF担当の気持ちが抜けていないようだ。三つ子の魂百までとはよく言ったものだ。自分では何も考えない、決断できないくせしやがって、官の威光だけを振りまきやがる。この虎《とら》の威を借る狐《きつね》野郎め。

哲夫は唾《つば》を飲み込んだ。

「ルール通り、やるだけですよ。それだけです。もういいでしょう」

「分かりました。エコーの自主再建は順調です。この経営の行き詰まりは、日本経済の行き詰まりだと思っています。現政権の命取りになる可能性もあります」

「それもあなたの考えではなく、経済産業省の考えなんでしょう？」

哲夫は厭味《いやみ》をこめて言った。

倉敷は、薄く笑いながら、

「その通りです」

と言い、部屋を出て行った。

わざとらしいプレッシャーを掛けやがって。あの野郎、許さねえぞ。

哲夫は鉛筆を握った拳を思いっきり机に突きたてた。鈍い音を立てて、鉛筆が折れた。

6

君塚が部屋に入ってきた。

「今、倉敷専務が出て行きましたね。何かあったのですか」

「嫌な野郎ですよ。まだＭＯＦ担当のつもりでいるのでしょう」

哲夫は、塩でもあれば撒きたいような気分だった。

「どうしたのですか。えらく厳しいですね」

君塚が微笑しながら言った。

「脅していきましたよ。エコーを破綻させれば、日本経済の破綻だとよ。エコー再建は、経済産業省の意向だと話していました。最後は政治の問題にするという考えじゃないのかな」

哲夫は折れた鉛筆を見せた。

「まあ、ルール通りやりましょう。私たちに政治は無縁ですからね」

「そうですね。君塚さんに任せますから、頼みますよ」

「任せてください」

君塚は丸い腹を片手で叩いた。

「ところで、何か？」

「支店の検査ですが、新宿支店に行かれませんか。弟さんが勤務されていた支店ですよ」

検査官は、幾つかの支店に直接検査に向かう。大蔵省時代は、その支店名を事前に把握するためにMOF担当と呼ばれる大蔵省担当者が検査官の間を暗躍したものだった。今はそのようなことはない。

検査官は支店に直接出かけて行き、本部の考えが行き渡っているか等のガバナンス状況、法令を遵守しているか等のコンプライアンス状況を調べる。

「弟がいた支店など行きたくありませんね」

哲夫は顔を顰《しか》めた。

「いいじゃないですか。こちらで気を使ったわけではないですが、大きな支店ですし……」

君塚の顔がわずかに曇った。

「何かあるのですか」

「ええ、幾つか取引先から苦情が来ていましてね。旧大東銀行の取引先ばかり狙《ねら》い撃ちで貸し剝《は》がしにあっているというようなことですが……」

「直哉の奴、くだらないことをしていたのか」

哲夫は信じられないと言った思いで、また奥歯を噛んだ。

「弟さんがやっていたというわけではないですが、いずれにしても松嶋さんならより実態に迫れるのではないかと思いましてね」

「いざとなったら、弟に訊けと言うのですか？」

哲夫はにやりとして君塚を見た。

「その通りです」

君塚も応じた。

「わかりました。いつ行くんですか」

「明日です。こちらの方は任せてください。野川のほかに数人一緒にさせます」

「事前に悟られないようにしてください」

「もちろんです」

直哉が取引先の貸し剝がしを行っていたとは思いたくはないが、哲夫には気分が重かった。

大東五輪銀行は、合併当初こそ対等の色合いを打ち出していたが、規模や人材の点で勝っている旧五輪銀行が行内を掌握し始めた。

最初は、合併比率である一対〇・六の割合で人事も決められていた。

ところが現在の立岡頭取体制になってからは、旧大東銀行は見る影もなくなってしまった。企画や秘書など本部のあらゆる中枢部門はすべて旧五輪銀行が占めてしまった。

酷い話が哲夫の耳にも入っていた。

旧五輪銀行の幹部が、旧大東銀行の相談役の部屋に急に入ってきた。何をするのかと思って相談役が見ていると、部屋の電気を消し始めた。

「何をするんだ？」「即刻、この部屋から出て行くようにお願いします」「そんなことは聞いていないぞ」「今、伝えました」

相談役は取り付く島のないその幹部に怒りを覚えながらも、仕方がなく個室を明け渡して出て行った。その後ろ姿をだれも見送ることはなかった。

なぜこんなに旧五輪と旧大東がいがみ合うことになったのか。哲夫にもよく分からなかった。ただ聞こえてきたのは、その追い出された相談役は、旧五輪銀行の反立岡派と手を組み、立岡頭取追い落としを画策していたというのだ。

まるでテレビドラマだ。

哲夫は、そうしたばかばかしい噂を虚《むな》しく聞いていた。公的な役割がある銀行の中で、日々繰り返される権力闘争。その結果として、トップは疑心暗鬼になり、周りに側近集団ができる。その側近集団ができることで、また行内がぎくしゃくし始めるのだ。

倉敷の顔を思い出した。

あの男が側近中の側近だ。その部下に直哉がいる。

哲夫は、直哉の誠実そうな顔を思い浮かべ暗い気持ちになった。

7

「皆さん、動かないでください」

野川が出勤してきた行員たちをロビーに集めて言った。時間は午前八時十五分。新宿支店に哲夫たち検査官は集まっていた。

何がなんだか分からないといった不安げな顔で行員たちは肩を寄せ合った。まるで早朝に銀行強盗に押し入られたようなものだ。銃こそ持っていないが、黒いスーツに身を固めた地味で暗い数人の男たちが、行員を人質にとっている。

まだ通用口から続々と行員が出勤してくる。時折、場違いな声が聞こえてくる。女子行員が事態に驚いて、なあに、あれ、嘘《うそ》でしょうなどと奇声を発している。

「金融庁の検査に参りました。支店長はどちらでしょうか」

野川が暗く低い声で聞いた。普段から暗いのに低血圧なので朝はなおさら沈みきった顔をしている。その声を聞いただけで、辺りに陰気な空気が漂う。

哲夫は、少し愉快な気持ちになった。朝からこんな暗い顔を見ると堪《たま》らんだろうな、と行員の身になって考えたからだ。

「支店長は、まだ来られていません」

おずおずと一人の男が歩み出てきた。

「そうですか？　まあ仕方がないですね。まだ八時十五分ですものね。あなたは？」

「私は副支店長の野呂と申します」

「副支店長さんですか、よかった。それではここにいる検査官で全員の机とパソコンの検査をします。各課の課長さんは来ておられますか」

「全員来ております」

「それなら各課に検査官を案内してください」

野川は言った。

「あのう、女子行員は制服に着替えなくてはならないのですが、いいでしょうか」

野呂が、びくびくとした様子で言った。

「そうですね。どうしましょうか」

野川が哲夫を振り向いた。哲夫は、小さく頷いた。

「いいでしょう。女子行員の方は着替えてください」

野川の声に、女子行員は続々と更衣室に消えて行った。

「課長さんは、各課に案内してください。各課の行員の方は一緒についてきてくださ い」

野川が、渉外一課、渉外二課などと課の名前を呼ぶ。呼ばれると課長が一歩前へ出て、検査官とペアになる。課長が先頭に立って、自分の課の方に検査官を引き連れて歩き出した。

「松嶋主任、行ってまいります」

野川が哲夫に声をかけた。哲夫は微笑した。

事務スペースでは検査官が行員の机を開けさせていた。机の中に顧客の情報に関するものなどがないかどうか検査しているのだ。

「主任……」

野呂が恐る恐る声をかけてきた。

哲夫が野呂を振り向くと、野呂は首をすくめた。

「支店長室でお休みになりますか」

「けっこうです。ここで支店長が来られるのをお待ちします」

哲夫は事務スペースの検査官たちの様子を眺めていた。

「あのう……」

野呂がまだ何か言いたげだった。

「まだ何かありますか」

「いえ、あのう……。主任はこの支店におられた松嶋前副支店長のお兄さんなのですか……」

「ええ、まあそうですが」

哲夫はこんなところでプライベートな質問をされるのはあまり気分のいいものではなかったので、厳しい視線を向けた。

「すみません。余計なことを言いました」

野呂は哲夫の反応に驚いて、また身体を縮めた。

「結構ですよ。気になさらないでください」

哲夫は、あまりに野呂がびくびくしているので、なんだか申し訳ない気になった。

「これはなんだ」

突然、事務スペースから検査官の大きな声が聞こえた。

野呂が急いで声の方に走った。

哲夫もその後に続いた。

「どうしましたか」

野呂が検査官に聞く。検査官は若い。実調検査は初めてのようだ。

ミスを発見して興奮しているんだな。

哲夫は、興味深げに見ていた。
「副支店長、このパソコンから顧客資料がこの行員の自宅のパソコンに送られていま
す。これは情報管理上、まずいでしょう。それに送った日は土曜日で出勤していない
ことになっているではありませんか」
検査官にミスを指摘された行員はうなだれている。
「そ、それは、日ごろから情報管理には……」
野呂がおろおろしている。
銀行で使用しているパソコンで取引先に関する情報を自宅に送信したのだ。きっと
自宅のパソコンで仕事をしようと思っていたのだろう。
今や顧客情報漏洩《ろうえい》に関する世間の目は厳しい。情報漏洩によって不測の損害を受け
ることがあるからだ。特に銀行には膨大な顧客情報があり、これが漏洩すると社会に
大きな損害を与える可能性がある。
そこで金融庁は情報管理者を設置するように銀行を指導し、情報漏洩には厳しく対
処してきた。
「それに出勤届もない休日に、どうして彼がここでパソコンを使っているのですか」
若い検査官は容赦ない。時折、哲夫の顔を見ている。自分の姿が哲夫にどう見えて
いるか気にしているのだ。張り切ってくれるのもいいが、やりすぎはいけない。哲夫

は腕組みをして、成り行きを見ていた。

「その日は、どうして出勤したのかと言いますと……。金融庁の検査も近いというので、みんなで作業をしておりました」

行員がぼそぼそと答える。

「検査が近いから作業していたというのですか。ならばなぜ出勤扱いにしていないのですか」

「そ、それは」

行員が野呂の顔を見ている。野呂は青ざめていたが、

「私が、作業の遅れている者は出勤しろと言いました。出勤扱いにしなかったのは私の不注意でした」

と深く頭を下げた。

「何の作業をしていたのだ。答えてみなさい」

検査官が行員に聞いた。

「はい。今貞食品の金融庁向け資料作りをしていました」

行員は覚悟を決めたのか、検査官をまっすぐに見て答えた。

「ではこのパソコンを押収して、他に情報漏洩の違反がないか調べます」

検査官は告げた。

「えー」

行員は大きな悲鳴のような声を上げ、肩をがっくりと落とした。

「今貞食品？」

いつの間にか哲夫の傍に来ていた野川が呟いた。眉根を寄せて、暗い顔をしている。

「どうかしたのか」

「ええ、ちょっと」

野川は哲夫の耳元で囁いた。今貞食品から苦情の手紙が来ているというのだ。その内容は貸し剝がしに関するものだった。

「君……」

哲夫は若い検査官に呼びかけた。

「はっ」

まるで敬礼でもするばかりに、検査官は哲夫に向き直った。

「その今貞食品に関するラインシートなど、今度の資産査定に提出してある資料も貰《もら》ってくれないか」

哲夫は言った。

「分かりました」

検査官は行員にオウム返しに指示して、パソコンをコンセントから抜いて、抱きかかえた。

「ラインシートなどを見て、どうされるのですか」

野川が訊いた。

「金融庁に提出されている資料と、この行員が作った資料を比べてくれ。それにパソコンの中のゴミ箱も念入りに見てくれ。大事なデータが生のまま捨てられている可能性があるからな。中堅企業とはいえ、この支店最大の取引先だ。そこから貸し剝がしの苦情が来ているなら、なにか面白いものが見つかるかもしれない」

哲夫は囁いた。

「分かりました」と野川は大きく頷いた。

旧大東銀行の取引先ばかりを集中的に貸し剝がししている実態でも現れれば、あの倉敷をこっぴどく懲《こ》らしめることができるかも知れない。

「いけない。いけない。公私の区別をつけろよ」

哲夫は自分の心に芽ばえた私怨《しえん》の気持ちを声に出して否定した。

「ご苦労様です」

ロビーから哲夫に向かって大きな声がした。

「支店長……」

野呂が目を大きく見開いた。

「支店長の柿内です。遅くなりました。どうぞ支店長室へ」

柿内は遅れを取り戻すかのように潑剌《はつらつ》とした声で言った。しかし顔は決して笑ってはいなかった。なぜもっと早く来なかったのかという悔《くや》しさが滲《にじ》んでいるように見えた。哲夫は軽く頷いた。

午前九時。油が切れた音とともに支店のシャッターが上がった。数人の客が入ってきた。ロビーを急ぎ足で歩く。若い番号札を取るためだ。

「いらっしゃいませ、いらっしゃいませ……」

テラー（窓口担当者）が次々に声をかける。ＡＴＭなど自動機のコーナーにはもう行列ができていた。いつもの支店の風景が始まった。

第六章　直哉の憂愁

1

　直哉は急いだ。野呂が広報グループの取材ルームで待っているのだ。野呂は、月曜日から始まる金融庁検査を前にして準備の為に審査部を訪ねていた。そのついでに会いたいと言って来たのだ。

　何か特別な用なのだろうか。先日の森山商事や今貞食品のことだろうか。

　まだ今貞食品の柳沢とはコンタクトをとっていない。大東五輪銀行の中で旧大東銀行の取引先ばかりを狙い撃ちして貸し剝がしをするように指示している事実はないが、何かぎくしゃくとしたものが進行しているように思える。

　広報グループなど本部にめったに足を運んだことのない野呂は、さぞや緊張していることだろう。直哉の顔を見ようと気楽に来たわけではない。何か思いつめているのでなければいいが。

「お待たせしました」

直哉は取材ルームに入った。

野呂は席を蹴《け》るように立ち上がった。

「すみません。お忙しいのに、突然、お訪ねしまして……」

野呂は深く低頭した。

「いえいえ、嬉しいですよ。誰も訪ねて来てくれないものですから」

直哉は寂しく笑みを浮かべた。

広報グループに来てから、新宿支店の行員が訪ねてくれることが少ないのだ。直哉は不満だった。結構、人気があったと思っていたのに、支店を離れるとかつての仲間とこんなにも疎遠になるのかと思っていたのだ。

「みんな元気でやっています。それに松嶋さんのことを懐かしがっていますよ。特に若い連中は話しやすかったなあって」

「そうですか。それなら時々、遊びに来てよって言っておいてください」

「わかりました」

野呂は頭を下げた。

やはり野呂は暗い。支店長の柿内とはうまくいっていないとは知っているが、目の辺りにも隈《くま》ができているように見える。辛《つら》いといった印象を受ける顔だ。

「ところで今日は何か……」

直哉は話の水を向けた。

野呂が顔を上げた。真剣な目をしている。口の中に言葉が一杯詰まっているが、出すには勇気がいる、そんな感じだ。

「野呂さん、なんでもおっしゃってください。気になさらずに……。この間の今貞食品か森山商事のことですか」

直哉は優しく言った。

野呂は視点を宙に泳がすと、

「今日、ここに来たことは内緒にしてください」

と頭を下げた。

直哉は驚いた。新宿支店の副支店長ともあろう人がここまで追い詰められた様子で頭を下げるとは、いったいどうしたというのだろうか。

「勿論、内緒にしますが、どうしたというのですか」

直哉が緊張した口調で話しかけたせいもあるが、野呂は俯《うつむ》いて黙っていた。まだ何か決意が定まらないのだ。

「野呂さん、僕は、旧五輪銀行出身ですが、そんなことにこだわる人間ではないですよ。それはよくご存知でしょう。是は是、非は非です」

直哉の言葉にようやく野呂は顔を上げた。

「変なことを言うようですが、柿内支店長には内緒にして欲しいのです。松嶋さんのお兄さんは金融庁の検査官の方でしたよね」

野呂の問いに、直哉はとまどいながら頷いた。

「有名な検査官の方で、今回、うちに検査に入るときに責任者だったら大変なことになるぞと柿内支店長が雑談していたのを耳にしたものですから……」

「何か兄に関係がある話なのですか」

「いいえそんなわけではありません。ただ、そういうお兄さんがいらっしゃれば、大東だ、五輪だなどとくだらないことに拘泥されることもないだろうと思ったからです」

「僕は、そういうことに拘泥しません。兄とは関係なく」

直哉は少しむっとした。

野呂に会いに来る前も倉敷に呼ばれ、兄のことを聞かれたからだ。倉敷には今度の金融検査は相当厳しく行うという兄の決意を伝えた。先日、兄と電話したとき直哉が摑んだ感触だった。直哉は、あらゆることを全てさらけ出して検査してもらい、その上に立って経営した方がいいのではないかと倉敷に進言した。

倉敷は珍しく怒った。立岡頭取に経営責任をとらせるつもりかと言った。そしてぶつぶつと三割ルールなんてくだらないものを決めやがってとまるで呪詛《じゅそ》のように呟いた。

「私、副支店長として耐えられません。旧五輪銀行はもっとまともな銀行だと思っていました。それが柿内支店長は、データの改竄《かいざん》ばかり指示されるのです」

「データの改竄？」

「ええ、当店の主力先である今貞食品のことです」

「やはり今貞食品のことですか」

「あの会社は抜本的に改革しなければ、破綻してしまいます。ところが柿内支店長は、金利を上げるばかりか、今回の金融検査について会社側から提出された決算書類を書き換えるように要求しています」

野呂は唾を飲み込んだ。喉仏《のど》が大きく上下した。

「なんですって」

直哉は目を見張った。

「会社から提出を受けたデータをどういじっても格付けの低下の可能性があります。それは過去の経営悪化について何も相談に乗らずに放置しているから当然のことです。今回の金融庁の作業に当たって、私は部下とともに、柿内支店長に思い切って進言いたしました。今貞食品を思い切って経営改革して、再建いたしましょうと。このままでは確実に倒産してしまいます。各銀行を集めて、大東五輪が債権放棄などの抜本的手段を講じるから付いてきて欲しいと依頼しましょうと申し上げたのです」

野呂は、ほとんど涙目になっていた。よほど度胸を決めた行為だったのだろう。

「それで柿内さんは……」

直哉は訊いた。

「ばかやろう。お前なんか次の転勤で飛ばしてやる。なんで俺が旧大東のメイン先で責任をとらされるんだ。お前、俺の失脚がそんなに見たいのかと、それはそれは激しく怒鳴られました」

野呂は俯いた。

「そんな……」

直哉は絶句した。

「そして部下に今貞食品の経営計画のシミュレーションを何通りも作らせ、そのあげくには今貞食品に過去の数字を変えさせろと……。私にその依頼をしてこいと命じられて……」

「それでどうされました」

直哉は肩を落として俯く野呂に訊いた。答えは分かっていたが。

野呂は顔を上げ、

「頼みました。私が今貞食品に行き、自分で直して銀行提出資料を作り変えたのです。銀行員として、もうやっていけません」

と悲痛な口調で言った。

「そうですか……」

直哉は深くため息をついた。倉敷といい柿内といい、この銀行は何か大きく間違った方向に向かっているように懸念されてならない。

「私は、今まで客には真面目な決算こそが銀行と企業との信頼関係を維持するものだと言ってきました。その人間が、数字を改竄しました。そのときの今貞食品への説得は、このままだと金融庁が金を返せといってくる、なんとかお宅を助けるために協力してくれ、ですよ。こんな言い方がありますか。こんなことをすれば今貞食品は本当に潰《つぶ》れます」

野呂は直哉の目を見据えた。直哉に何かを期待しているのだろうが、それは口に出さない。

「お話は分かりました。今日の話は、私なりに考えてみます」

直哉は深く頭を下げた。しかし何か妙案が浮かんだわけではなかった。柿内の行為を非難することは簡単だ。しかしそれが銀行のことを心配して行ったことだと英雄的に扱われる心配もあった。

野呂を見送りながら直哉は憂鬱なため息を吐《つ》いた。

2

直哉は倉敷から立岡頭取の部屋にすぐ来いと呼ばれた。本店の三十階にある頭取室に直哉は急いだ。

立岡は、一言で言えば豪放磊落《らいらく》、物事にこだわらない性格だった。もともと企画畑というより営業畑だった。本人も本店で難しい顔をして、頭を捻《ひね》っているより取引先を訪問しているのを好む傾向にあった。

決して頭取候補ではなかった。人望はあったが、目立つような切れ味を感じさせるタイプではなかったし、何よりも派閥的な動きに無頓着《むとんちゃく》だったからだ。

旧五輪銀行にはあるときから強烈な派閥間争いがあった。それは綿貫元頭取と矢口元頭取の争いだった。この争いにどの役員も少なからず影響されていた。

しかし立岡は矢口派に属しながらも両派閥から等距離にいるように見えた。それが彼を頭取に押し上げたのだという声が多い。田端前頭取がまるで政権を投げ出すような形で頭取の座を降りたとき、後任をどうするかという争いになった。旧五輪銀行ばかりでなく旧大東銀行にも有力な候補がいた。ところが派閥争いというものは、どの候補を選出しても、争いが収まるのではなく苛烈《かれつ》になることは自明だった。そこで立岡が選ばれた。彼なら争うこともない。人柄がいい。極めて妥協的な流れで生まれた頭取だった。

そこで勢いづいたのは旧五輪銀行の次を狙う役員たちだった。彼らは旧五輪銀行の経営中枢のエリートとして育てられ、旧大東銀行との合併も実質的に取り仕切ってきた。いわば大東五輪銀行を経営しているという強烈な自負を持つ銀行官僚たちだった。

その中でも倉敷は頭抜けた存在だった。立岡を支えつつ、立岡を支配している存在と見られていた。彼の活躍があったのかどうかは定かではないが、立岡の対抗馬として名前があがっていた頭取候補たちはことごとく銀行外に出て行った。自ら出て行ったというよりも、悔しく、腹立たしさを残しながら、出されて行ったというのが行内的な評価だった。

このいわば粛清人事が行内に与えた影響は大きかった。倉敷の存在が大きく喧伝《けんでん》され、彼に逆らうような者は探すのが困難になってしまったのだ。だから誰もが倉敷に目を掛けられることを望むようになっていた。勿論、直哉も倉敷に目を掛けられていることは密《ひそ》かな誇りだった。

「広報グループ、松嶋です。失礼いたします」

直哉はドアを開け、同時に低頭して頭取室に入った。

「おお、入れ」

倉敷の声がした。顔を上げると、立岡の鷹揚《おうよう》な笑みが目に入った。倉敷のほかに企画部長、審査部長、経理部長などが、立岡を囲んでソファに座っていた。

なんとなく秘密めいた様子に、直哉はどうしていいか分からずその場に立っていた。

「そこに座りなさい」

立岡が倉敷の傍にある補助的な椅子を指差した。

「ありがとうございます」

直哉は指示に従った。

「頭取、広報グループの松嶋次長です。ご存知ですね」

倉敷が訊いた。

「勿論です。記者会見やインタビューではいつも適切に対応してもらっていますから」

「それはよかった。彼は今度の検査に来るあの松嶋検査官の弟なんですよ」

倉敷は直哉の顔を見て、微笑した。

立岡が、ほうという少し驚いた顔で直哉を見た。

「そうなのか。それは大変な人をお兄さんに持ったね」

直哉は気恥ずかしくなり、目を伏せた。

「話を再開しましょう。今回の最大の焦点はエコーをどうするかです」

倉敷が強い口調で言った。

「そうだろうな」

立岡がふっくらとした頰を膨《ふく》らませるような顔をした。

「エコーは現在約一兆一千億円の借入金がありますが、そのうち大東五輪銀行が約五千億円を融資しています。その引き当てはイナホ銀行が既に無担保部分に五割以上、桜花住倉も同じ程度だという情報です」

「そうかね」

立岡はさほど深刻そうな口調ではない。

倉敷は、そうとう苛立っている。

「ところが我が大東五輪銀行は無担保部分の約三千億円に対して三割も引き当てておりません」

「その程度かね」

「その上、無担保部分の評価も今回の検査でどうなるか分かりません」

倉敷の口から唾が飛んだ。直哉は黙って聞いていた。

「どうなるか分からないのか」

「とにかく我々は常識的な経営計画を立案の上、その収益計画に基づき引き当てを決めておりますが、その常識的な計画さえ否定される可能性があります」

「計画はオーソドックスなのかね。審査部長」

立岡は審査部長を見た。

審査部長は倉敷にちらりと視線を移した。直哉が見ても、自分の発言が倉敷にどう思われるかを第一に気にしているようだ。

「私どもは非常に常識的な再建計画であり、実現可能だと思っています」

審査部長は能面のような顔になった。無表情なのか、内面の複雑な気持ちを全て隠してしまっているのか分からなかった。

「それなら安心した。それでいいではないか」

「しかし油断はなりません。あの松嶋検査官は何を考えているか分かりません。そうだな松嶋くん」

突然、倉敷が直哉に振り向いた。

「はあ」

直哉は気の抜けた返事を返した。

「どういう人だ。兄上は？　噂通りの非情な人かね」

倉敷が強い口調で訊いた。

直哉は、やっとこの場に呼ばれた理由が分かった。哲夫の人柄について立岡に説明することなのだ。

「非情かどうかは受けとめかたによりますが、私自身は人情家であろうと思っています。ただし原則を曲げることはしません。ルールに徹底してこだわり、いわば原理主義的ではないでしょうか」

直哉は哲夫の厳しい顔を思い浮かべて言った。

「原理主義的かね。それは厳しいね」

立岡は、弱気な声を出した。

「松嶋検査官は、徹底してエコーの引き当て不足をついてくると思われます。我が行を政治的にも追い詰める考えでしょう。その原理主義で……」

倉敷が立岡ににじり寄った。

「相当なことになりそうだな」

立岡はますます弱気な顔をした。

「申し上げます」

直哉は声を上げた。

立岡たちが直哉に視線を集めた。

「兄、いえ、すみません、松嶋検査官の性格をよく知る者として、彼は決して政治的には動きません。ルール通りに我が行が引き当てをしていれば、なんら問題ないと思います。警戒のし過ぎは、かえって彼を怒らせると思います」

直哉は言った。少し声が上ずった。

「松嶋次長の言うことも分かるが、難しいところだな。先ほど申し上げましたようにエコーの売り上げや利益の計画が甘いと言われ、DCF（ディスカウント・キャッシュ・フロー方式）を再検討させられれば、間違いなく引き当て不足となるでしょう。それに不動産の評価も最近の金融庁検査の傾向として非常に厳しくなっております」

倉敷は立岡をじっと見つめた。

「どうするつもりだ」

立岡は不安な表情を浮かべた。

「今回の検査さえ凌《しの》げれば、道は拓《ひら》けます。イナホ銀行までとは行きませんが、主要な取引先で増資の話も可能な情勢です。また国内に景気回復の兆しが見え始めましたので海外の投資家も我が行の増資計画を聞いてきております。その意味では、今回の検査を無事クリアーできれば、全てがいい方向に回転するでしょう」

「もし検査で厳しく引き当てを積むように言われれば、当然……」

「二期連続収益計画を下回ることになりますと、三割ルールに則り、頭取も含め私どもは経営責任をとらされ、我が行は相当厳しい事態に陥《おちい》ると思われます。そうなればせっかく立岡体制を構築して、前進しようとしていることが、全て無に帰することになります」

倉敷の声が沈んだ。周りの部長たちも一様に暗い顔になった。

「辛いね……」

立岡がため息を吐いた。

「頭取、とにかく今回の検査を乗り切ることが一番肝要です。あらゆる方策を採らせていただけますか」

倉敷が立岡を睨みつけた。

「勝算はあるか」

立岡が訊いた。

「ございます。我が行は対当局との戦いで負けたことがございません。大東洋信用金庫が料亭の女将《おかみ》に騙されたときも、住専問題のときも、大蔵省接待問題のときも、あらゆる局面で戦い、勝ってまいりました。今回も自信がございます。お任せくださ い」

倉敷は不敵な笑みを浮かべた。

直哉は危険だなと思った。新宿支店の野呂が相談してきたことといい、目先の検査を乗り切るためなら、どんな手でも使うという空気が蔓延《まんえん》している。

「それでは私に倉敷専務に陣頭指揮を執ってもらおう。どうする考えだ」

「それは私にお任せください。頭取にはご迷惑をおかけしません」

「くれぐれも間違い、すなわち法令に違反するようなことだけはしないでくれ。無理は禁物だよ」

立岡は穏やかに言った。

倉敷は、もちろんですと、頭を下げた。

立岡はもっと厳しく倉敷の行動を制御するべきだと直哉は思った。もう既に支店という現場では数字の改竄などが行われているのだ。このことを知っているのだろうか。もし同じようなことを倉敷が考えているとしたら……。それを哲夫が見抜けないはずはないし、もし見抜いたらどのように怒るか想像がつかなかった。

しかし、直哉は何も発言できなかった。倉敷が、全てを引き受けると言い切ったからだ。倉敷の部下である自分はどう行動すべきか、考えただけで憂鬱になった。

倉敷は審査部長や企画部長を執務室に呼んだ。直哉も同席を許された。しばらくすると企画部、審査部の直哉と同じ次長たちや数人のスタッフが部屋に入ってきた。

3

誰もが一様に緊張した顔をしている。

いったい何が始まるのだろう。直哉は何も聞かされていなかった。他の者たちの緊張の度合いからすると、すでに倉敷から指示が出ているようだ。

「松嶋、広報にも少し頑張ってもらわねばならなくなりそうだからな」

倉敷が話しかけてきた。

「はい」

直哉は何がなにやら分からずに返事をした。

「みんな集まりました」

企画部長が倉敷に報告した。倉敷は口を固く結んだまま、頷いた。

「みんな毎日ご苦労様。遂に金融庁の特別検査が来週月曜日に迫った。今回の検査は、天下分け目の関ヶ原の戦いだ。我が大東五輪銀行がこのまま生き残るか、否かを決めるに違いない。そこで君たち特別債務者担当チームの活躍が大いに期待されている」

ここに集められたのは、エコーや商社、金融など大東五輪銀行の大口融資先の担当者たちなのだ。

「すでに特定の支店における大口先については徹底して格付けを維持するように指示を飛ばしている。とにかくいかなる手段を使おうとも格付け低下は許さないという覚悟で検査に、資産査定に臨むように伝えてある。支店から審査部には様々な相談が来ているが、頑張ってくれている」

倉敷の声が一段と大きくなった。

直哉は思い当たった。野呂が苦しそうな顔で今貞食品の決算データ改竄について訴えてきたが、この倉敷の指示のせいなのだ。柿内は今貞食品の格付け低下を防げとの指示をうけ、動いているのに違いない。

「君たちもこの間、よく頑張ってくれた。とにかく君たちの担当取引先が金融庁の役人どもによっていいようにされては、我が行ともども大変なことになる。とにかく徹底的に戦って欲しい。相手は素人《しろうと》だ。取引先のことなど何も分かってはいない。杓子《しやくし》定規に攻めてくるだろう。しかし戦いは必ず勝利する。これは我が行のためというより、取引先のための戦いなのだ。分かったか」

倉敷が大きな声を張り上げた。

「はい」

その場にいたスタッフが呼応して返事をした。倉敷は、嬉しそうに頷いた。

「現状を報告してくれ」

倉敷が審査部長を見た。

「エコーに関しては、審査部の担当から報告させます」

審査部長が担当者を指名した。指名された担当者が倉敷の前に進み出た。

「エコーに関しては、自主再建案に基づき、先方とも打ち合わせを重ねました。シミュレーションもお互いに何回もやり直しましたが、現状計画とそう違わないで再建できるようになりました。不動産に関しても、全体的には価格低下を織り込んでおりますが、首都圏の物件などの値上がりで調整いたしました。十分に金融庁を説得できる自信があります」

担当者は強い口調で言った。

「そうか。ご苦労様。ところで資料はどうした」

倉敷は言った。

「先方との協議資料も含めて、全て十階の書庫に入れてあります」

「わかった。いずれ検査が終われば、不要な資料は焼却するようにしてくれ。それまでは誰もその書庫に出入りさせるな」

「了解いたしました」

担当は深く低頭し、後退《あとずさ》りした。

商社や金融担当者も次々に現状を報告した。皆、力強い口調だった。

「ところで松嶋次長、銀行が金融庁に一方的に攻め込まれている現状を良しとしないマスコミも多いはずだが、どうだ？」

「確かに新聞記者や評論家の中には、現在の金融庁路線が恣意的過ぎると怒っている人も多いと思います」

直哉は答えた。

「そういうマスコミ人たちに金融庁の横暴を書くようにいろいろと仕掛けてくれ。例えば君には悪いが、一検査官の思い込みで銀行の経営が左右されていいのかなどとね」

倉敷は言った。

直哉は、僅かに顔を顰めた。

「君も見ただろう。ここにいる連中は不眠不休で金融庁への対策を練ってくれているんだ。こうした連中の努力に側面からマスコミの応援を動員するんだ」

倉敷が直哉を睨みつけた。

直哉は頷いた。倉敷の勢いに押されてしまった。哲夫は恣意的な思い込みで銀行経営を左右するなどという傲慢さは持ち合わせていない。あまり哲夫を刺激しない方がいい。直哉は倉敷にそのように発言したいのだが、言い出せる雰囲気ではない。

「みんなとにかく頑張るんだ。この戦いに勝ち抜けば、必ず未来は明るく拓けるからな。約束する」

倉敷は全員を見渡し、さらに声を張り上げた。

もう検査まで土、日を残すのみだった。直哉は、大東五輪銀行が金融庁に対する過度な防御姿勢のために、何かとんでもない方向に進んでいるような漠然とした不安を抱いた。しかしその不安はまだ形にならない。

4

「遂に検査になりましたね」

朝毎新聞財研キャップ大河原慎介が、会いたいと言って直哉を訪ねてきた。

直哉が向かい合って座った途端に、始まったばかりの検査の質問だった。今日は、朝から本店中が異常に緊張していた。

時間は、丁度昼時を少し過ぎたところだった。直哉は昼食を食べ損ねていた。もし大河原が何も食べていないようだったら昼食を一緒に食べようと誘うつもりだった。

「大河原さん、昼飯は食べましたか」

直哉は検査の質問をしたがっている大河原を無視して訊いた。

「昼飯ですか？ まだですよ」

「どうですか？ 一緒に。このビルの近くにうなぎ屋がありますが、そこに行きませんか」

「うなぎですか。いいですね。僕が奢《おご》りますよ」

「いえいえ、僕が誘ったのですから、こっちで持ちますよ」

「それじゃあ、とりあえず行きますか」

大河原は大きな身体を軽く翻すと、席を立った。

直哉が大河原を案内したのは、近くのビルの地下にあるうなぎ屋だった。老舗《しにせ》で味は確かだった。

「特上を張り込みますよ」

直哉がにんまりとした。

「悪いですね。ごちそうになります」

大河原は微笑した。この身体なら特上を幾つか平らげそうだ。

「検査はどうなっていきますか」

直哉は大河原に訊いた。本来この質問は大河原が直哉に向けるものだが、直哉はどうしても彼の意見が聞いてみたかった。

大河原は茶を飲みながら、上目遣いに直哉を見つめた。

「どうなっていきますかという質問はこちらがしたかったのですよ」

大河原が湯飲みを置きながら、軽く笑みを浮かべた。

「そうでしたね」

直哉は薄く笑った。

「浮かない顔をしておられますね。他の役員の方、特に倉敷さんはやる気満々でしたよ」

「お会いになったのですか」

「ええ、ほんの立ち話でしたけど、絶対に負けないっておっしゃっていました」

うなぎが運ばれてきた。テーブルに漆《うるし》塗りの黒い重箱が並べられた。

「さあ、いただきましょう」

直哉は、大河原に勧めながら、自らも蓋を取った。湯気が上がり、食欲をそそるうなぎの香りが漂った。

「ひゃーうまそうですね」

大河原は歓声を上げた。

「倉敷専務は、強気ですから。大東五輪銀行を守るということに専念されています」

直哉はうなぎに箸《はし》を差しいれた。

「でも銀行を守ることに注力しすぎて、大東五輪銀行はいろいろと失敗し続けているでしょう」

大河原は、直哉の反応を窺うように上目遣いになった。

「失敗ですか」

「第一に、旧五輪銀行のバンクカラーである緑をもじって緑化運動と呼ばれる旧大東銀行の人材粛清を進めていった。最近は、旧大東は取引まで切られているという噂がある」

「緑化運動？　そんな風に言われているのですか。知らなかった。でもそれは誤解です。たまたまトップが旧五輪中心になったというだけで、適材適所です」

「そう言い切れますか」

直哉は大河原の鋭い視線に見つめられ、うなぎが喉に詰まりそうになった。

「まあ、いいでしょう。第二の失敗はイナホ銀行が大型増資をしたときに同じようにやるべきだった。そのタイミングを逃したでしょう」

「それは取引先あっての銀行ですから、あんな強奪するようなやり方ができなかっただけです」

「それでは桜花住倉のように外資の要望を丸ごと受け入れるような増資などはどうし

てやらなかったのですか」

「今回の検査が終われば直《す》ぐに検討すると思います」

直哉は、倉敷がとにかく時間を稼がねばならないと立岡に訴えていた顔を思い出した。

「藪内大臣の金融再生プログラムが出たときにすぐに行動すべきだった。しかし行内の人事闘争に明け暮れ、その結果誕生した政権を三割ルールで失わないことだけに汲《きゅう》汲《きゅう》としているようでは、海外からも信用が得られないと思いますよ」

大河原は厳しいことを並べ立てながら、箸を休めることはない。

「ねえ、大河原さん、大東五輪銀行を苛め抜くという金融庁行政に問題はありませんか」

「問題はあると思いますよ。今までの微温湯《ぬるまゆ》的な金融行政とは全く違いますからね。しかし大泉首相とその方針を忠実に体現している藪内大臣は二兎《にと》を追いません。不良債権処理一本です。これによって景気がどうなろうと気にしていません。その姿勢が明確になった途端、皮肉なもので景気の悪化が底を打ちました。ひょっとしたらものすごい政治手法だなと思いました。日本にはかつて決断する政治家はいませんでした。戦争だって始まりも終わりも誰が決断したか分からないのですからね。世間も批判しながらも、不良債権処理で行くのだと決まったら、自分たちのそれぞれの方向も決まったのでしょう。その心理が景気を下支えしているのだと思います」

「そうは言われてもこれだけの取引先を抱えている銀行を減らすだとか、増やすとか、何でもできるぞという恣意性を感じますが……」

直哉は大河原の言うことに共感も覚えるため、苦しそうに眉根を寄せた。ますます箸が進まない。大河原はあらかた食べてしまった。

「意外ですね」

大河原がにやりと笑った。

「何が、ですか？」

直哉は首を傾《かし》げた。

「松嶋検査官が有名になったのは、藪内大臣の方針の忠実な実行者だからです。まるで申し子のようなものだ。勿論、大臣からも評価は高い。その弟さんであるのに金融庁に批判的とはね」

「兄は兄ですから。立場が違います」

直哉は困惑した顔をした。

「攻める方と攻められる方に兄弟が分かれたわけですね。とても興味深い」

大河原はすっかり食べ終えて、湯飲みを抱えた。

「面白くないですよ。行内でも面白そうに見られていますからね。しかし兄は大臣の申し子というのではないでしょう。そんなことには全く関心がないはずです」

「どういうことですか」

「兄はいつもルール通りに検査をして、その答えを出すだけなのです。それ以外に考えていないと思います。悪い法でも法は法だという原理主義を貫いていますからね」

直哉は渋い顔になった。

「その通りだ。あの顔は融通が利かない顔だ」

大河原は声に出して笑った。

「それが兄の処世術でもあるでしょうね。その原理主義が、多くの銀行のご都合主義を暴き出していく。それで怖《おそ》れられるという構図でしょう。もし大蔵省的なご都合主義がまかり通る以前の時代なら、脚光は浴びなかったでしょうね」

「まさにその通りですね。しかし次長は大変ですね。金融庁を誉めるわけにもいかないし……」

「まあ、複雑ではありますが、私は銀行員として取引先を守る責任があります。金融庁に攻められて、破綻に追い込むわけにはいかないですからね」

「エコーですか」

「いや、エコーばかりではありません。多くの中小企業が犠牲になります。そういう視点で報道してくれませんか」

直哉は今貞食品や森山商事を思い出していた。

「考えてみますがね」

大河原はあまり乗り気でない顔をした。

直哉はうなぎの大半を残して箸を置いた。

「大東五輪の一番大きな問題は、松嶋検査官は倉敷専務に私怨を抱いているに違いないということです。倉敷専務は気づいているかどうかは知りませんが、かつての大蔵省接待疑惑のときにMOF担当だった倉敷専務の供述で松嶋検査官の尊敬する井上検査官が自殺されたのですよ。それはそうとう松嶋検査官の心にしこっていると思いますよ」

大河原は真面目な顔で言った。

自殺……。哲夫の尊敬する人の自殺があったとは……。なんとなく記憶はある。かつて哀《かな》しそうな顔をして「本当の親父に自殺され、役所での親父にも自殺されてしまった」と呟いていた哲夫の姿が急に蘇《よみがえ》った。

哲夫は私怨で動く人間ではない。しかし大河原の言う通りであれば、哲夫の中で、その私怨は、不誠実な銀行を許さないという公の怒りに昇華している可能性が十分にある。そうであれば哲夫は、大東五輪銀行を許してくれそうにない。静かに、そして確実に追い詰めていくだろう。直哉は自分の立場の複雑さを思った。このまま黙って倉敷のやることを傍観すべきだろうか。その結果に対する不安が募ってきた。倉敷の頭の中には現在の立岡体制を守ることが大東五輪銀行を守ることだという構図が描かれている。本当にそれでいいのだろうか。思い切って立岡体制を壊すくらいのことがなければ、大東五輪銀行の本当の再生はないのではないか。

しかし自分に期待されているのは、マスコミに大東五輪銀行に対する検査がいかに非道を極めているか、政治的な目的で行われているかを訴えることだ。それに加えて兄弟という立場を利用して哲夫に近づき、銀行に都合のいい情報を吹き込むことなのだろう。哲夫の性格を考えればとても無理な期待だが……。

「うなぎ、食べないのですか」

大河原が、直哉のうなぎが半分以上残っているのを見て言った。

「ええ。ちょっと……」

「もったいないな」

大河原は恨めしそうにうなぎを見ていた。食べますかと勧めれば、喜びそうな顔をしている。大河原の屈託のなさを直哉は羨《うらや》ましく思った。

5

『新宿支店に直ぐ行ってくれないか』

倉敷から緊急の電話が入った。

「えっ、新宿支店ですか。何があったのですか」

直哉は胸がざわつくのを抑えながら言った。

『松嶋検査官が部下を引き連れて、急に新宿支店に検査に入ったのだ。今、支店から連絡が入った。柿内支店長が、前任副支店長でもある君に助けを求めてきたんだ』

「助けですか？　何か問題が発生したのですか」

『今のところは取引先情報の管理が指摘されたようだが、君がいてくれれば他の検査官も少しは動きが鈍るのではないかというのが助けを求めてきた本音だ。それに……』

倉敷は、言い淀《よど》んだ。

直哉は柿内らしいと思った。直哉が来ることで哲夫の部下の勢いがそがれると思っているのだ。腹立たしいとは思ったが、我慢した。それよりも倉敷が言葉にしようと逡巡《しゅんじゅん》しているのはなんだろう。

「兄のことですから、私などがいようといまいと関係ないとは思いますが、他に何かありますか」

『まあ、柿内にしてみれば、しがみつくものがあれば何でもいいと思っているのだろう。許してやってくれ。他に心配なのは、今貞食品だ』

「今貞食品が何か？」

『あそこには支店に六百億円もの融資がある。そこでとにかく格付けを落とさせるな、もし落とすようなことがあれば、クビだぞというくらい柿内に脅しをかけたのだ。本部でエコーなどの大口先をいくら頑張っても支店での大口先が皆、格付けダウンされたらどうしようもなくなるからな』

倉敷の声が暗くなった。

「今貞食品も格付け低下になれば破綻への道を歩むことになりますから、支店は頑張ると思いますが……」

直哉は野呂の苦渋に満ちた顔を思い浮かべていた。野呂の思いを倉敷に話したいという誘惑に駆られたが、倉敷がその言葉に耳を貸す状態ではない。

『その頑張りが、ちょっとな……』

倉敷が電話口で渋い顔をしているのが目に浮かんだ。

「分かりました。とにかく行ってきます」

直哉は答えた。

『そうか。頼む。無事、指摘が何もないように柿内を応援してやってくれ』

倉敷は電話を切った。

直哉は、重い腰を上げた。哲夫の顔が浮かんだ。会いたくないな。仕事だと割り切ってくれるだろうか。

「ちょっと出てくるから」

直哉は部下に言い残して、本店を出た。

新宿支店は地下街から入ることができた。西口の改札口を抜け、急ぎ足で人ごみを抜けた。新宿支店が入居するビルに入った。行員通用口に向かい、インターフォンで来意を告げた。中からカチリという音が聞こえ、重い金属製の扉がゆっくりと開いた。

出迎えた若い行員の顔が緊張している。目がおどおどしている。金融庁の検査に怯《おび》えているのだろう。

「支店長がお待ちです」

行員が、直哉の前を歩いて支店長室へ案内した。

直哉は地下から階段で一階に上がった。営業室を覗《のぞ》いて見ると、点々と黒い背広の男が立っていた。金融検査官だ。

「いろいろ指摘を受けたかい」

　直哉は前を歩く行員に訊いた。行員は振り向いて、頷いた。

「ゴミ箱もひっくり返されました」

　行員は情けなさそうな顔を見せた。

「中身を点検されたのか」

「ええ、ゴミを一つ、一つ。たまたまお客様の取引履歴と貸し出し稟議《りんぎ》書の書き損じをシュレッダーにかけずに捨てていたものですから、ガーンとカミナリが落ちてきました」

「それは大変だったね」

　直哉は、ゴミの一つ、一つとはずいぶん細かいところまで検査をするものだと驚いた。

「どうぞ」

　行員がドアの閉まった部屋の前で立ち止まった。

「検査官は、中にいるの？」

　直哉は小声で訊いた。

　行員は首を傾げ、困ったような顔をした。仕方がない。もし中に哲夫がいたら、そのときはそのときだ。

「失礼します」

直哉は軽くノックしてから、ドアを開けた。

支店長室には柿内が一人で天井を仰いでいた。

「倉敷専務から言われて参りました」

直哉は柿内に言った。柿内はまだ天井を見上げたままだ。直哉の顔を見ない。

「まいったよ」

柿内が呟いた。

直哉は不愉快になった。倉敷から命じられたためにわざわざやってきたのに、直哉の顔も見ないばかりか、ごくろうさまの一言もない。

直哉は黙って立っていた。

「いやはや本当にまいったよ」

ようやく柿内が身体を起こした。

「どうされましたか？」

直哉は無表情に答えた。

倉敷専務の頼みでなければ、この男のために一肌脱ごうという気にはならない。柿内は、いつも不機嫌そうな顔ばかりしている。今日は、とりわけ機嫌が悪そうだ。

「検査のせいで大変な問題がおきた」

柿内は、直哉に座れとも言わない。以前の支店長と副支店長の関係を押し付けられているようだった。

「どこの会社ですか」

「今貞食品のことだ」

「今貞食品がどうかしましたか」

「ここで資産査定をすると言い出した」

「どういうことですか。まだ新宿支店の査定日程は決まっていないじゃないですか」

金融庁が資産査定のために支店長を本店に呼び出す日程は、最初から全部は決まらない。資産査定の消化状況を見ながら、銀行と検査官が協議して決めていく。新宿支店のような大きな支店は後寄せされることが多い。準備に時間がかかるからだ。

「担当者のパソコンが押収された。理由は情報管理の甘さだ。休日出勤の届けもないまま出勤して、今貞食品の資料を自宅にメール送信しやがったのだ」

柿内は顔を歪めた。

金融庁の検査のために担当者たちは土日もなく出勤して資料作りをする。支店長が細かい性格で、臆病《おくびょう》だったりすると最悪だ。あれやこれやと作成する資料は無限大に増えていく。平日にどれだけ残業しても資料が間に合わないとなると土日に作ることになる。土日に出勤すると、それに見合う代休を与えなければならないが、そんなことをしたら平日に誰もいなくなってしまうような事態に陥りかねない。そこで闇《やみ》出勤、すなわち出勤しているのにしていないことにするのだ。

「どいつもこいつも俺に背いて闇出勤しやがって……」

柿内は歯軋《ぎし》りの音が聞こえるほど悔しがっている。しかしこんなに顔を歪めてはいるが、闇出勤を黙認していたのだろう。直哉は、柿内の頭の中が透けて見えるようだった。どうしたら責任を負わないですむか。そればかり考えを巡らせているのだろう。

「素直に認めて謝る以外にありませんね」

直哉は突き放したように言った。

「気楽なことを言うな！」

柿内はテーブルを叩いて、声を張り上げた。直哉は一瞬、ひるんだ。

「すまない。ちょっと興奮した」

柿内は、すぐに真顔になった。

「こちらこそ……。でも闇出勤は分かりましたが、資産査定はどういうことですか」

直哉は頭を下げた。

「今貞食品は、支店の最大の与信先だ。それに支店ばかりでなく我が行でもかなりの大口先だ。だから格付け低下しないように審査部からも指示が極秘に来ていた」

柿内はぽつりぽつりと話し出した。

「そこで俺も担当に徹底して格付け低下を防げと命じていた。担当者は何種類もの資料を作った。それを自宅に送信したんだ。そして不要な資料はパソコン内のゴミ箱に捨てた。ところがゴミ箱を掃除していなかった。自宅に送った資料、ゴミ箱に捨てられた資料、そして金融庁に資産査定のために提出される予定の資料、これらを含めて全て出せと言われた」

「出したのですか」

「まだだ。もっともパソコン内にあった資料は彼らがプリントアウトしたがね。その他にも資料をつくるためのデータとかがあるだろうから、出せと言われている」

「出さないのですか」

「出せない。出したら説明がつかない」

柿内は眉根を寄せた。

「全ての資料を克明に精査されると、金融庁に出す資料に矛盾が出る。いやそういう心配がある」

「どうしてですか」

直哉は、野呂の顔を思い出した。柿内は、今貞食品のデータを改竄したことが露見するのを怖れているに違いない。

柿内が顔を上げた。情けない顔だ。先ほど大声を出したとは思えない。

「どうしてだかは分からない。矛盾が出る。そんな心配があるんだ」

「しかし金融庁の命令には従わないといけないでしょう」

「そうは言ってもな……。野呂では心配だから、君が前任者として検査官の対応に当たってくれないか。幸運にも君のお兄様だし……。頼む」

柿内はテーブルに頭を擦《こす》り付けた。直哉はこうなることは予想していたものの、実際に頭を下げられると困惑した。

「今は広報グループです。野呂さんがいらっしゃるではないですか。それに資産査定そのものは支店長の役目ではありませんか」

「旧大東がメインだったから、あまりよく勉強していないんだ。査定日まで時間があると思っていたからな」

柿内の顔を見ていると腹が立った。今貞食品の柳沢から窮状を訴える手紙をもらい、柿内に対応方針に問題はないかと話したとき、「放置する」と言ったではないか。

「よく内容も吟味されず、金利を引き上げたり、放置するという方針をお立てになったりしましたね」

直哉は皮肉を込めて言った。

「そう言うな。収益を上げるためには仕方がないだろう。本部の方針を忠実に守っているだけだ」

柿内は口を尖らせた。直哉は柿内を見つめて、腹立ちを表に出さないように耐えていた。

支店長室のドアが開いた。振り向くと、野呂が首をすくめて立っていた。

「なんだ。勝手に入ってくるな」

柿内が怒鳴った。

「威勢がいいですね」

野呂の後ろに微笑した哲夫の顔があった。

6

「支店長、どうされましたか。資料を早く出してください」

哲夫は柿内に穏やかに言った。柿内はソファから飛び跳ねるように立ち上がり、直立不動の姿勢になっていた。

哲夫は直哉の顔を見たとき、驚いた顔をしたが、今は無視を決め込んでいるように平然としている。

「は、はい」

　柿内は身体を小刻みに震わせて、言葉にならない。直哉は哲夫の背後に立っている野呂を見た。野呂はいつものようにびくついた態度をしているようだが、なんとなく顔が緩んでいる。あっ、と直哉は思った。野呂はひょっとしてこの事態を喜んでいるのかもしれない。今貞食品のデータの改竄を行ったと嘆いていたが、そのことが表沙汰《おもてざた》になればいいと思っているのか。しかしもし表沙汰になれば、野呂は実行者なのだから、確実に責任を問われるだろう。一方で柿内は知らなかったと逃げるかもしれない。そのときは今の野呂の微笑は嘆きに変わってしまう。

「資料は、コンピュータ作成のもの以外、たいした資料はありません」

　直哉が進み出て言った。柿内と野呂が同時に直哉を見つめた。

「君は？」

　哲夫が直哉を一瞥した。

「前任の副支店長です」

「前任がどうしてここにいるんだ。確か君は広報グループだろう。広報の仕事をしなくていいのか」

　哲夫は、かすかに笑みを浮かべた。

「検査官がこの支店に来られたと聞き、なにかお役に立つかもしれないと思い、参上した次第です」

「そうか。ご苦労なことだ。それはいいが、たいした資料はないとはどういうことだ」

「その言葉通りです。たいした資料はないと申し上げました。すぐに提出いたします」

「だったらぐずぐずせずに直ぐに提出するんだ。そうでないと資料を隠したと判断され、検査忌避の疑いをかけられるぞ」

　銀行法では金融庁の検査に対して検査逃れや虚偽報告をすると、個人には一年以下の懲役または三百万円以下の罰金、法人には二億円以下の罰金を定めている。

「そ、そんな検査忌避などのつもりは毛頭ございません。直ぐに提出いたします」

　柿内が、米搗《つ》きバッタのように何度も頭を下げた。

「主任……」

　ドアから病人のように暗い顔をした男が顔を出し、哲夫に近づいた。検査官のようだ。何やら深刻な顔で囁いている。

「君は、たいした資料はないと言ったね」

　哲夫は、男の話を聞き終わると、怒ったような顔で直哉を睨んだ。

「はい」

「ごまかすな！」

哲夫が支店長室の天井が抜けるかと思うほどの大声で怒鳴った。柿内は、悲鳴をあげ、その場に座り込んだ。直哉はなんとか持ちこたえた。野呂は、直哉の傍で無表情に哲夫を見つめている。

「ごまかす気などございません」

直哉は、哲夫をまっすぐに見つめた。

「コンピュータに残された資料を分析すると今貞食品の財務データが幾種類もある可能性が出てきた。基礎的な資料を改竄しているかもしれないということだ。もしそういうことをしているなら改竄した資料も全て出せ」

「改竄などしておりません。あらゆる状況でどういう業績を上げられるかを検証しただけです。そのため幾種類もの数字が混在しているのです」

「ごちゃごちゃ言わずにみんな出しなさい」

「出します」

「どんな資料だ？」

「商品パンフレットなどとかがあります」

「商品パンフレットだと、舐《な》めるな！」

また哲夫は大声を出した。本気で怒っているようだ。

「資料のある場所にご案内します」

野呂が、呟くように言った。そして哲夫の顔を見つめた。

「野呂さん……」

直哉は、野呂を呆然《ぼうぜん》と見つめた。

哲夫は目を吊《つ》り上げて直哉を睨んでいた。直哉はその目を正面から見ることができなかった。

第七章　哲夫の憤怒

1

野呂は肩を落として歩き出した。柿内は、急に目に見えるほど身体を震わせている。額が脂汗で光っている。何かを野呂に言おうとしているのだが、言葉にならない。

野呂の後に、哲夫が続こうとしている。

「主任、私たちはどうすればよろしいでしょうか」

直哉が哲夫に訊《き》いた。野呂が立ち止まった。哲夫が険しい顔で振り返った。

「君は、副支店長がどこに私を案内しようとしているのか分かっているのか」

「分かりません」

哲夫は直哉の目の中に揺らぎがないか探っていた。もし嘘《うそ》をついていたら直哉の目に何らかの揺らぎが現れるはずだ。

野呂は、今、重大な決意を持って哲夫をどこかに案内しようとしている。その結果、どの程度のことになるのかは哲夫にも予測がつかない。しかし新宿支店、あるいは大東五輪銀行にとって歓迎すべからざる事態になることは間違いないだろう。

直哉は戸惑ってはいるが、何かを隠そうとする怯《おび》えた目ではない。哲夫は、小さくため息を吐いた。直哉が、これから起きる問題に関係していないだろうという希望をもつことができたからだ。

「私は、ご一緒した方がよろしいですよね」

柿内が哲夫に訊いた。消え入りそうな声だ。

「それでは支店長、松嶋広報グループ次長、お二人とも一緒に行きましょう。支店長にはおそらくいろいろと質問せざるを得ないでしょうから」

哲夫は厳しい口調で言った。

野呂は再び歩き出した。その後を男が三人随《したが》っている。それもこれ以上ない暗い顔や厳しい顔をした男たちだ。

野呂たちは新宿支店の入居するビルのエレベータに乗り、地下駐車場へと向かった。薄暗い駐車場に無言の男たちが歩いていく姿は一種異様な感じがした。

「駐車場に書類があるのですか」

哲夫が野呂に訊いた。

「もう少しついてきてください」

野呂は、言葉少なに答えた。

柿内はすっかり萎《しお》れたようになっている。野呂が案内しようとしている場所を知っているのは明らかだった。直哉はただ口元を引き締めているだけだった。

哲夫は直哉の気持ちを推し量っていた。仮に野呂が案内しようとしている重要書類の秘密保管場所について知っているとしたら、隠蔽《いんぺい》の共犯となる。しかし直哉から受ける印象からは、知っていないような気がする。これは血の通った兄弟としての希望的観測かも知れない。

もし、知らなかったとしたら、それはそれとして直哉の立場は微妙なものがある。今回の隠蔽が野呂の単独犯行ではなく、柿内の指示を受けたことであれば直哉は柿内に信頼されていなかったことになるだろう。こうした秘密行為を一緒に行えるかどうかが、銀行などの組織社会では信頼の証《あかし》のようなところもあるからだ。

直哉が本部の広報グループに異動してからのことであれば、柿内が直哉に相談しなかったとしても理解はできる。これなら直哉は全くあずかり知らなかったと主張することができる。

しかし直哉の性格を考えると、知らなかったと言うだろうか。本当は知らなくとも、野呂に責任を負わせないために直哉は自分も隠蔽の共犯だと言い出しかねない。

哲夫は、直哉の顔を一瞥《いちべつ》した。相変わらず奥歯を噛《か》み締め、眉根《まゆね》を寄せたままだ。

余計な責任感に囚《とら》われることがなければいいが……。

「こちらです」

野呂は駐車場の奥にある鉄製の扉のノブを握った。

「ま、まってくれ」

柿内が野呂の手を摑《つか》まえた。

「支店長！」

野呂が、柿内の腕を振り払おうとした。

「どうしたのですか」

哲夫が柿内を睨《にら》んだ。

「主任、一言言い訳をさせてください」

「なんですか」

「この駐車場の奥にあるものは破棄しようと思っていた資料ばかりです。何の意味もありません」

柿内は、野呂の腕を摑んで離そうとしない。必死の形相だ。

「意味がないか、意味があるかは私が判断します。手を離しなさい」

哲夫は声を一段と大きくした。

「本当に何の意味もありません。それにこの野呂は大東銀行出身です」

柿内は上ずった声で言った。

「支店長、何を言っているのですか」

哲夫は自分の目が吊り上がっていくのを感じていた。

「だから大東銀行出身だと申し上げているのです。野呂は五輪銀行出身の私に反感を持っています。だからないことをあるように……」

「どきなさい」

哲夫は柿内の腕を掴んで、野呂から強引に引き離した。柿内は、よろよろとして足をもつれさせ、コンクリートの床に尻餅《しりもち》をついた。

「支店長、あなたは救いがたい」

哲夫が床から立ち上がろうとする柿内に怒鳴った。

柿内は、悄然《しょうぜん》とうな垂れた。

「開けてください」

ドアを開けると、鼻を突く空気が襲ってきた。

「どうぞ」

野呂は中に入っていった。哲夫がその後に続いた。直哉は、歩くのも大儀な様子の柿内の腕を肩にかけ、歩いた。

ドアの向こうはゴミ収集車がビルの中で発生したゴミを詰め込む場所となっていた。重苦しく息をするにも辛いゴミの臭《にお》いがあたり一面に漂っている。

「ゴミ集積所ですか」

哲夫は口を手で押さえながら言った。

「ここです」

野呂はドアノブに手をかけた。掃除用具などが置いてある小部屋のようだ。用具収納室という標示が掲げてある。

哲夫は足元の紙くずを蹴《け》った。足元まで、コピー用紙やシュレッダー裁断ゴミが溢《あふ》れている。次の清掃車が来ると、それらのゴミはここから持ちだされるのだ。ゴミというのは熱を育《はぐく》むのか、ゴミ集積所の中はやたらと暑い。

野呂は用具収納室のドアを開けた。中は暗くて良く見えない。哲夫は、開かれた戸から中を覗《のぞ》いた。

「明かりはつかないのですか」

「お待ちください」

野呂が、慣れた手つきで壁のスイッチをさぐり、カチリという音を立てた。狭い室内が光で満たされた。

「ほ、ほう」

哲夫は感嘆の声をあげた。段ボール箱が幾つも丁寧に積み上げてあった。

「一つ取り出してみてください」

哲夫は野呂に言った。

「私がやりますよ」

直哉は狭い室内に入って、一つの箱を外に出した。間に合わせの段ボール箱ではなく、書類保管用の物だ。保管日と保管してある書類の内容がマジックインキで丁寧に記録されている。保管日は、二週間ほど前だ。直哉の転勤した後だ。内容欄には今貞食品と書いてある。

「開けてください」

ガムテープでしっかりと密封された箱を開けるように哲夫が言った。直哉はガムテープの端を摘み上げ、一気に剝《は》がした。柿内に一瞬、目をやった。柿内は少し離れたところでぼんやりと力なく立っていた。

哲夫は、膝《ひざ》を折り、段ボール箱の蓋を開け、びっしりと詰まった書類を取り出した。

「これはなんだ？」

「シミュレーションした結果でしょう」

直哉が答えた。

「君じゃない。野呂さんって言ったね。答えてください」

「松嶋次長がおっしゃった通りです。今貞食品の財務データを入力して、どのような環境想定でどのようになるかを見たものです。今貞食品の場合、どういう環境想定をしましても、売り上げや利益が右肩下がりですので、結果は最悪となります。そこで別の箱に入っていると思われますが、過去に遡《さかのぼ》って決算データを直しました」

「改竄を認めるのだね」

「はい」

野呂は極めて従順だった。

「悪いが、この箱を全て支店の会議室に運び出してくれ。今すぐだ」

哲夫が直哉に言った。冷静な検査官の目になっていた。

直哉は苦渋の表情を浮かべて、頷いた。柿内は、気の抜けたような顔でゴミの山に視線を向けていた。

2

ゴミ集積所の用具室に保管してあった段ボール箱十数個が会議室に運び込まれた。

支店の行員が手分けして運んだのだが、中には明らかに動揺している者も見受けられた。

段ボール箱の中身の調査は野川が担当した。哲夫は、支店長室で柿内と面談していた。野呂と直哉も同席した。

「あの大量のデータはどういうものですか。野呂副支店長は改竄を認めましたが、支店長はどうなのですか」

哲夫は穏やかに訊いた。

「私は分かりません。野呂は何か勘違いしているのです。改竄などではありません」

柿内は小さな声で答えた。

「では何故あなたは慌てたりしたのですか。ドアを開けるなと随分抵抗されたではないですか」

「それは……、検査官に無用な誤解を持っていただきたくなかったのです。書類をあのような場所に保管しているだけで何か疑われるではありませんか」

「ではなぜ野呂副支店長は改竄を認めたのですか」

「改竄ではありません。あらゆる場合を想定して経営計画を作るのは当然のことです。それを改竄と言われては心外です。またこんなことを言うと主任に叱《しか》られそうですが、彼は明らかに私の足を引っ張ろうとしています」

柿内は野呂の方を見た。野呂は俯いたままだった。

「あなたの強烈な五輪銀行意識には驚かされますが、あくまでデータを改竄したのではないとおっしゃるのですね」

哲夫の問いに、柿内は何度も頷いた。

「ではなぜあんな場所に隠していたのですか」

「隠していたのではありません。検査が終われば焼却しようと思っていたのです」

「私にはどう見ても隠蔽しているように見えましたが……」

「そんなことはありません」

「今、野川君が書類を見てくれていると思いますが、もし悪質な検査忌避に問われますと、個人なら一年以下の懲役、または罰金三百万円以下、法人なら二億円以下の罰金となります。勿論《もちろん》、私ども金融庁が銀行法違反で告訴した場合ですがね」

哲夫は静かに説得調で話した。間違いなく怒りで爆発しそうだった。しかし抑えた。立場が優位にあるのが明らかなときに、怒鳴って、相手を恐怖に陥れるのは哲夫の流儀ではなかった。

柿内は黙っていた。重い沈黙が支店長室を支配していた。

「支店長、何もかも全て申し上げたらどうでしょうか。本部からの指示でどうしようもなかったことを、です。このままでは今貞食品などの企業は助かりません。金融庁の検査を通過させても、作り変えたデータで支援できるはずがありません」

野呂は柿内に言った。柿内は顔を上げて、

「余計なことを言うな」

ときつい調子で言い放った。

「支店長、私は今回の検査の責任者です。この支店に来たのも、本部の指示が末端まで行き渡り、ガバナンスが徹底されているかどうかなどを調べるためです。もしデータの改竄が行われていたとしても、それはあなた単独の判断ではないでしょう。その辺りも正直に教えてください」

哲夫の問いに柿内は依然として硬い顔で、苦しそうに俯いている。

「主任、よろしいですか」

野川が支店長室に入ってきた。

「資料について何か分かったか」

哲夫が訊いた。野川は普段から暗い顔をしているが、さらに暗くなっている。彼の暗さのせいで支店長室内の緊張が一気に高まっていくようだ。

「担当者を呼びまして資料の一部、まず今貞食品について調査しました」

野川は言った。野川が今貞食品を調査の対象に選んだのは、新宿支店最大の取引先であることと、貸し渋り、貸し剝がしにあっているとの匿名の電話などが金融庁の貸し渋りホットラインにあったからだ。

「結果を簡潔に聞かせてくれ」

「資料は、売り上げ計画や経済環境などを想定したシミュレーションが大半でありました。それだけでは問題になりませんが、金融庁に正式提出する予定の書類とすり合わせますと、データが全く違っておりました。そこで決算書類も見てみますと、段ボール箱に入っていたのが正式な書類で、提出用の物はそのデータを巧妙に変え、これは先方にやらせたようですが、新しく作成しなおしたものでした。目的は、検査で格付けを下げられないためであると担当者は申しています。その他、この今貞食品に関しては、先方から貸し渋りなどの苦情が寄せられているのですが、そうした状況を記録した資料も隠されていました。苦情の状況は記録として残さねばならないとされていますが、こうしたことも隠蔽したものと思われます。それに担当者のメモで『ヤバファイルは処理のこと』というものが見つかりました」

「ヤバファイル?」

哲夫は首を傾げた。

「やばいファイル、検査で見られてはまずいファイルという意味だと思われます」

「どういう状況で取ったメモなんだね」

「担当者がたまたま段ボール箱に書類を片付けるときに間違って中に入れてしまった

ようなのですが、朝礼での支店長の指示をメモにしたと証言しております」

野川は柿内を見た。

「誰が、誰がそんなことを言っているのですか」

柿内は激しい口調で言った。

「支店長、本部からどのような指示があったのかどうかおっしゃったらどうですか。このままでは支店長の独自の判断になります」

直哉は言った。哲夫は驚きで目を見はる。

「君は前任としてここにいるわけだが、最初たいした資料はないといっていたね。何も隠していないと話していたと思うが、現在はどう思っているのか、答えてみなさい」

哲夫は直哉に訊いた。

「私は今貞食品も担当しておりました。なかなか業績の回復が見られませんので、何度も経営計画を作成しなおしたことがございます。そのような時に作成した資料や検査にあまり関係のない商品パンフレットなどが纏《まと》められたファイルだと思っておりました」

「君は決算書まで遡ってデータを改竄したことはないのだね」

「ありません」

「すると今回のことが事実とすれば支店長が独断で、君がこの支店から異動になった後、皆に指示をしたことになるのだね。それでいいのかい」

「私は柿内支店長が独断でやられたことだとは思いません」

「それではどういうことになるのだね」

哲夫は口調を穏やかにしながらも、畳みかける。直哉は口ごもった。

「この人はよく口ごもるね」

哲夫は薄く笑った。

「それじゃ、分かった。柿内さんと言いましたね」

哲夫は柿内に問いかけた。

「はい」

柿内は弱々しげな視線を哲夫に向けた。

「仕方がありません。発見された資料をもう一度よく検証して、もし野川検査官の言うように決算書まで遡って改竄し、検査をごまかそうとしたことが分かれば、あなたの単独犯行として刑事告発も辞さない覚悟で臨みましょう。これであなたの銀行員としての歴史は終わります」

哲夫は一語一語嚙み締めるように言った。

柿内は、身体が沈みこむくらいにソファに身体を預け、天を仰いだ。

「そのヤバファイルというメモは私が朝礼で皆に指示したものです」

柿内は絞り出すように言った。

「やはり本部からの指示だったのですね。具体的にはどういう指示ですか」

「企画部、審査部から支店統括部、支店担当部を通じて電話にて指示がありました。あらゆる手段をつかって、しかし細心の注意を持って格付けの維持に努めるようにとの指示です」

「細心の注意を隠せ、改竄しろという風に理解されたのですか」

哲夫の問いかけに柿内は苦しそうに頷いた。

「野川君、帰るぞ。この改竄、隠蔽が全店規模で行われている可能性がある。徹底して暴かなくてはならない」

哲夫は野川に言った。

「松嶋主任、本部の指示は、細心の注意を払えという通常の指示ではないのですか。それを柿内支店長が過剰に反応しただけかも知れません」

直哉は言った。

「君はこの期に及んで何を言っているんだ。柿内支店長の間違った解釈だとしても、そうした指示を出したことが問題だ」

哲夫は直哉に厳しく言った。柿内はソファに力なく沈み込んでいる。

「野呂副支店長、よく事実を申し立てていただきました。なかなかできることではありません。他の検査官を置いていきますから事実をありのままお話しください」

哲夫は言った。野呂の顔は苦渋に満ちてはいたが、どこか吹っ切れたような微笑が口元に現れていた。

野呂は旧大東銀行出身であり、旧五輪銀行出身の柿内の下で、相当に辛い仕打ちを受けていたに違いない。

哲夫は倉敷の顔を思い浮かべた。今回の検査対応を指揮しているのは、彼だ。この新宿支店での事実を突きつけたならば、彼はなんと言うだろうか？　またそれは直哉の処遇にどのように響いてくるのだろうか。直哉はどうしても大東五輪銀行を防衛する側につかざるを得ない。もし泥沼になれば、兄弟の縁切りという事態も考えられなくはない。

哲夫は直哉の顔を睨むように見た。直哉は哲夫を見返してきた。目の中に曇りはないが、この事態がどのように発展していくのかを懸念しているようだ。

「徹底的にやるぞ。いいな」

哲夫は野川に言った。

「はい」

野川は頷いた。

柿内の大きなため息が室内に響いた。

3

本店に戻った哲夫は倉敷に検査主任室に来るよう申し入れた。新宿支店では、部下の検査官が発見されたデータの分析をしている。倉敷に事情聴取することは、唯一《ただ》つだけだった。検査忌避の指示を出しているのかということだ。

倉敷を通じて、直哉にも同席するように言った。新宿支店でのことを証言してもらうためだが、彼のためになるのかどうか心配だった。倉敷を、いわば尋問する場に立たせて直哉の銀行での将来に傷がつく可能性があるからだ。

ドアを誰かがノックする。来たようだ。

「どうぞ、お入りください」

哲夫は声をかけた。

ドアが開き、堂々とした様子で倉敷が入ってきた。どういう用件で呼ばれたのか分かっているにもかかわらず全く悪びれた様子がない。

「主任、なんだかお手を煩わせたようで、大変申し訳ございません」

倉敷は薄笑いを浮かべた。

倉敷の後ろに若い男がついてきていた。佐川とかいう弁護士だ。哲夫は彼の姿を見ていると怒りに火がつきそうになった。倉敷は最初から戦う気でいるのだ。最後に入ってきたのが直哉だった。直哉はさすがに緊張した顔をしている。事態の重大さについて理解をしているのだ。

哲夫は、別室にいる野川に電話をかけ、直ぐ来るように言った。彼は新宿支店に残った部下からの報告を受けているはずだ。

「新宿支店では主任を誤解させるようなことが起きまして、申し訳なく思っております」

倉敷が大柄な身体を深く折った。

「誤解ですか？　専務は何か勘違いをしておられるようですな」

哲夫は、硬い表情を崩さずに言った。

倉敷は、首を傾げた。哲夫の言う意味が理解できないという顔だ。

「私が勘違いしておりますか」

「大いに勘違いしておられます」

哲夫と倉敷との間に緊張感がじりじりと張り詰め始めた。

「新宿で起きたことを、松嶋次長から聞きましたが、検査忌避を本部から指示しているように思っておられると聞き、驚いております」

倉敷は薄く笑った。

「指示しておられるのではないですか」

哲夫は倉敷のふてぶてしい態度に憤っていた。

この男はこうやって井上さんも追い詰めたのだ。

倉敷の顔を見ていると温厚だったありし日の井上の姿が思い出された。

＊

井上は、酒を呑むと公務員の心構えを説く癖があった。

おい、松嶋、公務員なんてものは、パブリック・サーバントと言ってな、国民の召使なんだぞ。俺から言わせれば、サーバントよりスレイブ、奴隷だな。それくらいの心構えがなければならないぞ。召使や奴隷であるにもかかわらず主人を使っているのが、キャリアの連中だ。あんなの公務員じゃない。寄生虫か泥棒みたいなものだ。

プライドが高く、高潔で、面倒見がいい人だった。その彼が汚職公務員の濡《ぬ》れ衣《ぎぬ》を着せられたまま、自死を選択した。

哲夫は最初、井上の死を受け入れられなかった。あの人が銀行と癒着《ゆちゃく》？　その責任と疑いをかけられて自殺？　ありえないことだった。

哲夫は必死で情報を集めた。少しでも井上の名誉を回復する情報を得たかったのだ。その過程で浮上してきたのが、目の前にいる倉敷だった。

東京地検が銀行と大蔵省との癒着を調べているとき、最も関係が深かったのは旧五輪銀行だった。

彼らはキャリアを中心に接待攻勢をかけ、他行情報や金融行政についていち早く情報を得ようとした。大蔵省の金融行政に関する情報を他行より早く得ることは、それだけビジネスチャンスが広がることだった。他行情報は、銀行という狭い社会での争いに勝つためには絶対必要な情報だったのだ。

キャリアが国民にたかる寄生虫なら、あいつらはキャリアにたかる寄生虫だ。

井上はいつも苦虫を噛み潰したような顔で旧五輪銀行の行動を見ていた。このままでは大蔵省の金融行政が歪んでしまうとも懸念していた。

松嶋、検査が原則を外れたらだめだぞ。どれだけ自分に力があろうとも、あるいは相手に力があろうとも、原則を歪めてはならない。原則とは決められたルールのことではあるが、さらに言えば銀行は預金者の大切な虎の子を預かって信用という契約に従って、運用を任された仕事なのだ。彼らの金じゃない。これをいつも忘れないことだ。それが原則だ。

東京地検に呼び出され、取調べを受けると、銀行員たちエリートは直ぐに検察官に取り入り供述を始めた。彼らは検察という権威の前でまるで無防備になった。

最初はプライドをズタズタにされてしまう。

もう君は出世は無理だ。銀行からは見放されたぞ。あいつは君のことをこんなに悪く言っているぞ。逮捕されて、刑務所に入り、そして君が路頭に迷う姿を見れば家族はなんて言うだろうか。

こう検察官に囁かれ、弱気になったエリート銀行員は次にプライドを刺激される。

あなた方は国家のことを考えないのか。この国がこのままでいいと思っているのか。こんな腐った金融行政に支配されていていいのか。悪いのは君たちではない。大蔵官僚たちだ……。

叩かれ、そして持ち上げられたエリート銀行員たちは我先にと検察官に迎合した供述を始めていく。

その中でこの倉敷は明らかに違った人種だったようだ。最初から検察と取引をした。大蔵官僚、それもキャリアではなくノンキャリアを検察に売る代わりに銀行への捜査の波及を止めさせたのだ。大蔵省キャリアを守りつつ、所属する銀行も守る。そのための犠牲がノンキャリアだった。実務を取り仕切り、銀行との関係が深い金融検査官がターゲットにされた。金融検査官が何人逮捕されようが、金融行政が変わることはない。そんなことは検察も分かっていた。しかも贈収賄の関係が具体的なのだ。まだメリットがはっきりしない金融行政に関わる情報を漏洩してもらうために、接待をしたというより、検査に手心を加えてもらうなどの方が贈収賄を立件しやすい。

銀行エリートたちは大蔵省キャリアに紊乱《びんらん》した接待を繰り広げていたが、あれは単なる東京大学という大学の同窓会だった。銀行の経費を使って、同じ大学の仲間が心置きなく遊んでいたのだ。彼らは企業の潤沢な予算を自分たちの飲み食いや女、ゴルフに費消するというインモラル振りではあったが、それはなんら具体的な見返りを期待しない、単なる遊びだったのだ。これには検察も驚いたに違いない。単なる遊びでは、贈収賄は成立しない。そこでノンキャリアをターゲットにしたのだ。それもできるだけ信頼の厚い人物を。こんな人物でさえ汚れていたのだと見せ付けるためにだ。それが井上だった。

井上は身綺麗な人物だった。しかしキャリアに誘われ、何度か旧五輪銀行の接待に応じた。そこを攻められた。そして他のノンキャリアの名前を明かせとも追及された。井上を積極的に検察に売ったのは倉敷だった。キャリアの接待も全て井上の接待に摩《す》り替えた。井上の接待要求に耐えられなかったと……。

井上は思いがけなく自身に降りかかった汚辱を払う手立てもなく、また部下を売ることも潔《いさぎよ》しとせず自ら死を選んだのだ。

検察という国家権力に狙《ねら》われて、そこから逃れられる者などいない。それまで官僚として国家権力の末端を担っているという自負が井上にもあったはずだ。だが、検察の持つ権力の恐ろしさは明らかに別だった。彼らは弁明などに一切耳を貸さない。彼らが考えたあるべき結論に向けて、登場人物を配置していくだけだ。その登場人物に井上は選ばれてしまったのだ。その役を降りるには、死しかなかった……。

＊

野川が入ってきた。倉敷が軽く低頭した。野川は、倉敷を無視して哲夫のそばに近づいた。

「巧妙です。具体的な指示の跡は何も残っていません。たまたま新宿支店長が過剰に反応したと言い逃れされても追及の仕様がないという状況です。もし他でも大々的に同じようなことが行われていれば、また別ですが」

野川は哲夫の耳元で囁いた。視線は倉敷たちを捉えていた。

哲夫は、渋面を作った。目の前の倉敷が薄笑いを浮かべているように見えるのは錯覚だろうか。

「副支店長や行員たちはなんて言っているんだ」

「彼らは確かにデータの改竄を命じられてはいます。それは支店長の口を通してのことです。本部からということは、当然にあっただろうと推定されますが、証拠はありません」

「支店長はなんて言っているんだ」

「主任の前で彼が話した通りのことです。企画部や審査部から格付けを下げるなという強い命令があったことは事実です」

「ヤバファイルを処理しろというのはどういう意味なんだ」

「あれは大東五輪銀行で通常に使われている隠語です。支店長が行員にヤバファイルの処理を命じたことは認めています」

「すると現状は、支店長の独自の判断でデータの改竄をし、書類を隠したと言い逃れされても仕方がない状況か」

哲夫は野川を見た。

「他の支店も調査をかけますか」

野川は暗く沈んだ声で言った。

「もう少し考えてみよう」

哲夫は、倉敷を睨みながら野川に言った。

「倉敷さん、お聞きしたいことがあります」

哲夫は倉敷を正面から見つめた。倉敷の顔に緊張が走ったが、すぐに平静に戻った。

4

「とんでもないことです。私たちは検査に積極的に取り組めという指示は出しましたが、けっして隠蔽だの改竄だのという指示は出しておりません」

倉敷は自信に溢れた様子で言った。

「いい加減なことばかり言うんじゃない」

哲夫は声を荒らげた。

「松嶋主任、ここでの発言については弁護士の私がチェックしておりますので、法令に反するような恫喝《どうかつ》や、その他金融検査という優越的地位を利用しての回答の要求は、お控えいただきますのでよろしくお願いします」

佐川が釘《くぎ》をさした。

「専務と話すのにいつも弁護士を同席させるなんてどういうことですか。こんなことをする銀行などありませんよ」

哲夫は不快感を顕《あら》わにした。

「私もしたくはありませんが、代表訴訟やらなにやら国民の目は厳しいですからね」

倉敷は佐川と目配《めくば》せをした。

「まあいいでしょう。話を進めます。そこに座ってください」

哲夫は倉敷たちに目の前のパイプ椅子《いす》に座るように言った。倉敷は顔をしかめながら椅子を手元に引いて座った。倉敷を囲むように佐川、直哉が座った。

野川は哲夫のそばに立ったままだ。

「新宿支店で今貞食品など数社のデータ改竄、および書類隠蔽がありました。その経緯についてはそちらの広報グループ次長松嶋直哉さんがよくご存知で、報告も受けられたと思います」

哲夫の話に倉敷が軽く頷いた。

「今貞食品は新宿支店における最大の与信先で現在の格付けは要注意先です。ただし業績は低下傾向にあり、今回の検査では格付け低下が免れない可能性があります。そこで格付け低下を免れようとデータの改竄に及んだものと推測されます。その手口はなかなか手が込んでいまして、客にまで交渉し、過去の決算資料まで遡って改竄するという徹底したものです。我々に提出する資料だけを直すのであれば、すぐに発覚するからだと思われます」

哲夫はここまで言って、倉敷の様子を見た。

倉敷は黙って哲夫の話を聞いている。動揺している様子は見られない。他行の幹部だと、ここまで哲夫が話せば、土下座し、涙を流して謝罪するのだが、この大東五輪銀行は官に対して頭を下げることを潔しとしない伝統があるようだ。

「その改竄前の資料や、各種シミュレーション結果は全て地下のゴミ集積所の清掃用具入れという場所に保管されていました。どう性善説に立って考えましても隠蔽する意図があったとしか考えられません」

「隠蔽するつもりだったのでしょうか。そこに古い資料を焼却するつもりでしまっただけではないのですか」

佐川が言った。高い女性的な声だ。

「隠蔽するつもりだったという支店長や副支店長の証言も得ております」

哲夫は厳しい顔で佐川を睨んだ。

「バカなことをしてくれたものです。さっそく関係者を処分します」

倉敷がはき捨てるように言った。

「関係者というのは誰のことでしょうか」

哲夫が訊いた。

「柿内支店長と野呂副支店長、それに課長、担当ということになるでしょう」

倉敷は隣に座る直哉を一瞥した。直哉も前任副支店長として関係者ではないかとその視線は物語っていた。

「本部はどうなのですか」

哲夫は訊いた。

「本部ですか。本部は無関係ですよ。隠蔽や改竄の指示はしておりませんから」

倉敷は憤慨したように胸を反らした。

「新宿支店では本部の指示で改竄、隠蔽したと言っていますよ」

「そんなことを言っているのですか。どうなの前任副支店長として？　君も今回の改竄、隠蔽に加担しているのか」

倉敷は直哉に訊いた。哲夫が直哉の兄だと知っての質問だ。

「正直、私も驚きました。ただし私は野呂副支店長から金融庁検査に絡んでデータの改竄を命じられているとの悩みを聞かされたことがございます」

直哉は正直に答えた。

「君は改竄を知っていたのか」

倉敷は直哉の答えに怒りを顕わにした。

「具体的には知りません。しかし野呂副支店長の言葉からその様なことが行われている可能性は推察しておりました」

直哉は落ち着いた口調で言った。

「その相談に対して何も対処しなかった。勿論、私などにも相談して事実解明を行わなかった。それでは支店で隠蔽、改竄した者たちと同罪ではないのか」

倉敷は厳しい口調で直哉に迫った。哲夫は眉根を寄せていた。

「おっしゃる通りかと思います」

直哉は言った。

「松嶋主任、支店の関係者を、この松嶋広報グループ次長を含めて処分することで今回の結論にさせていただきたいと考えます」

倉敷は哲夫を強く見つめた。

哲夫は、意外な展開に作為を感じていた。直哉にまで処分が及んでもいいのかと倉敷が芝居をしているように思えたのだ。

「今は処分云々《うんぬん》を言うのはまだ早いでしょう。お願いしたいのは他の支店で同様のことが行われていないかの調査をすることです」

哲夫は言った。

「彼らに調べさせるのですか」

野川が意外な顔を哲夫に向けた。

「新宿支店で行われた行為が組織的なことかどうかを自主的に調べてもらう方がいいだろうと思うのだが……」

「信用するのですか」

野川が耳元で囁いた。視線だけは注意深く倉敷を捉えている。

「信用するのも仕事だろう」

哲夫が答えた。野川が小さく頷いた。

「全店の調査をするのですか」

倉敷が迷惑そうな顔をした。

「お願いできますか。もしそちらでおやりにならなければこちらでやることになりますよ」

哲夫は倉敷を睨んだ。

「主任、新宿支店の改竄、隠蔽を支店長のミスリードと断定し、かつ一支店の行為であり銀行法違反に問うほどの重大犯罪でないことを勘案すれば、全店調査はいかにも大げさではないかと思われます」

佐川が哲夫の気持ちを逆なでするような高い声で言った。

「単なる一支店の行為かどうかを調べていただきたいとお願いしているのです」

哲夫は佐川に言った。思わず声が大きくなりそうだった。

「各支店が新宿支店のようなことをやっているとは思えません。また調べるにしましてもどのようにしたらいいか……」

倉敷はいかにも悩ましそうな顔をした。

「正直に、新宿支店の事実を公表して、申告させればいいではないですか。正直に申告すれば、私どもも問題化しないと約束しましょう。勿論、行政処分については検討いたしますが、刑事告発まではしないという意味です」

「全店に報告を求めて、どの支店も何もしていませんと正直に答えてきた場合、それでいいとおっしゃるのですね」

倉敷が言った。哲夫の真意を盗み見るような目つきだ。

「正直な報告をしてもらえば結構です」

哲夫は苛立ちが募ってきた。

「全店調査はできないでしょう。もし全店が白と報告してきて、もしその後一支店でも黒が出てくれば、私どもはどう言い訳をしていいか分かりません。本部である私どもは全く間違った指示をしておりません。今回は新宿支店のみの行為であると考えていただきたい」

倉敷は抵抗する構えを見せた。

「全店調査を拒否されるというのですか」

「拒否するものではありません。もし言われたとおり実施した場合の方が私どもにとってリスクが高いと申し上げているのです」

「では仕方がありません。私どもで徹底的に支店を調べましょう。本部の指示が誤解のないように伝わっているかを。勿論、皮肉な意味においてです」

哲夫は言い切った。倉敷は苦しそうな顔をした。

「分かりました。何らかの方法で全店調査を実施いたします。そのやり方についてはご相談させてください。ただしくれぐれも申し上げますが、本部の指示は的確に行われております」

倉敷は言った。

「用件は終わりです。調査の方法を至急検討して報告してください。あなた方の自主的な企業統治能力に期待しています」

哲夫は言い、椅子から立ち上がった。彼らに部屋から出ろという意思表示だ。

倉敷は立ち上がって、軽く哲夫に低頭すると佐川、直哉とともに部屋を出て行った。

「しぶとい、嫌な奴ですね」

野川が言った。顔を顰めている。

「ああ、相当な悪だよ。君の言う通り信用しない方がいいのだろうね」

「そのようですね。おざなりに調査して、適当な犠牲者を出してくるのではないでしょうか」

哲夫は暗澹《あんたん》たるものを感じた。自らを律することができない者に金融という重大なシステムを任せられないのではないかと思ったのだ。

5

哲夫は、怒りを抑えることができないでいた。それに加えて憂鬱も深かった。直哉のことだ。直哉は、正直で真っ直ぐな性格だ。倉敷のような策略を弄《ろう》することはない。だから新宿支店で起きた改竄、隠蔽を知らない、関与していないという態度がとれないのだ。卑怯《ひきょう》者と思われることを潔ぎよしとしない性格だ。

このまま追及すると直哉にも責任をとらせることになるだろう。そう考えると憂鬱になってしまう。

哲夫は携帯電話を取った。

「もしもし……」

『直哉ですが』

「俺だよ。ちょっと部屋まで来ないか」

『今すぐ？』

「そうだ」

『分かりました』

哲夫は携帯電話を机の上に置くと、椅子の背もたれに身体を預けた。天井を見上げていると、頭の中が徐々に空白になっていくような感覚に囚われた。新宿支店だけなのか、それとも他の支店でも同じように改竄、隠蔽が行われているのか。それは本部指導による組織的なものなのか。もしそうならそれはなぜ起きたのか。

大東五輪銀行を責めるのは簡単だ。しかし彼らの行為は自分を守るための保身から出たことなのか、それとも金融検査というものが本来は金融を正しくするものなのにかえって歪めてしまったのだろうか……。こわもて、妥協をしない、秋霜烈日などなど。これらは哲夫に贈られた冠だ。この姿勢がかえって不正を呼び込んだとしたら、それは皮肉以外のなにものでもない……。

ドアを叩く音が聞こえる。直哉に違いない。

「どうぞ」

哲夫はドアの向こうまで届くように声を張り上げた。ドアが開き、直哉が入ってきた。哲夫は立ち上がって、部屋の隅に設置された簡単なソファを指差した。直哉は、無言でソファに座った。

「紅茶を飲むか。女房が淹《い》れてくれたんだ」

「少しいただきます」

哲夫はポットの中蓋に紅茶を注ぎいれて、直哉の前に置いた。哲夫は外蓋に紅茶を入れた。

「困ったことになったなぁ」

哲夫は一口飲んだ。まだ十分に熱い。

直哉は何も答えないで、紅茶を飲んだ。

「今回のことは俺には単なる新宿支店の勇み足とは思えないのだが、どう思う？」

「どう思うと言われても、僕には難しい質問です」

直哉は中蓋をテーブルに置いた。

「直哉にも立場があるのは分かる。しかしここは兄として弟の勤務する銀行についての雑談だ。なにも銀行幹部としての正式な見解を聞こうなどとは思っていない。勿論、ここでの話はここだけのことだ。約束するよ」

哲夫は苦笑いを浮かべた。直哉もようやく表情を和らげた。

「新宿支店の柿内支店長は、自分の出世のことを第一義に考えている人だと思います。それに旧大東銀行やその取引先にも非常に冷たい」

直哉は話し始めた。哲夫は黙って直哉を見つめていた。

「僕も何度か野呂副支店長に対する態度や取引先に対する態度で意見をしたことがあります。さっき言ったけれど野呂副支店長ばかりでなく、取引先からも苦情を言われているからです。このままではいけないと思っています」

「そんな支店長は多いのか」

「柿内さんは極端な例だと思います。でもそれはうちの経営の中に旧大東排除という暗黙の方針があるからだと思います。哀しいことですけれど……」

「それだけ出世にこだわっているとすれば、旧大東苛めや検査を上手く乗り切ることが出世に繋《つな》がると誤解する奴が出てきても不思議がないってわけだ」

哲夫の問いに、直哉は頷いた。

「野呂副支店長がデータ改竄を強いられる、このままでは今貞食品は潰れてしまうと相談があったことは本当です。何もしてあげられなかったことが悔しい。野呂副支店長は兄さんが来たことで、旧五輪銀行に捨て身で復讐《ふくしゅう》をしようとしているんだと思います」

直哉は強く言った。

「復讐？」

「そう旧五輪銀行への復讐です。これは野呂副支店長だけで終わらないと思います」

「というと？」

「新宿支店の話は、間違いなく噂になって広まっています。野呂副支店長は柿内支店長を金融庁に売ったとか、いや彼は旧大東銀行の意地を見せたのだとか、非常に低次元の派閥争いの話としてです。そしてもし隠蔽、改竄している支店があれば、それをどうするか頭を悩ましているでしょう」

「他にもあると思うのか」

「かなりの程度で……」

直哉は哲夫を見つめたまま言った。

「どうしてそう思う？」

哲夫は紅茶を口に入れた。もう冷たくなっていた。

「今回の検査は相当現場にプレッシャーをかけています。尋常でないほどです。二期連続経営計画未達、かつ赤字になれば経営陣の責任問題になります。立岡頭取の退陣になる可能性も十分にあります。ましてや検査主任が他の大手銀行をことごとく赤字に追い込んだ凄腕検査官ではなおさらです。とにかくなりふり構わずやっています。その意味では新宿支店はそのプレッシャーに押しつぶされたのだと思います」

「こんなことでいいと思っているのか」

哲夫は暗い顔になった。

直哉は俯いて、黙ってしまった。

「合併して新しい素晴しい銀行を創《つく》ろうという理想も何もないのか。こんな自己保身に走る銀行が本当に日本の金融を担っていくことができるのか。直哉、どう思うんだ」

哲夫は厳しい口調になった。

「僕の本音を言っていいですか」

直哉が哲夫を真っ直ぐに見つめた。哲夫もその目を見返した。曇りがないように思えた。

「言ってみなさい」

哲夫は穏やかに言った。

「一度根本からやり直すべきだと思います」

直哉はきっぱりと言った。

「根本からか？　そうなると直哉も幹部として傷つくことになるぞ。それでもいいのか」

哲夫は穏やかに訊いた。

「僕は傷つく方がいい。むしろすっきりします。兄さんに対して遠慮なくやらせてもらいたいと思っています。たとえそれが僕の本意でなくとも。僕の上司は倉敷専務です。彼が僕を登用してくれていることは事実です。僕にはあの人がもう引き返せないところまで来ているような気がします。しかし、僕はあの人を見限るわけにはいきません。たとえ滅びゆくものだと思っていてもそれに殉じるのが組織人です」

「いいのか。それで」

哲夫は直哉の真っ直ぐな気持ちに打たれて、微笑んだ。要領の悪いところだけは兄弟とも同じだ。

直哉も微笑して、頷いた。

「復讐が始まるのか。本当にそうなるとここは地獄になるぞ」

哲夫は、直哉の未来が暗くなっていくのを感じていた。しかし直哉はあえてその暗さの中に飛び込んでいこうとしている。ここで寝返れば、助かるかも知れないものを……。

「地獄からしか再生できないでしょう。立岡頭取も辞任を覚悟されつつあるようです」

直哉は口元を引き締めた。

「頭取が辞任？　そうか……。しっかりやれ。それだけだ」

哲夫は直哉の手を強く握り締めた。

6

君塚が、怒りの形相で部屋に入ってきた。

「どうしました」

哲夫が穏やかに訊いた。

「どうもこうもないですよ」

「あなたに担当してもらっている大口先のことですか」

「全くこちらの言い分を聞く気がないとしかいえません。検査結果のすり合わせを行っていますが、不服申し立てをするといきまいています」

「不服申し立てというと、検査局長宛の意見申し立てのことですか」

「そうですよ。それで時間を稼ごうとしているとしか思われません。検査局長が別の班に再検査をやらしている間は、自分のところの考えで引き当てを積むことができますからね」

「スーパーエコーやノンバンクのアスプラ、不動産のトーキョーなどは格付け低下はやむを得ないと言っていたではないですか。そこはどうなのでしょうか」

君塚は、大東五輪銀行の大口債務者の検査を担当していた。金融庁は、これら十社ほどの大口債務者の引き当てを増やすようにと前回検査でも指摘していた。それはそれら大口債務者と取り引きしている他のメガバンクが全て債務者区分を破綻懸念先などに引き下げ、引き当てを大幅に増やしていたからだ。実施していないのはメイン行である大東五輪銀行だけだった。

「同じ会社を同じ基準で我々が検査しているんです。同じ結果になるのが当然でしょう」

「それが彼らは不動産の価値を大幅に引き上げています。また収益計画もメインであり、他行より情報が多いという理由で上向きに立案しています。エコーも黒字であるというのが主張です」

「エコーの黒字は見せ掛けではないですか。子会社との利益の付け替えで、本体の収益力は回復していません」

「こちらがそう言うのですが全く聞き入れません」

「あなたが上げてきた引き当て不足は約七千億円でしたね。そうなると自己資本比率はどうなりますか？」

「大東五輪銀行の場合は四パーセント台に落ちてしまいます。国際基準である八パーセントを大幅に割り込むことになります」

「このまま適用するかは別にして立岡頭取には不退転の経営再建を迫る内容ですね。引き当て不足の内容の概略は説明したのですか」

「企画担当にだいたいのところは説明しました。勿論、正式結果として伝えるまでは、まだ時間が必要です」

「反応は？」

「真っ青になりました。身体をがたがた震わす有様です。私たちは原則通りにやっているだけですのに、彼らには現実を直視する力がないのです」

君塚は憤懣《ふんまん》を顔中に顕わした。

「今や我々の検査は同等の銀行には同じ尺度を適用することにしています。それぞれに恣意的なダブルスタンダードはありません。そのことが分かっていないのでしょう。現実を直視して、その上で大東五輪銀行の再建計画を立てねばならない。我々は里村課長から今回の検査で最後の非常時検査にする使命を与えられています。ここは絶対に譲れない」

哲夫は君塚を強く見つめた。

「ちょっとおじゃまします」

倉敷と佐川が突然入ってきた。

「今、打ち合わせ中ですが」

君塚が振り返って、二人を制止した。倉敷が顔を強張らせている。

「君塚さん、いいですよ。なんでしょうか」

哲夫は倉敷を見つめた。

「内々に聞かされた検査結果は酷いではないですか。我が行を潰すという悪意しか感じられない」

倉敷は激しく言った。

「引き当て不足のことですか」

「あれは恣意的、悪意のある数字としか言いようがない」

「現実ですよ。直視された上で話し合いませんか」

哲夫は怒りを抑えていた。

「これでは株主を納得させることはできません。大幅な赤字決算とならざるを得ない。今期の最終利益は二千数百億円の予定です。これを死守したい」

倉敷は眼を飛び出さんばかりに見開いた。

「倉敷専務、それは立岡頭取も同じ意見ですか。私にはそうとは思えません。頭取は抜本的にやりたいと考えておられるのではないですか」

「何を根拠にそうおっしゃるのか分かりません。私と全く同じ考えです」

「今回の検査で大東五輪銀行の引き当て不足は明らかです。ここで皆さんが検査結果を真摯《しんし》に受け止め、現実を直視した対応をされれば、まだ間に合うような気がします」

「間に合う？　何に間に合うのですか」

「景気は徐々に回復しつつあります。他のメガバンクは早々の赤字決算で筋肉質に変わりつつあります。前向きの戦いが始まろうとしています。それに間に合うと申し上げているのです」

哲夫は諭《さと》すように言った。

倉敷は憤然とした顔を佐川に向けた。哲夫の言葉を拒否する態度だった。

「検査官の態度はまことに横暴と言わざるを得ません」

佐川が相変わらずの甲高い声で言った。

「なにが横暴なのか」

君塚が怒りをぶつけた。

「全くこちらの再建計画に耳を傾けようとしない。エコーの再建計画は極めて順調です。黒字に転じている。そこを評価しない。自主再建を放棄しろと言っているようなものだ。産業再生法適用の時に経産省にも自主再建を確約しています」

佐川は君塚を睨んだ。

「我々は自主再建を放棄しろなどとは一度も言っていない。そうですね君塚さん」

「勿論です。自主再建するか否かは私たちが下す判断ではない」

君塚が答えた。

「それは詭弁《きべん》だ。破綻懸念先の烙印《らくいん》が押されてしまったら、自主再建などできるはずがない」

佐川は譲らない。

「今は検査結果についてどうするか検討中です。しかし私はこの引き当てを譲るつもりはありません。なんとしても今期の決算に反映していただきたい」

哲夫は言った。倉敷の横柄な態度に怒りが顕わになってきた。

「それは困る、断じて困る」

倉敷は声を荒らげた。

哲夫の卓上電話がなった。

哲夫が受話器を取った。

『御堂です。主任、大変です』

電話口から御堂の焦った声が飛び込んできた。

『内部告発と思われる電話がありました』

「内部告発？」

哲夫は驚きの声を発しながら、倉敷を一瞥した。倉敷は憮然《ぶぜん》として腕を組んで哲夫を睨んでいた。

『これをお聞きください。電話を録音したものです』

カチッというテープレコーダーのボタンを押す音とともにくぐもった声が聞こえてきた。

『大口債務者についてのデータが隠されている。検査で提出した以外のものだ。場所は本店十階の書庫だ』

哲夫はとっさに大東銀行の復讐という言葉が浮かんだ。

『聞こえましたか』

「ああ、はっきりとな」

哲夫は怒りのこもった目を倉敷に向けた。

『どうしますか』

御堂が訊いた。

「今すぐ、そのテープを持って花木も一緒に私の部屋に来てくれ」

『分かりました』

御堂が受話器を置く音が聞こえた。哲夫も受話器を置いた。

「何かありましたか」

君塚が心配そうな顔を向けた。哲夫の顔色が変わっていたからだろう。

「今、ここに御堂と花木が来ます。野川も呼んでください。ちょっと至急に相談したいことがあります」

哲夫は君塚に言うと、倉敷に顔を向けた。

「専務、しばらくの間、お引き取り願えませんか」

「まだ相談は終わっていないではないですか」

「ちょっと緊急ですので、また必ず後で時間をとりますから」

哲夫は穏やかに言った。

倉敷と佐川はしぶしぶ部屋を出て行った。

哲夫は倉敷の後姿を眺めながら、

「すぐ呼ぶことになりますから」

と小さく呟いた。

7

「旧大東銀行の復讐だな」

哲夫は言った。目の前に電話を録音したテープレコーダーがある。

「それはどういう意味ですか」

花木が訊いた。

「新宿支店では大口先の資料が隠されていて、旧大東銀行出身の副支店長の証言で発見した。取り扱いはまだ決めていないが、他の支店などでも同じようなことをしていないか調査するように倉敷専務に申し伝えたのだが、抵抗が強い。その間に、この銀行は内部争いから崩壊するのではないかと懸念しているんだ」

「次々と実態を暴露する旧大東銀行からの声が上がるだろうということですね」

御堂が言った。

「そうだ。内輪で分かれ争う町や家は立ち行かないと聖書にもあるが、その通りの展開になってきた」

哲夫が答えた。

「早速、十階に行き、隠蔽されている資料を見つけ出すべきよ」

花木が勢い込んだ。今にも飛び出しかねない。美人だが、怒り出すと近づくのも怖いほどの形相になる。

「ちょっと待て。よく考えてみよう」

じっと黙っていた野川が言った。

「何を黙っているんですか。許せないですよ」

花木の勢いは止まらない。

「彼らは驚くべきしぶとさだ。新宿支店のケースも単なる支店長の勇み足にしてしまう可能性が強い。とにかく自分たちの非を認めない。何せ我々との話に弁護士を同席させるくらいだからな」

野川が暗い顔を一層暗くした。

「本当に嫌になります。支店の大口先の件が最終的に合意しそうになると、弁護士が現れて、私の指示を録音させていただきますってやるんですからね。もし恣意的に根拠なく格付けの低下、引当金の増額がなされた場合は、後日損害賠償を検査官個人に起こさせていただく可能性もあります、って言うんですからね。異常ですよ」

　御堂が渋面をつくった。

「とにかく彼らはなりふり構わず今期の決算では二千数百億円の黒字という当初発表の数字を守るつもりなのだ。最悪でも黒字で乗りきる考えだ。三割ルールの適用を極端に怖れているのだ」

　君塚が吐き捨てるように言った。

「それを指示しているのは立岡頭取よりもあの倉敷だ。彼は派閥的には立岡派だ。もし今回立岡が引責辞任することになれば、自分がトップになる目は全くない。他派閥から立岡の後任が選ばれるだろう。それを阻止するためには、立岡を引責辞任させるわけにはいかない。それで彼が必死になって我々に抵抗しているのだ」

　哲夫が込み上げる怒りを抑えるように言った。

「銀行を守り、金融を正常化させるという気概はありませんね。ただ自分の保身だけですか、彼にあるのは。許せないわ」

　花木が強い口調で言った。

「昔からそういう男なのだよ。だから余計に知恵が回るのさ。自分を守ることだからね」

君塚が答えた。

「今回の告発の資料を見つけ出すということは、大東五輪銀行を検査忌避で行政処分するということであり、かつ銀行法違反での刑事告発も視野に入れなくてはなりません。その根拠をある程度固めてから書類を見つけ出すのがいいと思います」

御堂が冷静に言った。

哲夫が御堂に向かって大きく頷き、花木にメモの用意をさせた。

「今から言うことを書き留めて欲しい」

「分かりました」

花木が食い入るように哲夫を見つめた。哲夫の体から青く冷たい炎が立ち上り始めた。検査の鬼の真の憤怒の光だ。

「第一、資料は大東五輪銀行の重要な大口取引先に対する評価作業を阻害するものであること。これは大口取引先の評価が決算に影響するからだ。第二、資料はあるべきところにないこと。第三、資料の隠蔽についての検査官の質問に対して虚偽の回答をしたこと。第四、資料の中に明らかな改竄があること、それが重要な議事録など債務者の評価に関わる事項であること。第五、提出済みの債務者区分判定資料と明らかに異なる資料があること。第六、隠蔽、改竄の指示が組織的、具体的に行われていること。以上だ」

哲夫が全員を見渡した。他に意見がないかという顔をした。

「ヤバファイルという言葉が気になっているのですが」

野川が言った。

「確かに行内の指示で同じような言葉が使われていないか注意するようにしよう。電子メールなども調べるようにしてくれ」

哲夫が同意した。

「分かりました。我々がいかに原則を押し通す集団かを見せてやりましょう」

御堂が薄笑いを浮かべた。

「おいおい、あまりいきり立つなよ。相手の思う壺《つぼ》にはまるぞ。さしあたっては相手にヘタを打たせてやりましょうかね」

君塚がにんまりとした。

「今、エコーの検査はほとんど意見調整だけなのですね」

哲夫が君塚に訊いた。

「ええ、こちらとすれば答えを出して、引き当て不足の額も提示しているのですが、向こうが納得していないだけです」

君塚が答えた。

「それならば審査部長と担当者との前で、これ以外のデータがないことを確認しよう。それで彼らがないと言えば、全員で十階の書庫を開けさせることにしよう。もしここで他にも資料がありますと言えばよし、ないと答えれば徹底的にやる。これでどうだ」

哲夫が提案した。

全員が大きく頷いた。

倉敷がどう出てくるか。哲夫は胸の高鳴りを覚えていた。

8

通称君塚ルームと呼ばれる大口先のみを検査する部屋で審査部長とスーパーエコーの担当者が君塚と御堂と対峙《たいじ》していた。

「検査官の言われることは承服できませんなあ。不動産の価値を低く見すぎです。エコーの持つ不動産の価格をDCF法で計算しても検査官のように安くはならない」

審査部長はへの字に口を曲げた。

「私たちは過大な不動産価格の見積もりだと思っています。この方向で検討していただきたい」

君塚が厳しく言った。

「承服できません。もし強行されるなら不服を申し立てることになるでしょう」

「そちらがそうなら仕方がありません。ところで私たちが提出を受けている以外に資料などはありませんね」

君塚は審査部長、担当者の目を見つめた。

「ありません」

担当者は答え、審査部長に目配せした。

「絶対にありませんね」

君塚は再度強く言った。

「ありません」

担当者の視線が僅かに揺れた。

君塚と御堂が静かに立ち上がった。そして君塚は審査部長と担当者を見据えて、

「十階に一緒に行きましょう」

と言った。

担当者の顔が急に強張った。審査部長も君塚と御堂を見上げて、口を半開きにしている。

「ど、どういうことでしょうか」

審査部長が訊いた。声が震えている。

「十階の書庫を見せていただきたいのです」

　君塚は静かに言った。

　審査部長は、担当者と無言で顔を見合わせた。

「ちょっとよろしいですか」

「何がですか？　さっさと案内しなさい。もしなんだったらこっちで勝手に行きますよ」

　御堂が厳しい口調で言った。

「直ぐ参ります。ちょっと相談してまいります」

　審査部長が頰を震えさせている。

「十分だけ待ちましょう」

　審査部長は担当者の肩を叩くと、立ち上がって一緒に部屋を小走りに出て行った。

　哲夫が来た。

「どうですか」

「他に資料はないという言質《げんち》をとりました。彼らは慌てて相談すると言って出て行きました。どうせ倉敷と相談するのでしょう」

「十階の書庫の前には野川と花木を待たせてありますからね」

「十分だけ待ってやりましょう。どんな答えを持ってくるか楽しみですね」

君塚がにんまりとした。

「やってきたようですよ」

御堂が部屋の入り口を見た。そこには担当者と審査部長と倉敷の三人が立っていた。緊張した顔を向けている。

「主任までいらっしゃるのですか」

倉敷が抑揚のない声で言った。顔は緊張したままだ。

「さあ、案内してください」

哲夫が言った。

「何のためにですか」

「説明が必要ですか」

「銀行内の施設ですから」

「銀行法第二十五条を申し上げましょう。内閣総理大臣は、銀行の業務の健全かつ適切な運営を確保するため必要があると認めるときは、当該職員に銀行（代理店を含む）の営業所その他の施設に立ち入らせ、その業務若《も》しくは財産の状況に関し質問させ、又は帳簿書類その他の物件を検査させることができる。——もしご希望とあれば正式に命令を出しましょうか」

哲夫は倉敷を睨みつけた。

「分かりました。ご案内します。君、後はよろしく頼むよ」

倉敷は、軽く低頭すると審査部長を連れて部屋を出て行った。

「さあ、お願いします」

哲夫は担当者に言った。担当者は凍りついたような顔で歩き出した。哲夫、君塚、御堂が後に続いた。

十階の書庫の前に着いた。野川と花木が待っていた。

「開けなさい」

野川が担当者に告げた。担当者は幾本かの鍵を探していたが、ようやく一本を見つけ出し鍵穴に差した。

カチリ。鍵が外れる音がした。担当者は俯いたままドアを開けた。部屋の明かりがついた。

「これは……」

野川が驚きの声を上げた。目の前には段ボールの箱が整然と積み上げられていた。

御堂が一つの箱を手前に引いた。その箱に貼られたシールには「エコー」と表示され、数字でその箱が多くあるうちの一つであることを表示してあった。その数字から段ボールは百個ほどあると推定された。

「開けてみます」

御堂が丁寧にガムテープを剝がそうとした。

「私がやります」

担当者が御堂の横に座った。部屋の蛍光灯のせいか顔が青白い。

担当者は静かにガムテープを外した。御堂が箱の蓋を開いた。中には資料が詰まっていた。その何枚かを取り出し、君塚に渡した。君塚は資料に目を凝らした。そして哲夫の顔を見て、

「エコーの経営シミュレーションのようですね。私たちに提示したのとは全く違います」

と言った。哲夫は唇を固く結んだ。

「待て！　何をしている！　やめろ！」

御堂が担当者に飛びつき、床に押し倒した。担当者は身体を床に押しつけられたままバタバタと足を動かした。野川が両足を押さえた。見ると手に持った書類を丸め、口に押し込んでいる。必死の形相で目から涙を流している。

「何をするの！」

花木がその手を摑んで、口から引き離した。諦めたように静かになった手から丸められた書類が床に落ちた。白くて丸い紙は床を転がり、哲夫の足元で止まった。哲夫は身体をかがめて、それを拾い上げた。まるでソフトボールのように丸められた書類

を広げて、皺《しわ》を伸ばした。その書類の表題には「エコー関連金融庁検査対策」と太字で印字してあった。

「ここにある資料は捨てる資料です。無駄な資料ばかりです。関係ありません」

三人の検査官によって床に押さえつけられた担当者が大声で叫んだ。

「黙れ！」

君塚が声を荒らげた。

「最悪だな……」

哲夫は吐き捨てるように言い、書類を君塚に手渡した。

第八章　直哉の憤怒

1

「君がいて、なんとかならなかったのか」

　倉敷が部屋中に響きわたるような声で直哉を怒鳴り上げた。

　直哉の側に立っていた審査部長、企画部長は震え上がって今にも倒れそうだった。

直哉だけは辛《かろ》うじて、倉敷の顔を真っ直ぐ見ていた。その直哉も倉敷の怒りのエネルギーに押され気味になっていた。

「野呂という副支店長はクビだな。主任検査官に書類を改竄した、隠蔽した、それがあたかも本部指示だなどと告発めいたことを言うのはどういう了見だ。だから早く大東銀行の不満分子はどうでもいいところに飛ばせと言っておいただろう」

　倉敷は企画部長を指差した。

「も、申し訳ありません」

「きさまがいつまでも新宿などの大店《おおだな》に大東の行員を放置しているからこんなことになるんだぞ」

倉敷は口から炎を吐き出しているようだった。

「審査部長、支店にヤバファイルを含めて焼却しろとは言わなかったのか。変に隠したまま放置しているから問題になるのだ」

「それは……」

審査部長は唇の端を震わせた。

「なんだ？　なにか言い訳を考えたのか」

「焼却しろとは……。それらは正式な資料でして、後から必要になるかと……」

「後から必要だと？　必要なら後から入手しろ。きさまの曖昧な指示がいけないんだぞ」

「そうおっしゃりましても、焼却の指示はどうも……」

「できないと言うのか。不要な物は整理しろと指示すればいいではないか。松嶋君、君は何をしていたんだ。お兄さんに便宜を図るよう頼めなかったのかね」

「専務、そのようなことできるはずがありません」

「頼んでみないでできないとはどういうことだ」

「兄はそのような情で動く人ではないからです」

直哉は憤慨したように言った。

「君はどっちの味方だ。金融庁の味方なのか」

倉敷は机を叩いた。鈍い音が部屋に響いた。

直哉は検査によって隠蔽工作が明るみに出た新宿支店から急いで帰り、事態を倉敷に報告した。倉敷は慌てふためいて審査部長、企画部長を集めた。そしてこの騒ぎだ。混乱しきっていると言っていいだろう。

「野呂副支店長が悩んでいたことは事実です。書類の改竄を命じられたことに対してです。彼は非常に真面目な人ですから」

直哉は野呂を弁護した。

「何を甘いことを言っているのだ。書類の改竄を命じられただと！　誰がそんなことを命じたのだ。格付けを下げるなと言っただけだろう。それを勝手に解釈しおって……」

「しかし絶対に現状格付けを死守すべしなどという指示を出せばどういう結果になるか考えるべきでしょう」

直哉は冷静な口調で言った。企画部長や審査部長が驚いた顔で直哉を見つめていた。次長の立場で絶対権力者の倉敷に意見を申し立てているからだ。これは直哉が倉敷から非常な評価を受けている証《あかし》でもあった。

「君はまだ事態の深刻さが飲み込めていないようだな。もしも今期赤字になれば、あるいは赤字にならなくとも業務改善計画と大幅な乖離《かいり》があれば、立岡頭取を始め、おそらく私も含めて引責辞任になるのだ。そうなって欲しいのか。もしそうなれば経営は混乱し、おそらく大東五輪銀行は破綻するか、合併させられるだろう」

倉敷は確信ありげに薄笑いを浮かべた。

「破綻か合併ですか」

審査部長が弱々しい声で言った。

「専務の危機感は本当だ。金融庁から聞こえてくるのは、うちを潰し、どこかにくっつけるという話ばかりだ。金融庁はそのためにあら捜しに来たのだよ。検査ではないのさ」

企画部長が肩を落とした。

「だから何をやったとしても大幅な引き当ての積み増しは止《や》むを得ない。しかし頭取の引責辞任は困る。ぎりぎり三割ルールに抵触しない線で収めるんだ。そうしなければならない」

倉敷は言った。

直哉は哲夫の性格をよく知っている。彼はあら捜しのためだけに検査に入ることはない。悪いものは悪い。良いものは良いというだけだ。何か政治的な意図によって動くことはない。

金融庁やもっと大きな組織が大東五輪銀行について、何か特別な政治的なことを考えていたとしてもその手先として哲夫が動くことはない。そのことを声高に説明しなくてはならないという焦燥感に囚われた。そうしないとさらに事態は悪化していくような予感がしたからだ。しかし倉敷や企画部長たちの血迷ったような顔を見ると直哉は何も言えなかった。

「松嶋！」

倉敷が大きな声で言った。

「なんでしょうか」

直哉は訊いた。憂鬱だった。

「松嶋主任は、どう出てくるのか、想像できるか」

倉敷の問いに直哉はしばらく黙った。直哉は首を横に振った。

「そうか」

倉敷が小さく呟いた。

「実は……」

審査部長が暗い顔を倉敷に向けた。

「なんだ。なにかあるのか。どうも君の辛気臭《しんきくさ》い顔を見ていると運がどんどん逃げてしまうような気がしてならない。何か言いたいことがあるならさっさと言いたまえ」

倉敷は顔を背けた。

審査部長は口ごもってしまった。

「言って置かれた方がいいのではないですか」

直哉は促した。審査部長が言いたいことは具体的には分からないが、おそらく他にも同じような隠蔽があるということだろうと推察された。

審査部長は、直哉に力のない目を向けた。

「さっさと言え！」

倉敷の苛立ちが爆発した。審査部長は身体を思い切り縮めてしまった。

「専務、松嶋主任がすぐ来てくれとおっしゃっています」

企画部長が受話器を持って、恐る恐る言った。

「ちっ」

倉敷は舌打ちをして、

「すぐ行くと言え。それに佐川弁護士も呼んで来い。一緒に行く。松嶋、お前も来い。お前が前任として新宿支店について何らかのことを知っていたことにするぞ。そういう答えを考えておけ。松嶋にも責任が及ぶとなると、主任も何か考えるだろう」

「分かりました。私は野呂さんから相談も受けていましたし、全く知らないということはありません。どうぞ責任を追及してください」

直哉は言った。言いながら怒りが込み上げてきた。哲夫は身内だからと処分を甘くする人間ではない。かえって厳しくなるだろう。それにしても倉敷は誰かに責任を転嫁することばかり考えている。いったい何時《いつ》からこんな人間になってしまったのだろうか。

佐川が顔を出した。直哉は佐川が同席することに批判的だった。弁護士が同席しているからと言って法律的に守られることはまずない。かえって哲夫を刺激するだけだ。それに倉敷が弁護士同席に安心して、哲夫を挑発するようなことを言う方が心配になる。

「佐川先生、だいたいはお聞きになっていると思いますが、新宿支店でやっかいなことが起きまして、今、主任に呼ばれております。同席をお願いします」

倉敷が丁寧に言った。

「いいでしょう。行きましょうか」

佐川は言った。

「企画部長、審査部長はここで待機しておけ。すぐに戻ってくるから」

「分かりました」

二人は同時に頭を下げた。

2

直哉には哲夫の目が心なしか哀しそうに見えた。直哉が、隠蔽のことを野呂から聞かされていたと発言し、それを倉敷が責めたときだ。直哉が行内で窮地に陥っていると考えたのだろう。しかしそれをどうすることもできないもどかしさがその目に表れていた。

「松嶋主任は全店を調べるだろうか」

倉敷は哲夫の部屋を出て、直ぐに直哉に問いかけた。

「分かりませんが、必要とあればやると思います」

直哉は冷静に答えた。

「そうか。そういう人だな、あの人は。徹底しているからな」

倉敷は力を落とし気味に言った。

「専務、私は今回のことは旧大東銀行の復讐だと思います」

直哉はエレベータのボタンを押した。

「どういう意味だね」

「野呂さんにしても随分被害者意識がありました。彼以外にもそういう人間がいたら、金融庁検査をきっかけに爆発するような気がします」

「ではどうすればいいと思うのだね」

「旧大東勢力と当面バランスを取るべきではないかと思いますが……」

「現状はバランスが取れていないと思っているのだね」

倉敷は穏やかに言ったが、苛立ちを増幅させている可能性があった。

エレベータが到着した。佐川が乗り込んだ。倉敷、直哉が続いた。

「確かにそうかも知れない。しかしもう遅い。経営のスピードアップのために、異なる意見を持つ可能性のある者を極力排除してしまった。それの悪いところは行内に不満分子を作っただけではない。不良債権処理においてもそうだ」

エレベータのドアが閉まった。静かに上昇を始めた。倉敷は顔を上げ、エレベータの階数表示を見つめていた。

「不良債権の処理ですか？」

「旧大東銀行に弱みを見せられないという意識が強く働いたからね。全て秘密主義にした。そりゃあそうだろう。行内を肩で風を切り、人事も完全制圧した旧五輪銀行が不良債権で四苦八苦しているところなど見せられないからな。どうしてもまな板にどんと載せることができなかった」

倉敷は小さく笑みをつくった。悔《くや》しさが滲《にじ》んでいた。

「お互い問題債権の情報を正直に交換できなかったのですね」

「だから隠蔽したかどうかは別にして、金融庁に対して事実を隠すために隠蔽しようという気持ちと旧大東銀行に知られたくないという気持ちが複雑に交錯しているかも知れないな」

倉敷は呟くように言った。

直哉は倉敷が悩んでいるように思えた。ここで倉敷の背中を押せば、まだ救いようがあるかも知れない。この銀行が自ら立ち直るチャンスがあるかも知れない。

直哉は心臓の高鳴りを覚えた。本当に心に思っていることを言おうとすると、どうしてこんなに胸が高鳴るのだろうか。何を怖れているのだ。

「松嶋検査主任は、倉敷専務の今のような本当のお気持ちを聞きたいと思っているに違いありません」

直哉は言った。倉敷が振り向いて、直哉を見つめた。

「どうかな？」

倉敷は軽く笑った。

「本当です」

直哉は強く言った。

「無理だよ。私は立岡頭取を守らなくてはいけない。そのためには松嶋主任の言う通りに引き当てを積み、赤字にするわけにはいかないんだ。ねえ、先生」

倉敷は佐川に同意を求めた。

「金融庁は過剰引き当てを強いています。これは銀行の整理統合を進めようとする彼らの政策遂行のためです。いわば行政による経営権の侵害に当たると思います」

佐川が感情のこもらない甲高い声で言った。

「ということだ。私は戦わねばならないというわけだよ。料理されることが分かっていて、自ら材料になるものもいないだろう」

倉敷は自嘲《じちょう》気味に笑った。

エレベータが専務室のある階に着いた。ドアが開いた。

倉敷は、外に出た途端、厳しい顔に変わった。部屋へと急いだ。後ろは振り返らない。直哉は、その背中に厳しさと同時に痛々しさを感じていた。

3

倉敷に続いて部屋に入ると、立岡が審査部長たちと話していた。

「頭取」

倉敷は、小走りに近づいていった。

「ご苦労様。新宿支店でとんでもないことがあったようだな」

立岡はいつもの温厚な顔を歪めていた。

「ご心配をおかけします。今、その件で松嶋主任とお話ししてきたところです」

倉敷は言った。

「主任はなんとおっしゃったのか」

「全店調査を指示されました。抵抗いたしましたが、やらざるを得ないと思います。やり方については、こちらに任せるとのことです。至急検討いたします」

「厄介なことというのは重なるものだな」

立岡は天井に顔を向けた。

「引き当てのことでございますね」

倉敷が言った。

「彼らから現状の進み具合を聞いてね、ちょっと驚いているところだ」

立岡はため息を洩らした。

「私の努力が至らないばかりに、ご心配をおかけします」

倉敷は深く頭を下げた。

「七千億円も引き当て不足を指摘されたら、破綻しろと言われているようなものだ。

金融庁というか、政策当局の悪意を感じるな」

「その通りでございます」

「世間では、アメリカが日本の不良債権問題の早期解決、すなわち平成十七年三月までの解決を求めているので、その犠牲になるのは我が行だなどと面白おかしく言う連中がいるが、本当かも知れないな」

立岡が倉敷の顔を見て、薄く笑った。

「何をおっしゃいますか。そんな無謀なことはこの私が命に代えてもやらせません」

倉敷は強く言った。

直哉は倉敷が立岡を必死で励ましているのが分かった。弱気になっている立岡を励ましているのは、倉敷の保身のためなのだろうか。そうではないだろう。立岡が大東五輪銀行の頭取であり、その頭取が倒されれば銀行が倒されると本気で思っているのだ。

倉敷の必死な顔を見ると、倉敷という男が少し分かった気がしてきた。彼は銀行を守るためなら悪魔にでも魂を売る男なのだ。

「こんなところで言うのもなんだが、私は辞任を覚悟しているからな」

立岡が穏やかに言った。企画部長が審査部長と顔を見合わせている。彼らは息を呑み、驚きの声さえ出ない。

「絶対にそのような弱気になってもらっては困ります。頭取を辞任に追い込むようなことが許されるはずがございません」

倉敷が奥歯を噛み締めるようにして言った。

「私のような人間が頭取になったのが間違いだった。藪内大臣にも金融再生プログラムに関しては随分と嫌われたからね」

「あの金融再生プログラムには金融界挙げての反対でしたから、頭取が急なルールの変更をおかしいとご発言されたことは当然のことでした」

立岡が全銀協会長をしている時に、当時の藪内金融担当大臣が金融再生プログラムを発表し、繰り延べ税金資産の自己資本への算入制限などの銀行に厳しい提案をした。それに対して立岡は会長として銀行界を代表して、大々的に反論を繰り広げたのだ。そのツケが今になって回ってきたと思っているのだろう。

「今となっては道化だな。一緒に反対してくれていると思っていた他行は、あっという間に藪内大臣の言いなりになってしまったからね。後ろを見たら誰もいないとはあのことだ」

立岡は寂しく笑った。

「金融界は所詮《しょせん》、足の引っ張りあい。どこが生き残るかが勝負ですから、それもいたし方ないでしょう」

「その通りだ。強い者しか生き残らない。生き残った者が強い者。これが金融界だ。どんなことをしても大東五輪銀行を生き残らせねばならない。そのためには私が辞任して、金融庁の言うとおりの引当金を積まねばなるまいと思う。それしか道はないと思う。よく検討してくれ」

立岡は寂しそうに言った。

直哉の携帯電話が鳴った。着信を見ると哲夫だった。直哉は慌てて、倉敷と立岡に一礼すると外に出た。

哲夫が来いと呼んでいた。新宿支店のことについての相談だろうか。

哲夫が大東五輪銀行の現状を問いかけてきたらどう答えようか。立岡や倉敷の重く辛い顔が浮かんできた。野呂の悲痛な顔も見える。だれしもが今や判断の方途を失ってしまったようだ。壊して出直すしかないのではないか。直哉は哲夫から問われれば、そう答えるしかないと思っていた。

「分かりました」

直哉は返事をして、哲夫の部屋に向かった。立岡の寂しそうな笑みがふと浮かんだ。倉敷は意地でも立岡を辞任させないだろう。それは苦しみを長引かせるだけではないだろうか。

哲夫の部屋から一途、直哉は広報グループに戻った。だが、再び倉敷の部屋に行くことにした。哲夫との話を伝えるべきだと思ったのだ。

地獄になるぞ、と哲夫は言った。

あのとき、哲夫は少し笑ったように見えた。あれはどういう微笑だったのだろう。戦い甲斐《がい》のある相手だとでも思ってくれたのだろうか。

頭取が辞任を覚悟していることを伝えたが、哲夫にはその意味が上手く伝わっただろうか。頭取は、哲夫の指摘に殉ずる意思があることを分かってくれただろうか。

しかしなぜ大東五輪銀行はここまで悪くなってしまったのだろう。それが直哉には今ひとつ理解できなかった。

4

アグレッシブな銀行だった。リーテイル業務でも先頭を走っていた。利用者の評判も他行に比べてよかったはずだ。それがなぜ？　今や追い詰められた鼠《ねずみ》になってしまった。もう海に飛び込むしかない。

経営者が時代を読むことができなかったのが一番の敗因なのだ。今まで都合よく勝ちすぎたのだ。

そういえば金融庁検査で厳しい指摘を受け、その指示に従った銀行ほど早く立ち直っているという事実がある。直哉はその事実に気づいて、哲夫は名外科医なのだと思った。患部は勿論、僅かに転移している部位さえも徹底して抉《えぐ》り取って行く。その後、養生をし、リハビリをするのは、個々の病人の努力ではあるが、少なくとも病巣が取り除かれているから健康体への回復が可能なのだ。

大東五輪銀行はどんなに靴をすり減らしても名外科医を探し、手術に身を委《ゆだ》ねるべきだったのだ。それを漢方で治そうとか、最後は呪術《じゅじゅつ》にさえ頼ってしまったのではないだろうか。痛みを避けて病気を治そうとするあまりに……。直哉はブラック・ジャックよろしく白衣を着た哲夫を想像して、思わず含み笑いをしてしまった。

「まだ、間に合いますか？」

直哉は一人ごちた。

倉敷の部屋に着いた。直哉はドアをノックし、中に入った。倉敷と企画部長、そして佐川がソファにうずくまるようにして座っていた。

「松嶋か……」

倉敷が言った。

「遅くなりました」

直哉は軽く低頭した。部屋全体に生気がなく冷え冷えとしていた。

「君の兄さんには参ったよ。まったく譲る気はない。頭取は辞任をほのめかし、八方塞《ふさ》がりだな」

倉敷は寂しそうな笑顔を見せた。

「審査部長は？」

企画部長が言った。

「今、検査官に呼ばれている。抵抗をしているんじゃないかな」

「君はどこに行っていたんだね。途中からいなくなったが……」

倉敷が直哉を見上げた。

「松嶋主任と話しました」

直哉は言った。

「なんだって」

企画部長が驚いて立ち上がった。

「余計なことを言ったんじゃないだろうね」

倉敷が戸惑いを浮かべた。

「余計なことなど話しておりません」

「では何を話したのかね」

「松嶋主任は、地獄になるぞとおっしゃっていました」

「地獄！」

企画部長は大きな声を上げた。

「どういう意味だね」

倉敷が訊いた。

「まだ今なら間に合うという意味にとりました。大東五輪銀行を抜本的に手術する残り少ないチャンスがまだあるという意味です」

「要するに降伏して、赤字を出して、引き当てをしろということだな」

倉敷が薄笑いを浮かべた。

「過剰引き当てですよ」

佐川が文句をつけた。

「それができればなんの苦労もないんだ。それくらい分かるだろう」

企画部長が言った。

「ですが金融庁の指導を早く受け入れた銀行が、早期に立ち直っている現実を見れば、ここは松嶋主任の意見を受け入れるべきかと考えます。そうしなければ本当に地獄になります」

「それは君ごときが言う問題ではない。経営権の問題だ」

佐川が甲高く言った。

「私ごときが言う問題ではありません。それは分かっております。しかし兄は、いえ松嶋主任は何事にも影響されず原則を貫きます。他行と同じ引き当て基準を当てはめると決めたら、そうします。そこに妥協という文字はありません。敗北するようで悔しいという気持ちもありますが、問題を先送りしない姿勢を見せれば、松嶋主任は我が行を評価すると思います」

直哉は強く訴えた。

「白旗を掲げ、無条件降伏をした者には温かいスープを出してくれるというのかね」

倉敷が呟いた。

「そんなスープは飲めない」

企画部長は投げやりに言った。

「だったら事態の打開策を企画部長はお考えなのですか。もう一刻の猶予もないかも知れないのですよ。あちこちで旧大東銀行の復讐の炎が上がり始めています。それが見えないのですか。焼き尽くされてからでは手遅れですよ」

直哉は企画部長を睨みつけた。

「その旧大東銀行の復讐の炎とはなんだ？」

企画部長が厳しい視線を向けた。

「野呂副支店長の場合もそうですが、旧大東銀行には旧五輪銀行に対する不満が鬱積《うっせき》していいます。私たちはこのままだと内部から崩壊していくだろうという予感がしているのです。今回の新宿のケースは間違いなく多くの支店に及んでいます。それらは次々と金融庁に告発されていくでしょう。そうなればもう終わりです」

直哉は強い口調で言った。

「松嶋君の言う通りだ」

直哉の背後から大きな声がした。振り向くと審査部長が目を吊り上げていた。直哉はいつ審査部長が入ってきたのか分からなかった。

「どうしたのだ。何か起きたか」

倉敷が訊いた。

「復讐ですよ。復讐」

「なんで。お前まで。しっかりしろ」

「十階の書庫に案内しろと検査官に言われまして。誰かが検査官に密告したに決まっています」

審査部長は激しい口調で言った。倉敷は怪訝《けげん》そうな顔をした。

「その十階に何があるのだ。何か私に隠していることがあるのか」

倉敷は激しく言った。

審査部長と企画部長が視線を宙に泳がせた。

「言え、言うんだ」

倉敷は審査部長に掴みかからんばかりになった。

「先ほど言いそびれました。申し訳ございません」

審査部長が頭を下げた。

「言いそびれただと。子供じゃあるまいし」

倉敷が迫った。

「十階の書庫に大口先の資料が段ボールにして約百個入っています。私が命じました。検査に出さない資料は全てそこに収納するようにしたのです」

審査部長は淡々と言った。倉敷は肩を落とし、床に倒れんばかりになった。ようやくソファに掴まった。

「それは隠そうとしたものなのか」

「検査官には見せたくないと考えました」

「どんな資料なのだ？」

「例えばエコーであれば、最悪の事態を想定したシミュレーションなどです」

「それには金融庁の指摘に近いシミュレーションもあるのか。我が行が検査に提出している再建案の見込みなどが甘いというようなものもあるのか？」

倉敷の目は赤く充血し始めた。身体の中から怒りが込み上げてきているのだ。

「あります」

審査部長は、深く頭を下げた。

「なぜ、隠したのだ」

「格付け低下を恐れました」

審査部長はうな垂れたまま言った。倉敷は審査部長の襟首《えり》を摑み、顔を上げさせた。

「ばかやろう……」

倉敷はくぐもった声で言った。

「直ぐ行くぞ」

倉敷は審査部長についてくるように言った。

直哉は部屋に残された。

「どうしますか？　行きますか」

直哉は企画部長に訊いた。

企画部長は黙って首を振った。

「私は行きますよ。どういう事態になっているか見てきます」

直哉は言った。

企画部長が呟くように呼びかけた。直哉は足を止めて振り向いた。

「大東五輪銀行が華々しくスタートしたのはたった三年前だ。どこかと合併して、その銀行の腹を食い破って生き残るのだと考えた。できるだけ大きな腹がいいとも思ったが、残っていたのは大東銀行という食い甲斐のない腹だった。たった三年で食ったものに当たってしまったというわけだ」

企画部長は乾いた笑いを漏らした。

「部長、その腹を食って生き残ろうとしたのがいけなかったのではないでしょうか。一緒にいい銀行を創ろうと協力しなかった報いがきているのではないですか。だから復讐されるのです」

直哉が怒りを殺して言った。

「旧大東銀行の言うことなんか聞いていたら時代のスピードについていけないからな」

「だからと言って全てを旧五輪銀行の意のままにしていいはずがないでしょう。ましてや取引先まで冷遇すれば、恨みは残ります。旧五輪銀行はアグレッシブで温かい銀行だと思っていましたが……」

「内部で派閥争いをしているうちにどこにも弱みを見せられなくなったのだな。旧大東銀行に優しくすれば、それは弱さと思われて同じ旧五輪銀行の別の派閥から殺《や》られてしまうからな。田端さんが大東五輪銀行初代頭取の座を目前にして、突然銀行を去ってしまったのも同じ旧五輪銀行から殺されてしまったわけだからな。この派閥争いに嫌気がさしたのさ」

「倉敷専務はどうなのですか」

「あの人は立岡頭取の後を狙っているから、どうしても頭取を引責辞任させたくない。もしそうなれば自分の責任だからね。旧五輪銀行内部から田端さんのように殺《や》られるのが怖いのさ」

企画部長はまるで評論家だった。冷静に分析してみせるが、それに対して自分はどうしようという気がない。

「企画部長はどうなのですか」

直哉は、怒りを押し殺して訊いた。

「この銀行は終わりだよ。どこかで舟から降りるつもりだ」

企画部長はあっさりと言った。

「見捨てるのですか」

直哉の口調が激しくなった。

「怒るなよ。頑張ってみるが、最後は私の人生だからね」

企画部長は哀しく微笑んだ。

「私は降りません。最後まで頑張ります」

直哉は企画部長を睨んだ。

「それは君の人生だろう。そうしたければそうすればいい。それにしても君の兄さんには多くの銀行が苦しめられるよ。原則もいいが、道を真っ直ぐばかりしないで、たまには曲がりくねった道も認めて欲しいものだ」

企画部長が皮肉な視線を直哉に向けた。直哉の頭の中で何かが切れた。途端に怒りが噴き出るのが分かった。直哉は企画部長に近づいた。拳を堅く握り締めていた。

「曲がりくねったまま放置していた責任を考えないのですか。それは無責任というのではないですか。兄はそうした無責任が許せないのです」

直哉は激しく言った。

企画部長は目を伏せた。

「悪かった。君の兄上をからかうようなことを言ってしまった。許してくれ。ただ分かって欲しいのは、私も精一杯道を真っ直ぐにしたかったということだ」

企画部長は微笑して、直哉の堅く結んだ手をほぐし、自分の手と重ねた。

「お互いしっかりやろう」

企画部長は言った。直哉の目から熱いものが溢れた。

第九章　哲夫の決意

1

哲夫は、藪内大臣の執務室の前に立った。里村が振り向いた。厳しい表情をしている。哲夫にも大臣室がこれほど遠く感じる経験は久しくなかった。

「入るよ」

里村が言った。哲夫は軽く頷き、唾を飲んだ。里村が、失礼しますと言い、執務室に足を踏み入れた。哲夫もその後に続いた。

「おお、里村さんか。松嶋さんも一緒か」

「はい」

藪内は里村と哲夫の顔を見て、穏やかに浮かべていた笑みを消した。

「随分、二人とも怖い顔をしているね。何かあったのかな」

藪内は、執務机から離れて、ソファの前に来た。

「大臣のお耳に、緊急に入れなくてはならない問題が発生いたしました」

里村が直立不動の姿勢をとった。ふっくらとした里村の体形が、引き締まった。

「まあ、座りなさい。お茶でも運ばせるから」

藪内は、自分を落ち着かせるかのようにことさら余裕の微笑を浮かべた。

「お茶は結構でございます」

里村が言った。

藪内は、ソファに座り、里村を見上げた。

「聞かせてもらおうか」

藪内の顔から完全に笑みが消えた。

「現在実施しております大東五輪銀行の検査におきまして検査忌避と認められる行為が発覚いたしました」

里村の声が、緊張のためかやや上ずっていた。

「検査忌避?」

藪内は、繰り返した。明らかに戸惑った表情を浮かべている。聞きなれない言葉を聞いたからだろう。昨日まで元気だった人の突然の訃報《ふほう》を聞いたときのような顔だ。信じられない? この男は何を言っているのだ? 藪内の頭の中では幾つもの考えが激しく動き回っているようだ。

「詳しく聞かせてくれないか」

　藪内は、里村の顔を見据えた。

　里村が、一歩前へ歩を進めた。

「大口先に関する資料が、大量に隠蔽されておりました……」

　内部告発があったこと、それに基づいて本店十階の書庫を行員立会いの下で捜索したところ段ボール箱に詰められた大量の大口先資料を発見したこと、それらは検査に提出された資料と明らかに違ったデータであることなどを詳細に報告した。

　里村は、報告を終えると、哲夫を振り返った。目で同意を求めていた。

「新宿でもです……」

　哲夫は、呟いた。里村が、はっとした顔で頷いた。

「新宿支店でも同じように大口先のデータ改竄があり、その資料が隠蔽されておりました。まだ調査をしておりませんが、全行的に検査資料の隠蔽が行われていた可能性がございます」

　藪内は怒っていた。テーブルに置いた拳が強く握り締められ、細かく震えていた。

　一見したところ藪内は温厚そうに見える。しかし内実は非常に激しい性格だった。

　だがどんな時でもポーカーフェイスを忘れないという政治家としての特質を備えてい

るため、温厚そうに見えているだけだった。時には、微笑みながら、鋭い舌鋒《ぜっぽう》で政敵を突き刺すこともあった。その藪内が身内の里村や哲夫の前で気を許しているとは言え、はっきりと怒りを顕わにしているのだ。珍しいことだ。

哲夫は、藪内の表情から大東五輪銀行の運命が暗転したことを理解した。地獄を見ることになるなどと直截に言わなければよかったと僅かに後悔した。

「全く酷い話だが、意図的な隠蔽なのですか」

藪内は訊いた。声が低い。

里村が哲夫に答えるよう促した。哲夫が一歩前に出た。

「調査しなくてははっきりと断言できませんが、現状は意図的にデータを隠蔽したと思われます」

哲夫は答えた。

「検査忌避とおっしゃいましたが、刑事責任に問うことはできるのですか」

藪内の視線が強くなった。獲物を狙《ねら》う目のように光った。

「銀行法第六十三条に罰則規定がございます。虚偽の書類を提出したり、我々の質問に対して答弁せず、もしくは虚偽答弁をし、検査を拒み、忌避したりすれば個人は懲役一年以下、罰金三百万円以下、法人なら罰金二億円以下に問われることになっております」

「規定の説明は結構です。検査忌避に問うことができるのかと聞いているのです」

藪内は、報告を受けた当初の驚きから完全に立ち直り、この事態をどういう方向に持って行くのが最も相応しいのかと考えを巡らせているに違いない。金融担当大臣としての政治的な立場を第一に考えているのだろう。なぜならこの問題の処理如何《いかん》では大臣としての立場が問われる可能性があるからだ。

「具体的には、大東五輪銀行は、当方の『他に書類はないか』という質問に対して『ない』と答えております。このことを以《もっ》てしても検査を意図的に忌避している責任を問うことが可能かと考えます。また隠蔽された資料が、対象企業の検査内容の改竄などに繋がるものであるかを具体的に検証していけば、検査忌避の意図が一層、はっきりすると考えます」

哲夫は藪内を真っ直ぐ見つめて言った。

藪内は、目を閉じ、唇を固く閉じた。数分の沈黙の後、目を開けた。そして微笑した。覚悟を決めたようにさっぱりとした顔だ。

藪内を「学者風情《ふぜい》」と呼んだ政治家がいたが、この微笑を見れば、それは大きな間違いだと知るだろう。哲夫は藪内の微笑を見て、足元が震えた。彼は、大東五輪銀行を地獄に突き落とす決断をしたのに違いない。この決断というべきか、割り切りというべきか、分からないが「政治家風情」にはできないことだ。

「それでは大東五輪銀行の刑事告発を視野に入れて特別チームを編成の上、対処してください。チームは松嶋さん、あなたがそのまま責任者になってください」

藪内は淡々と指示を出した。

「了解いたしました」

哲夫が答えた。

「大臣、もし大東五輪銀行を刑事告発いたしますと場合によっては最悪の事態も考えねばならないと存じます」

里村が上ずった声で言った。

「最悪というのは、破綻、公的資金強制注入ということでしょうか？」

藪内が厳しい視線で里村を見つめた。

「そういう事態も考慮せねばと思います」

里村が答えた。

「全くないとは言えないシナリオです。しかし問題を曖昧な形で決着させるわけにはいきません。必ず後日に禍根《かこん》を残します。もし曖昧な決着を望んだら、金融庁は問題を先送りしたなどと非難されるでしょうね。今回の問題を法令に則り、厳格に対処することは金融庁の問題に留まらず、金融行政全般に対する信任の問題です。そうは思いませんか」

「その通りであります」

里村が答えた。もう彼も覚悟を決めたのか、落ち着いた声だ。

「大東五輪銀行は、なかなかしたたかですよ。不良債権処理に関して他のメガバンクに比べて遅れているように思いますが、これはそのしたたかさが悪い結果を招いているのだと思います。松嶋さん、あなたは、この銀行のしたたかさを熟知されているはずですが……」

藪内は、哲夫に語りかけた。

平成十年当時の大蔵省官僚に対する過剰接待問題のことを言っているのだ。あの問題が起きた時には、銀行ＭＯＦ担当の自己保身のために多くの大蔵省検査官が犠牲になった。哲夫が尊敬していた井上聡検査官もその一人だった。

「それなりには……」

哲夫は言葉を濁した。

「私はね、彼らを信用していません」

藪内が独り言のように呟いた。

「はあ？」

里村が、拍子抜けしたような声を発した。藪内の言葉にどう反応していいか分からなかったのだ。

「かつて政府系金融機関にいましたでしょう。あの時、大蔵省のキャリアに大変な悔しい思いをしましてね。里村さんのことを言っているのではありませんよ。若い頃のことですから。そのキャリアに寄生虫のように食いついているのが大手銀行のエリート行員たちでした。彼らは大蔵官僚と一緒になって私の研究などを嗤《わら》いましてね。許せないと思いました。この虎の威を借る狐ども、とね。大東五輪銀行は中でも最たるものでした。最も官僚から遠い、のびのびとした民間代表の銀行と思われがちですが、その内実は、最も官僚との癒着が強い銀行ではないでしょうか。そこが彼らの改革を遅らせたのです。私は今回の問題発生を禍《わざわ》いとは捉えていません。むしろチャンスではないかと思っています。慎重に事を進めて、この大東五輪銀行という獲物をしとめれば、わが国の金融不良債権問題が完全に終わったという印象を世界に与えることができ、景気も回復に転じるでしょう」

藪内は、強い調子で言った。

「しっかりやらせていただきます」

里村は声を大きくした。

「よろしく頼みます。ああ、言い忘れそうになりました。お礼を言います」

藪内は頭を下げた。里村と哲夫は意味が分からず顔を見合わせた。

「嬉しいのですよ。こうして皆さんが、なんでも正確に報告してくださるようになったことが……」

　藪内が微笑んだ。里村は深く低頭した。

　哲夫は、藪内が言った意味を考えた。確かに今までは全ての問題を官僚で済ませてしまおうとしたことが多かった。今回のように大臣にすぐに報告し、その指示を仰ぐというようなことがそれほど多かったとはいえない。例えば、金融機関の破綻や大規模な不祥事も官僚が段取りをつけた後に、大臣に対処してもらう形をとっていた。ところが今回は、最初から大臣に報告した。これは金融庁という組織が極めて普通の常識が働くようになってきた証だろうか。

　藪内はこの傾向を喜んでいる。彼の顔を見ると素早く報告をして良かったと妙な安心感を得た。これがもし直ぐに報告しなかったらと考えると、哲夫は背筋が寒くなった。藪内が微笑んでいるだけに……。

「藪内大臣は怖いね」

　大臣執務室を出た時、里村が呟いた。

2

『ちょっと来てくれ』

里村から緊急の連絡が、大東五輪銀行にいる哲夫の下に入った。

「もうすぐ大東五輪銀行の責任者と面談をするところなのですが」

哲夫は里村の指示に難色を示した。

『そう言わずにすぐ来てくれ。そっちにも影響のあることだ』

里村は強硬だ。譲る気配はない。

「分かりました」

哲夫は、逆らっていても時間の無駄だと思い、了解した。しかしいったい何事が起きたのだろう。

「君塚さん、ちょっと呼ばれたから、行ってきます。倉敷専務らを呼ぶのを少しずらしてくれませんか」

「分かりました。しかし何を急いでいるのでしょうね」

君塚も首を傾げた。

「どうせろくでもないことでしょうが、待っていてください」

哲夫は大東五輪銀行の前でタクシーを拾い、金融庁のある霞が関合同庁舎まで急いだ。昔なら、銀行の手配した車で行くのが当然だったが、そうした少しの気の緩みが問題を大きくしていくのだ。

里村の部屋に駆けつけると、女性秘書が緊張した顔で「お待ちしていました」と小声で言った。

「だれが来ているの？」

「経済産業省の方です」

秘書は答えた。経済産業省？　哲夫は里村が緊急に呼び出してきた意味が分かった。顔が熱くなった、むらむらと腹が立ってきた。

「倉敷の野郎……」

哲夫は呟いた。

「なにか？」

秘書が怪訝そうな顔を向けた。

「松嶋です。入ります」

哲夫は入り口で大きな声で言った。

「松嶋さん、待っていました。どうぞこちらへ」

里村は、ほっとしたような顔で哲夫を招き入れた。哲夫は、里村の前に深刻そうな顔で座っている男に向かって、

「松嶋です」

と頭を下げた。

「経済産業省の山岸《やまぎし》です」

男は座ったまま、哲夫に軽く頭を下げた。

哲夫は、里村の隣に座った。

「あなたが銀行を追い詰めるので有名な敏腕検査官の松嶋さんか。お会いできて光栄だ」

山岸はいきなり挑戦的な言葉を投げてきた。

哲夫は、むっとして山岸を睨んだ。

「あなたがどれほど偉いか知らないが、あなたは日本経済に責任持っているの？ たかがノンキャリアの検査官でしょう」

山岸は小鼻を膨らませた。わざと怒らせようとしているのだろうか。はらわたが煮えくりかえるというのは、このことを言うのだろう。だが哲夫は耐え、里村を見た。

里村が、片目をつむった。少し言わせておけという合図に思えた。

「エコーを潰す気ですか。もしエコーを潰したら、日本経済の底が抜け、景気悪化してしまうのは間違いない」

山岸がテーブルを叩いた。

「何か誤解されていませんか」

里村が穏やかに言った。

「何が誤解なものか。金融庁は検査権限があることをいいことに専横の限りを尽くしているじゃないか。もし検査を強行して、エコーが破綻したら、総選挙だって与党の負けだよ。藪内大臣の責任問題になるだろう」

「エコーを潰すなどと誰が言っているのですか！」

里村が、強く言って、机を叩いた。

「誰がって……」

山岸は、思いがけない里村の反撃に言葉を詰まらせた。

「山岸さん、突然やってきてエコーを潰す気かはないでしょう。こちらは意味が分からない。詳しく説明してください」

「今、大東五輪銀行に検査に入っているだろう？」

「入っています」

「随分厳しいそうじゃないか」

「こちらはルールに従っているだけです」

「そのルールが、エコーの再生を邪魔しているんだ。あまり厳しくやらない方がいいんじゃないかな。君たちだって大東五輪銀行の屋台骨が揺らいだら問題だろう？」

「問題かな？」

里村は、哲夫の顔を見た。哲夫は、わずかに微笑んで、首を横に振った。里村は、山岸に向き直ると、

「あなた方はエコーに産業再生法を適用した。エコーの再建を助けようと税制面などで優遇するためだ。もしエコーが予定通り再建されなければ、自分たちの責任問題になる。それが心配なだけでしょう」

「なんだと！」

山岸は顔を引きつらせた。

「図星のようですね」

里村はにやりとした。

「金融庁は、二言目にはルールだと言う。血の通った行政ができないのか」

山岸は声を荒らげた。

「山岸さん、これ以上、強く出られると不当介入になりますよ。ここは引き下がられた方が得策ですよ」

里村が、いつもの温厚な顔に戻った。

山岸は、顔を興奮で赤らめ、両手でテーブルを叩いて立ち上った。

「このままでは終わらないぞ」

山岸は、里村と哲夫を見下ろして言い放った。哲夫は、静かに立ち上がり、山岸を正面から見つめた。

「な、何か言うことがあるのか」

山岸が動揺した。

「私たちは問題の先送りだけはいたしません。今まで先送りして解決してうまくいったことがないからです。それだけです」

哲夫は、ゆっくりと言葉を選びつつ言った。

山岸は、怒ったまま出て行った。

「どうしようもない奴だな。自分の保身しか考えていない」

里村が、山岸がいなくなったのを確認して、吐き捨てた。

「大臣にはどうしますか」

哲夫が訊いた。

「あまりにくだらないから報告をしたくないね」

「隠蔽した書類が出てきたことも知っているのでしょうか」

「なんとなくそんな感じだな。大東五輪銀行が慌てて、経済産業省に駆け込んだのだろう。あの銀行がやりそうなことだ」

「今回の書類隠蔽の動機の第一は、エコーの格付け低下を回避することです。もしエコーが格付け低下になれば、大東五輪銀行の赤字転落は必至ですからね。その意味からすると経済産業省と大東五輪は組んでいるんじゃないですかね」

「書類を隠蔽しろとまで具体的な指示をしたかどうかは分からないが、検査を無事にクリアすることに関しては利害が一致していることは事実だな。それにしても許せないな」

「大東五輪銀行がですか」

「そうだ。すぐに経済産業省を動かすとは……。政治家にも声をかけている可能性があるな」

「大臣にも報告をしておいた方がいいかもしれませんね」

哲夫は憂鬱な気分になった。

3

「認められない」

倉敷は、威圧するような太く低い声で言った。視線は哲夫をぴたりと捉えている。その傍には弁護士の佐川や審査部長、企画部長、それに監査法人の責任者が微動だにせずに座っていた。

哲夫は、大東五輪銀行の幹部と「エグジットミーティング」を行っていた。検査の出口、すなわち講評だ。

「これらの書類を詳細に検証すると、エコーの経営状態の悪化をあなた方が認識しているのは明白ではありませんか。それならばエコー債権については引当金の大幅な積み増しを実施すべきでしょう」

哲夫は落ち着いた口調で言った。

「あくまでそれらの書類は、多様なケースのシミュレーションに過ぎない。その中から適切なケースをご提出したのだ。提出した書類が全てであり、エコーの再建は順調である」

哲夫たちは発見した書類を分析した結果、エコーは、彼らが想定していた以上に経営が悪化していることが分かった。だが大東五輪銀行が金融検査のために提出した書類は、再建が順調であるように作成されていた。とりあえず哲夫は書類隠蔽や虚偽記載などの検査忌避ではなく、単なる見解の相違として銀行側と話し合いをするつもりだった。

もし大東五輪銀行が素直にエコーの格付け低下を認めれば、なにも刑事告発して大東五輪銀行を罪に陥れることはない。藪内からすれば甘いかもしれないが、哲夫の方針だった。

ところが全く倉敷は取り合おうとはしない。

「倉敷さん、これらの書類は単なるケーススタディだとおっしゃるのですか」

「その通りです」

「私たちから見ると、エコーは既に破綻状態にある。それを隠蔽しようとしていたと考えています。非常に悪質な検査妨害だ」

「どこが検査妨害ですか。私たちはたまたま書類を書庫に片付けていただけだ。それも全く意味のない書類ばかりだ」

「ではなぜ、他に書類がないなどと言ったのか？」

　倉敷は鼻で笑い、隣の佐川に向かって、

「先生、たまたま検査官の質問に慌ててしまって、弾みで『ない』と答えたことが検査忌避に該当するのですか。まるで女房からどこに行っていたのかと問われて、仕事だと答えたら偽証罪になるようなものだ」

「その程度で検査忌避罪が成立するとは思えません」

　佐川が倉敷に媚《こ》びるような笑みを浮かべた。

「倉敷さん、女房に対する言い訳に喩《たと》えられましたが、なぜ女房に嘘の言い訳をしたのですか？　浮気を隠すためではないのですか？　今回は何を隠すために嘘の言い訳をしたのですか？」

　哲夫がにんまりすると、倉敷は顔を赤らめた。

「松嶋さん、エコーの問題に深入りして政治問題になっても知りませんよ。そうなってから後悔しても遅い」

倉敷は明らかに興奮していた。

「どういうことですか。私には一向に理解しかねますが……」

哲夫はあくまで冷静だ。倉敷が経済産業省に手を回したことは分かっている。彼は、それが効果を生ずると考えているのだろう。

「エコーの問題は、金融庁の問題ではない。経済産業省、すなわち日本経済の問題です。今まで多くの関係者が明確な方針を打ち立てられなかったのは、エコーの経営悪化がそのまま日本の多くの中小企業などの連鎖倒産に結びつくからだ。それが分からないのですか。私たち大東五輪銀行は国のために尽くしているのですよ」

「エコーの個別企業としての問題をすりかえてはならないと思います。政治力に頼るおつもりですか？　冷静にみて、あなた方が隠蔽した資料……」

「意図的に隠蔽したわけではない。訂正してもらいたい」

佐川が口を挟む。弁護士としての役割を果たしているつもりだろうが、どこまで責任をとることができるのだろうか？

「何度でも言うが、あなた方の資料を分析するとエコーやその他の大口先は、もはや経営破綻している。それを認めなさい。そうでないと大東五輪銀行はおかしくなりますよ」

「それは脅かしですか？」

佐川が言った。

「忠告です。佐川先生、私はあなたとお話ししているつもりはない。少し黙っていて欲しい」

哲夫が厳しい口調で言った。佐川は不満そうに口をつぐんだ。

「どうしても松嶋さんとは折り合いがつかないようですね。もしエコーなどの引き当て不足を主張されるなら、検査局長宛に意見申し立てを実施いたします」

金融機関は、検査の結果について意見の一致を見なかった場合、金融庁検査局長宛に意見を申し立てることができるのだ。

「倉敷さん、本当に組織を守るというのはどういうことだとお考えですか？」

「おっしゃっている意味が理解できない」

「そうですか？　見るものも見えずと聖書の中にもありますが、書庫の中から発見された多くの資料、それらから導き出される結論、こうしたものから判断するに大東五輪銀行は相当な危機的状況にあるはずだ。その現実を直視して欲しいと私は申し上げているだけです。直視さえすれば、打つ手は残っている。だが問題を直視せず政治力や甘い予測に期待をかけることは危機を深めるだけでしょう。問題を直視するのは勇気です。その勇気が経営者であるあなたに求められています」

哲夫は、倉敷を見つめた。哀しい思いに囚われた。

「見解の相違です。この銀行の経営には私たちが責任を持っています。私たちが一番この銀行のことをよく分かっています」

倉敷は哲夫の顔を見ないで言った。

「大東五輪銀行の経営を考えるのは、あなた方の責任です。適切な経営をなされることを望みます。私ども検査官は粛々《しゅくしゅく》とルールに基づき検査をさせていただきました。その結果は、約七千億円から一兆円程度の資本増強等がなされねばならないと考えます。実質的な自己資本比率は四パーセントを切る可能性さえあります。もちろん国際業務をなしうる八パーセントなど、とうてい叶《かな》わぬ数字です。どうぞこの結果を経営に冷静に反映されますことを期待して、とりあえず私たちの検査は終わります」

「自己資本がそこまで不足しているなどとは考えられません。私たちは適切に監査をしておりますが……」

監査法人の責任者が不満そうに言った。監査法人は大東五輪銀行の決算を今まで適正であると承認し続けている。ここで哲夫に否定されては、自分たちの責任になると思ったのだ。

「監査法人としての責任を果たしてください。あなた方はあくまで第三者、預金者や株主などに立脚した監査を実施すべきです。経営者のアリバイ作りのための監査をしてはならないと考えます」

「アリバイ作り！　なんと失礼な言い方だ。検査官の傲慢さに抗議したい」

監査法人の責任者が顔を真っ赤にした。哲夫は、彼の発言を無視した。

「検査官のご指摘を頭取とも十分に検討させていただき、適切に対応いたします」

倉敷は、頭も下げずに言った。

「よろしくお願いいたします」

哲夫も倉敷と睨み合ったままだ。

「ところで松嶋さん、失礼ですがあなたの検査には、大東五輪銀行に対する私怨が入っておりませんでしょうような」

倉敷が、意味ありげな笑みを漏らした。

「私怨？　そのようなものはございません」

哲夫は、無表情に答えた。

目の前に亡くなった井上の姿が、ふと浮かんだが、「原則通り」と哲夫は心に呟いた。

4

金融庁の藪内大臣室には緊迫した空気が漂っていた。室内には藪内大臣、検査局長、里村そして哲夫がいた。中に入れず廊下には君塚、野川、御堂、花木ら哲夫とともに大東五輪銀行の検査に当たった検査官たちが、待機していた。

哲夫は、藪内に検査結果について報告していた。極めて淡々とした口調で興奮している様子は微塵《みじん》もなかった。

「大東五輪銀行はエコーなど大口融資先に関して極めて甘い自己査定をしており、追加引当金、その他繰り延べ税金資産の取り崩しなど数千億円規模の資本増強が必要かと……」

「具体的な数字を言ってくれ」

藪内は厳しい表情になった。

「約七千億円から一兆円規模と考えております。もしこれがなければ自己資本比率は四パーセント台、もしくはそれを切るでしょう」

哲夫が数字を口にすると、藪内はふうと大きくため息を吐いた。

「大変なことになりましたね。私のところにも様々なところからご指導が来ておりますよ。金融庁の検査が厳しすぎる。松嶋検査官を外せなどとね。すべてはねつけてはいますがね」

藪内は薄く笑った。

「検査忌避についても、彼らは全く認めません」

哲夫は言った。

「見つけた段ボール箱の話は、既に大東五輪銀行から経済産業省に伝わっているようです。さきほど幹部からくれぐれも問題を大きくしないで欲しいと言ってきました。あの銀行は本当に手回しがいい」

藪内は苦しそうに顔を歪めた。

「大臣、大東五輪銀行は許せません」

突然、入り口から大きな声がした。

「君たちは……」

藪内が驚いた顔で哲夫に訊いた。廊下にいた君塚たちが大臣室に入ってきたのだ。野川、御堂、花木のそれぞれが真剣な目つきで藪内を見つめている。

「大東五輪銀行へ検査に行った私の部下です」

哲夫が答えた。

君塚が藪内の前へ進み出た。検査局長、里村が慌てた。哲夫は、そっと手を出し、二人を制止した。君塚の話を聞いてやって欲しいという配慮だった。

「大臣に直接、進言するなどは立場をわきまえていないことを承知しております。お許しください」

君塚がいつもの温厚そうな顔を緊張で引きつらせていた。

「いや、気にしなくていいよ。話してください」

藪内は微笑んだ。彼は官僚ではなく、元々は大学教授だ。だから上下関係を重んじるというより、学生が教授室に飛び込んできて持論を展開するなどは日常茶飯事なことだ。君塚の行為も学生的だと好感を持っているのだろう。

「私たちは金融機関に巣食う不良債権問題を早期に解決するべく誠実に検査を実施しております。確かに多くの軋轢はありますが、多くの金融機関が私たちの指摘を受け入れ、再建に取り組み、成果をあげつつあります。その意味では大東五輪銀行は最後の障壁であると認識しております。なぜ彼らがここまで多くの問題債権の処理を先送りしてきたのか？　それは自らの政治力に頼むことが大きく、自らの問題を直視する勇気を持たないというガバナンスの欠如にほかなりません。もしここで私たちが指摘したことを彼らが政治力で覆そうとするなら、それこそ日本の金融界を再び泥沼に陥れることだと認識しております。大臣におかれましては雑音も多いとは思いますが、ここはぜひ踏ん張っていただきたいと失礼を承知で参上いたしました。よろしくお願いいたします」

君塚が深々と低頭した。すると背後に控えていた野川、御堂、花木も一斉に声を揃えて「お願いします」と低頭した。

藪内は楽しそうに微笑んだ。

「私からもお願いいたします。今回の検査で大手銀行への特別検査は最後にしたいと思っております。今後は平時の検査体制に戻すことができると確信しています」

哲夫も低頭した。

「これからは非常時の検査から平時の検査に移行し、消費者保護などの観点から金融サービスが適切に提供されているか、地域コミュニティの中で金融機関が適切に機能しているかなどの検査を中心にしていきたいと願っております。そのためにはここで一気に大東五輪銀行の正常化を図るべきだと考えます。よろしくお願いいたします」

里村が低頭した。

「おやおや大変ですね」

藪内は声に出して笑った。そして検査局長に向かって、

「使命感のあるいい部下をお持ちですね」

と真面目な顔で言った。

「ありがとうございます。私たちは使命感だけが拠《よ》り所ですから……」

藪内は、哲夫たちの前に立った。

検査局長も微笑を浮かべた。

「金融庁の仕事は、現在、微妙なバランスの上に成り立っているような気がします。政府は景気回復が至上命題です。その中にあって金融検査が景気の足を引っ張るとい

う批判もないわけではありません。だから露骨に手心を加えろなどと言ってくる輩《やから》も現れるのです。しかしここで私は手綱を緩める気は毛頭ありません。大東五輪銀行の不良債権問題を一気に片付け、名実ともに日本の金融機関の不良債権問題の終結を宣言したいと考えています。こうなれば必ず経済は復活します」

藪内は、熱を込めて話した。だが、一瞬、表情を暗くした。

「しかし大手銀行の自己資本比率が四パーセントを切るかどうかの状態であるとすれば、公的資金の注入も含めた最悪の事態を考えておかねばなりません。この最悪の事態が、経済を復興させるか、失速させるかは慎重な検討が必要でしょう。私は、最悪の事態を回避すべく合併などのあらゆるケースを想定して、動くことにいたします」

藪内は、真剣な視線を哲夫たちに向け、

「政治的な雑音は、全て私が受け止めます。皆さんは金融機関の不良債権問題を終わらせるという使命に向かって前進してください」

と力強く言った。

「ありがとうございます」

哲夫は頭を下げた。金融検査のトップに立つ大臣が揺るがない方針を打ち立ててくれたのだ。嬉しくないはずがない。後ろを振り返ると君塚たちも硬い表情だが、喜びが身体の中から湧き上がっているようだ。だが哲夫は、彼らの喜びが大東五輪銀行にとっては、厳しい日々の始まりであると分かっていた。ふと直哉の顔が浮かんだ。直哉にだけは、きちんと金融庁の真意を伝えておかねばならないと哲夫は思った。

「立岡頭取の指導力を見たいと思います」

検査局長が言った。

「具体的にはどういうことでしょうか」

藪内が訊いた。

「問題は大口先の不良債権問題を彼らが自助努力で解決できるか否かにかかっております。大東五輪銀行は、旧大東銀行と旧五輪銀行ばかりでなく派閥争いの激しい組織であります。その中で立岡頭取は、比較的派閥争いとは無縁な存在であると聞いています。彼が進退をかけて問題解決に当たれるか否かが、大東五輪銀行の今後を決めると考えます。そこで彼の力量に期待したいと思います」

検査局長の言葉に藪内は一瞬首を傾げた。

「具体的な方針はお任せいたします。ただし時間はあまりありません。もし自助努力が叶わないなら、強制力も働かせます。いいですね。それと金融システムに問題が起きないように最大限の配慮をいたします」

藪内は厳しい口調で言った。哲夫には、藪内がすでに覚悟を決めているように見えた。この藪内の深刻な認識が、大東五輪銀行の実質的な権力者である倉敷に伝わるだろうか？　哲夫は悲観的にならざるを得なかった。

5

哲夫は、銀座五丁目にある寿司屋「松庄」のカウンターに座っていた。直哉を待っていた。「松庄」は天然物の材料にこだわった寿司屋で、哲夫のなじみだった。この松庄で時々直哉と食事をするのだが、たいてい直哉は哲夫を待たずに先に来て食べている。しかし今日は、約束の七時になってもまだ来ない。

「弟さん来ないですね。何か切りますか」

主人が訊いた。

「もう直ぐ来るでしょう。松庄で寿司を食わせるぞって言って断れるほどの玉じゃないですから。ビールを呑んでますよ」

哲夫は、手酌でグラスにビールを注いだ。

「ごめん、お待たせしました」

後ろから大きな声がした。直哉だ。哲夫は声の方向に振り向き、手を挙げた。

直哉は、お絞りで手を拭《ふ》きながら、早速、ビールを呑みたいと言った。直哉の前にグラスが置かれ、哲夫がビールを注いだ。

「乾杯！」

二人は、グラスを合わせた。

主人が、刺身を切り、盛り合わせて出してきた。新鮮な物ばかりだ。

「検査対象の銀行と酒を呑むのはまずいんだがな。一通り検査が終了したからよかった」

哲夫は中トロの切り身を口に入れた。甘味が口に広がる。

「これからが大変な気がするよ」

直哉がビールを呑み干した。

「どうだ？　行内の様子は？」

「なんだか気が抜けた感じはするけど、ようやく帰ってくれたかという空気だね。倉敷専務も金融検査を追い返したというくらいの鼻息だよ。段ボール箱の書類や新宿支店の隠蔽騒ぎなどがあった割には、兄さんたち静かに引き上げたものね。実際はどうなの？」

直哉は戸惑いを浮かべながら訊いた。

「そうか、検査を追い返したと言っているのか、彼は……」

＊

哲夫と検査局長が、検査最終日に立岡頭取と倉敷専務らに対して、厳しい検査結果を正式に伝えた。その内容は、不良債権追加処理六千九百億円、繰り延べ税金資産など追加損失九千六百億円……、自己資本比率四パーセント台……。立岡の顔がみるみる青ざめる。倉敷は、憤懣やる方なしといった表情で哲夫を睨んでいる。

「この数字を謙虚に受け止めていただき、頭取自らが先頭に立ち、経営改革に臨んでいただきたい。期待しております」

検査局長が、嚙み締めるように言った。立岡は、軽く頭を下げたが、反論も含めての言葉は何もなかった。

立岡は、斜め後ろに控える倉敷の顔を一瞥した。倉敷は、唇を嚙み締め、小さく頷いた。二人の一連の動作を見て、哲夫は諦めに似た気持ちを抱いた。検査局長は、立岡に期待をかけているが、この大東五輪銀行を実際に動かしているのは、倉敷だ。彼が動かなければ立岡も動かない。それは金融庁という外部の強力な組織を以てしてもなかなか打ち破れない行内力学だった。

「よろしいですね」

検査局長が重ねて訊いた。

「しっかりとやらせていただきます」

立岡は、意欲のない目を検査局長に向けた。

「前にも言ったけれど立岡頭取は、辞任も覚悟していると倉敷専務に告げたらしい。ところがその弱気になった瞬間に実権が倉敷専務に移ってしまった。今や何も一人では決められない状況だよ。何もしないで勝手に辞めるわけにもいかないと、部屋で暗い顔をしている頭取をお見かけするときがあるんだ」

＊

直哉がビールを呑んだ。横顔が暗い。

「立岡頭取は、改革をできそうにないのか」

哲夫は直哉にビールを注いだ。

「期待しているんだけど、結局、倉敷専務が強いからね」

「直哉はどっちの味方なんだ？」

「味方とか、敵とかはないけれど……。倉敷専務が直属の上司であることからは逃げられないと思う。それに……」

「それに？　なんだ？」

「僕も含めてだけど、行内には倉敷専務を打ち立てて金融庁何するものぞという強硬路線が勢いを持っていることは事実だ」

直哉が哲夫の顔を一瞥した。

「ばかな……」

哲夫は、グラスをカウンターに叩きつけた。主人が心配そうに見ている。

直哉は、哲夫の態度に驚きはしたが、首を傾げた。

「だって、金融庁はあの段ボール箱の資料のことも何も言わないで帰った。行内では誰が逮捕されるんだという噂で持ちきりだったのに……。だから金融庁は、大東五輪銀行の主張を呑んだということになっている。そうじゃないの？」

哲夫は直哉の顔を睨みつけるように見た。

「そうじゃない。俺は、いつか直哉に地獄を見るぞと言ったはずだ」

哲夫の言葉に直哉が、厳しい顔で頷いた。

「今回の指摘を真面目に受け止めなければ、本当にそうなるぞ」

「実際のところはどうなの？」

直哉は目を大きく見開き、唾を飲んだ。

「何も聞かされていないのか」

「金融庁の検査結果などはトップシークレットで僕たちのような立場のものに知らされることはない」

「直哉は、どう思っている？　大東五輪銀行の現状をね」

「とても厳しいと思っている。おそらく自己資本は国際業務を実行するのに相応しくないところまで下がっているはずだ。それになによりも現在の派閥争いを止めなければば、復活はない」

「その通りだ。金融庁もその指摘をした。ただし立岡頭取のリーダーシップに一回だけかけてみようという気になった。自力で再生できるかどうかだな」

「もしそれが無理だったとしたら?」

「藪内大臣は、非常に厳しい見方をされている。今回は検査局長の顔を立てたが、彼の頭には別のプランがあるだろう」

「別のプランというと?」

「里村課長が藪内大臣から示唆を受けて、少し動き始めているのだが、銀行の再編が始まる。このままだと大東五輪銀行は吸収合併される」

哲夫は、奥歯を噛み締めるように言い、直哉を見つめた。直哉は表情を強張らせた。

「吸収合併? どこに?」

「具体的にはまだ分からない。しかし間違いなく大東五輪銀行は何処かの銀行に吸収合併されてしまうだろう」

「そうなのか……」

直哉は、肩を落とし、ビールグラスをテーブルに置いた。

「兄として直哉に言う。なんとか自力再建できるように立岡頭取や倉敷専務に働きかけるんだ」

「具体的にはどうすれば……」

　直哉の唇が細かく震えている。

「徹底的に膿《うみ》を出すことだ。それしかない。大幅な赤字決算を避けるんじゃない。トップが自己保身に走っていると思われるようなことをすれば、藪内大臣は黙ってはいないぞ。直哉、お前たち若手が立ち上がらなければ、大東五輪銀行は朽ち果ててしまう。それでもいいのか。もしトップの考えが変わらないなら、次代を担うお前たちが変えるんだ」

　哲夫は言い切った。直哉は、黙って俯いていた。哲夫は、兄として何もできることはない。ただ直哉のこれからの働きを見つめるだけだ。

「兄さん……」

　直哉が顔を上げた。哲夫を見つめる目は、迷いながらも決意を固めつつあるように見える。僅かながら力のある光が感じられた。

「直哉、やるんだ」

　哲夫は、直哉の手を強く握り締めた。負けるんじゃないぞ、と心の中で叫んでいた。

第十章　直哉の決意

1

「倉敷専務、どのようにされるおつもりですか」

直哉は、必死の形相で倉敷に食い下がった。

「どのようにも何も今回の検査結果は今、君に告げた通りだ。この検査結果を踏まえて動くつもりだ」

倉敷は、険しい表情で言った。直哉は、倉敷に願い出て金融庁の検査結果を聞かせてもらったのだ。勿論、その見返りには哲夫の考えを伝えるということがあった。

倉敷は強気でいながらも、金融庁が大東五輪銀行の自主性に任せると告げて検査を終えたことに不安を覚えていた。そこで直哉に哲夫の本音を聞くように命じていた。

「踏まえてとおっしゃいますが、具体的にはどのように？」

「松嶋、君は自分の情報を全く出さずに私から全てを引き出そうとするのか？　専務の私に対して駆け引きをしようというのかね」

倉敷は不機嫌そうに言った。

「そういうわけではありません。しかし私は専務のお考えをお聞きした上で、兄から得た情報をお伝えしたいと思っております」

「なぜそこまで出し惜しみをするのだ」

「それは想像以上に厳しい内容の情報だからです」

直哉は息を呑み、倉敷を見つめた。倉敷に対して一歩も下がらないという覚悟を示したのだ。

「結論だけを言おう。三割ルールを適用させないということだ」

「やはり、そうですか」

直哉は失望したようにため息交じりの声を発した。

「当然だろう。当、大東五輪銀行は金融庁に言われるほど経営悪化していない」

「しかし検査の指摘は、一兆円近い追加損失の計上です。この結果についての答えが三割ルールを守るではすまないのではないかと思いますが……」

直哉は頭を下げた。

「君が聞いてきた松嶋検査官の内容を言いたまえ」

「申し上げます。金融庁が、今回、とりあえず引き下がったのは、我が行の自主性を重んじようとする検査局長の考えが通った結果だそうです。藪内大臣は、我が行が覚悟を決めた対応をしなければ、どこかの銀行に吸収合併をさせる考えをお持ちで、すでに金融庁の事務方に指示されているようです」

直哉は顔を上げ、倉敷の目を見つめて淡々と話した。

「なんだと！」

倉敷が怒声を張り上げた。

「事務方は、頭取が辞任を覚悟して、金融庁の指摘を受け止め、不良債権問題に区切りをつける対応をすることを望んでいます。しかし藪内大臣は、それよりも銀行再編の方に関心があるようです」

「勝手な奴らだ。そんな奴らに経営をおもちゃにされてたまるか！」

倉敷は顔を引きつらせて、執務室内を歩き回った。

直哉は、黙ってその様子を見ていた。

「君は、そんな話を松嶋検査官から聞いて、黙っていたのか！　文句の一つも言わなかったのか！　愛行精神というものがないのか！」

倉敷は黙ってうな垂れる直哉に容赦なく罵声《ばせい》を浴びせた。

「専務のお怒りは、もっともですが、もし三割ルールにこだわりすぎると、本当に経営の独立を脅かされる事態になる可能性があるかもしれません」

「君は、私にどうして欲しいのだ」

「私は、この銀行の独立を守っていきたいと思っております。そのためには大胆な不良債権償却による再建策を打ち立てていただきたくお願い申し上げます」

直哉は倉敷を見据えた。

「私は、君が松嶋検査官の弟ということで、今回の検査において検査側の本音情報を取る係りに任命した。そのことについては満足すべき情報を入手してくれたと思っている。しかしこれ以上は経営だ。君が口を挟《か》むところではない。今後は、私と一緒になって頭取を守り、大東五輪銀行の存続を賭けた動きを一緒に担ってもらう。それは兄上の考えに反することかも知れぬが、命令だ」

倉敷は、有無を言わせぬ迫力で言い切った。

「しかし……」

直哉は、口ごもった。

「口答えは許さない。それと今、私に説明した吸収合併の話は、口外するな。分かったな。たとえ頭取といえどもだ」

倉敷は激しく言った。直哉は、唇を噛み締め、眉根を寄せた。

「金融庁の指摘が正しいとすれば、それを無視した再建策はありません」

「だまれ！　もし私の指示に従えないのなら、即刻退職しろ。この場でだ。分かったか」

倉敷はテーブルを激しく叩いた。直哉は唇を噛み締めた。

広報という立場と松嶋という金融庁きっての実力検査官の弟という立場のお陰で、直哉は知らなくてもいい大東五輪銀行の経営状態を知るはめになった。自分の立場を恨めしく思った。こんなことなら何も考えずに支店で営業活動をしている方がよっぽどましだった。

「私は金融庁などにこの銀行をいいようにされてたまるかと思っている。あんな検査の指摘などぎりぎりのところで押し返してやる。私が何もしないでただ検査結果を無視するだけとでも思っているのか。そんなことはしない。ぎりぎりまで交渉して、とにかく三割ルールだけは回避するのだ」

「それは立岡頭取のご意思でしょうか」

直哉は訊いた。

「私の意思だ」

倉敷は言い切った。その顔は自信に溢れていた。

「分かりました」

直哉は、倉敷と行けるところまで行かざるを得ないと思った。哲夫の忠告を倉敷に受け入れさせるには、ここで離れるわけにはいかないからだ。

「松嶋、戦いは勝たねばならない。勝負だぞ」

倉敷は、強い視線で直哉を見つめた。

2

立岡はすっかり萎《しお》れていた。いつもははちきれんばかりの笑顔が魅力であったが、今や見る影もない。元々営業畑の実力者であり、こうした経営難や官僚との接点を持たねばならない銀行トップなどという職務は器でなかったのかもしれない。

「もう私は疲れたよ。何もいいことがない。トップになどなるのではなかった」

立岡は倉敷や直哉を前にして嘆いて見せた。

「何をおっしゃいますか。頭取が弱気になられたら、何もかもおしまいです」

倉敷は笑みを浮かべて言った。

「しかし今回の検査結果は、私に辞めろと言っているのも同じことだ。これには藪内大臣の意向が働いているに違いない。やっぱり先の金融再生プログラムの発表の際に他行の頭取連中に唆《そそのか》されて批判の先頭に立ったことが恨みを買ったんだ……」

立岡は、今にも泣きそうな顔になった。

「頭取、今さら悔やまれても仕方がありません。この場を凌《しの》げば必ず道が開けます。金融庁さえ黙らせることができれば、大型増資もやることができます」

倉敷は強い口調で言った。

「金融庁を黙らせることなどできるか？」

立岡は請うような目で倉敷を見つめた。

「できます。私は金融庁にも経済産業省にもパイプがあります。藪内大臣もだめとは言えない強力なルートです」

「本当に大丈夫か」

「ご心配なく。三割ルールを適用して、頭取の責任を追及しようなどという金融庁のたくらみは粉砕してやります」

「しかし今回の一兆円近い損失を引き当てろという指摘に対して、どう答えるつもりだ」

「監査法人から説明させます」

倉敷は、背後に控えていた監査法人の代表社員に説明するように言った。

「頭取、一兆円くらい、いつでも生み出してみせます」

代表社員は、にんまりした。

「本当か」

立岡は身を乗りだした。

「当行の株式は、最近の株価堅調により含み損から含み益に転じており、その金額が三、四千億円になっております。それに持ち株会社を作り、各子会社をその持ち株会社にぶら下げることで証券子会社の益で銀行子会社の損を幾分か埋めることができます。それに最後は信託銀行を別の大手信託銀行に売却するなども検討すれば、何とかなります」

代表社員が説明した。

立岡は、うれしそうな表情に変わった。提案が具体的だったからだ。

「これらの案でどれだけの引き当てを積み増しできるかを考えてみます。とにかくぎりぎりまで決算を下方修正し、金融庁に恭順の意を表した振りをして、その実、三割ルールを免れることといたします」

倉敷が自信たっぷりに言った。

「ところで松嶋次長、兄上の松嶋検査官は何かおっしゃっているか」

立岡が突然に訊いた。倉敷の顔が険しくなった。直哉も緊張して直ぐに返事が口に上らなかった。

「松嶋次長、頭取の質問に答えなさい」

倉敷が言った。直哉は倉敷の顔を見た。険しい表情だ。余計なことは言うなと目が伝えている。

直哉は立岡を見つめて、

「検査官とは会っておりません」

と答えた。奥歯が揺れるような嫌な感覚があった。

「そうか」

立岡は、少し残念そうな顔をした。

「倉敷専務、残念ながら、私には官とのルートがない。あなたに頼らざるを得ない。大変申し訳ないが、我が行の苦境を救うべく、渾身《こんしん》の努力をお願いしたい」

立岡は倉敷に低頭した。

「頭取、承知いたしました。お任せください」

倉敷は言った。

3

銀座線神田駅A6出口果物屋万惣《まんそう》五階「サロン・ド・万惣サンク」に午後六時……。直哉は携帯電話に飛び込んできたメールの指示にしたがって地下鉄の出口を飛び出した。

メールを送ってきたのは、朝毎新聞の大河原慎介だった。

突然、なんのためだ？

当然、返信では用件を尋ねた。しかし大河原からは重要な相談だとだけ返事が来た。有無を言わせない感じがした。

出口の側に万惣のビルはあった。万惣は有名な果物屋だ。直哉はここにレストランがあるとは知らなかった。

「五階だったな……」

直哉はビルのエレベータの前に立った。確かにレストランがある。それもフランス料理のようだ。エレベータが到着した。直哉は乗り込んだ。

五階に着いた。目の前にレストランの入り口がある。豪華な木製のドアだ。

「いらっしゃいませ」

ウエイターがドアを開け、丁寧に低頭した。

「朝毎新聞の大河原さんのお席ですが」

店内は豪華な調度品や絵があちこちに飾られていて、一瞬、貴族の家と見間違う雰囲気だ。ウエイターが前を歩き、直哉を別室に案内した。

「兄さん！」

ウエイターがドアを開けると、部屋の中に大河原と向かい合って哲夫がいた。

「お待ちしていました。こちらへどうぞ」

大河原が、席を立ち、直哉を哲夫の向かいに座らせた。

「兄さん、どうしてここへ」

直哉は驚きの声を上げた。

「お話は、後でじっくり。早速はじめましょう。ここは果物屋だけあって全てに果物がふんだんに使ってあり、美味いですよ」

大河原が手を挙げると、ウエイターが食前酒としてキールを運んできた。

「まずは乾杯しましょう」

大河原が言った。

「何に乾杯するかな？」

哲夫がやや気難しそうに言った。

「大東五輪銀行の未来にでも乾杯しましょう。乾杯！」

大河原がグラスを直哉に近づけた。直哉は、戸惑いを残したままグラスを合わせた。

「どうしたのですか。突然、メールで呼び出されて……。まさか兄さんがいるとは思わなかった」

直哉は、キールを一気に呑んだ。

「大河原さんがメシを食おうって言ってね」

哲夫は大河原を見た。

「もちろん、割り勘ですよ。それで直哉さんも呼ぼうということになったのです。突然、すみません」

大河原が笑みを浮かべた。オマール海老《えび》のサラダが運ばれてきた。キャビアやグレープフルーツが添えてある。見た目にも食欲をそそる。

「ワインでいいですか？」

大河原が哲夫に訊いた。

「任せるよ。なんでも呑めればいい方だから」

哲夫が微笑んだ。大河原は白のシャブリを頼んだ。

直哉は、新聞記者と金融検査官の組み合わせに戸惑っていた。何を話せばいいのか分からなかったのだ。緊張のためか、食事の美味さがよく分からない。グラスに注がれたワインを勢いよく呑み干した。すっきりした辛口の味と爽やかな香りが口中に広がった。

「大東五輪銀行は金融庁に日参していますね。倉敷専務じきじきに検査局長らに面談を求めて、どうしたのですか」

大河原が直哉に言った。

「金融庁ばかりではなくて、経済産業省にも頻繁に足を運んでいるな」

哲夫が言った。

直哉はどう反応していいか分からなかった。哲夫だけならいいのだが、大河原がどこまで知っているのかが問題だった。

「大河原さんはどこまで知っているのですか」

直哉は哲夫に訊いた。

「気にしないでください。一応、検査結果も段ボール箱もみんな知っていますから」

大河原は笑った。

こんがりと焼いた鯛《たい》の切り身がきた。エリンギやしいたけなどが添えてあり、果物の香りがするソースがかかっている。

「兄さん、いいの？」

「大河原さんは、こちらがどんなに防御しても全てを知ってしまうほどの情報収集力がある。何をしても無駄だ。しかしタイミングや関心が伴わないと記事にしない。安心しろ」

「ということです。なんなりと話してください。ここでの話は口外しませんからね」

大河原が笑みを浮かべた。

「倉敷専務が全てを仕切っておられます。頭取は一切、口を出されません」

直哉は苦い表情で、ふたたびワインを呑み干した。

「倉敷の動きを金融庁の私たちは非常に批判的に見ている。検査局長のところに何度も足を運んでいるが、エコーの格付け低下は日本経済にとって大問題であるとか、引き当てるにしてもどの程度なら済むのかなどと非常に見通しの甘いことばかり申し立てている。まあ、金融庁の腹具合を探っていると言ってもいいだろうな」

哲夫の口調は厳しい。

「倉敷専務は金融庁にパイプがあると自信を持っておられるのだが……」

直哉は哲夫を見た。

「実際、パイプはあるのだろう。しかしキャリアにだけパイプがあっても仕方がない。現場を仕切っているのは、私たち検査官だ。キャリアの幹部ではない。そして私たちは彼が考えている以上に使命感を持っている。いつまでも無責任に不良債権を処理しようとしない金融機関にこそ大きな責任があると思っている。国民から低利で調達するという所得の移転を受けながら、ずるずると自分たちの都合のいいやり方で生き残ろうとするその浅ましい根性が気に入らない」

完熟パパイヤのクリームスープが運ばれてきた。これがこの万惣の名物スープだ。パパイヤの実を器にしてあり、柔らかく甘いパパイヤの果肉と一緒に飲むスープは格別だった。

「これは美味い」

直哉は哲夫の厳しい話を聞きながらも、思わず感嘆の声を発してしまった。

「直哉、このままだと問題が大きくなるばかりだぞ。私が忠告したのに、いったいなにをやっているのだ」

「私は大東五輪銀行の行員です。上司の動きに逆らうわけにはいきません」

直哉は言った。

「辛いよな。サラリーマンはいつも……」

大河原はスープをおいしそうに飲んでいる。

「直哉、お前はその程度の男か。サラリーマンとしてしか動くことができないのか」

哲夫は激しく言った。顔が赤いのはワインのせいばかりではない。

「兄さん……」

直哉は、言葉を詰まらせた。

「大東五輪銀行を巡る金融再編もあるということでしょうか？　その怒り方からすると？」

大河原が哲夫を鋭く見つめた。

哲夫は大河原の視線を気にせず、

「その通りだ。否定しない。このまま直哉たちが手をこまねいていると、大臣主導で再編が起きる」

「相手はどこですか」

　と言った。

　大河原が畳みかけた。

「それは分からない。推測はつくがね。藪内大臣が、今年の初めに米国に行き、日本の金融機関の不良債権問題を終わらせると約束してきた。そのときに話題に上ったのが、大東五輪銀行だ。私たち検査官は純粋に検査を実行したが、その結果をどう利用するかは政治の問題が絡まってくる。また資料を隠蔽するなど、大東五輪銀行は自ら落とし穴を掘り、見事にそこに落ちてしまった。じっとしていて狩人《かりゅうど》に撃たれるならまだしも、妙に欲を出し、助かろうなどとするから最悪の結果になった。これを見逃すような大臣ではない」

「ではなぜ兄さんたちは、隠蔽のこともなにも言わずに、結果だけ通告して検査を終えたのですか？　もっと間髪入れずに、どんどん攻撃してくると思っていたのに……」

「それは大東五輪銀行の自主性を重んじるという現場の検査官や検査局長の意見に配慮しただけのことだよ。一部には、大東五輪銀行の擁護派もいるからね。倉敷はそこに期待をかけているのだろうが、危ういと思う」

哲夫は、直哉をじっと見つめた。

メインの和牛フィレ肉の網焼きが運ばれてきた。トリュフの香味ソースで食べる。ナイフを入れると、たいした抵抗もなく肉を切り裂いた。柔らかい。直哉は、肉を口に入れた。肉汁が口中を満たし、うま味と香りが一気に広がる。哲夫から厳しい話を聞かされながらも、幸せな気分になってしまう。不幸なときでも美味しいものを食べると幸せになるのは真実だ。

「次長、行内のミドルが立ち上がるべきではないですか？　倉敷専務の人脈に頼るのは、かえって厳しい結果を生むと思います。その方向を転換させて、今回の結果を真摯に受け止める動きに変えるべきではないですか。もし必要なら朝毎新聞は応援いたします」

大河原が言った。

デザートの果物は、イチゴと完熟のマンゴーだ。

「直哉、そのまま流れに身を任すな。リスクがあってもいい。悔いのない動きをしろ。それが、結果として大東五輪銀行を救うことになる」

哲夫は嚙んで含めるように、ゆっくりと話した。直哉の心に染み入るのを願っているようだ。

直哉は、黙ってマンゴーの果肉をスプーンですくって口に入れた。甘い果汁が、心を癒してくれる。

直哉は哲夫を見た。厳しい顔ではなく、慈《いつく》しむような微笑だ。直哉の窮状を理解しているのだろう。

「考えてみるよ」

直哉は答えた。

4

「次長、元気ないですね」

安達光也が直哉に声をかけてきた。

「そうか？　くたびれているのかな」

直哉は気のない返事を返した。

「どうなるんですか。うちの銀行は？」

安達にもいつもの明るさがない。

直哉は安達の顔をじっと見つめた。

「行内には不安と不信が渦巻いています。トップの姿が見えない。検査では、相当厳しくやられたはずなのにそれに対してのメッセージが伝わってきませんから」

安達の言っている意味はよく理解できた。金融庁の検査が終了してからというもの行内が奇妙なほど静かなのだ。トップからも検査結果についての明確な指針が出されたわけではない。何か不穏な空気が水面下によどんでいるのは誰しもが感じているのだが、それが明確な実像を伴っていないという感じなのだ。

「そうか……」

「普通は検査結果について概略が知らされ、それに対する対策が示されるでしょう。従来ならそうでした。しかし今回は、もう一月《ひとつき》以上たつのに何もないですからね。不思議ですよ。相当に悪かったのだという噂ですがどうなんですか」

安達は直哉の顔を覗きこんだ。

「なんとも言えないな」

「教えてくださいよ。次長だけが知っているのも不公平ですよ」

「不公平ってことはないだろう。僕だってそれほど詳しく知っているわけではないのだからね」

直哉は苦笑いした。

「犯人探しが横行していますよ」

安達は耳元でこっそり囁いた。

「犯人探し？」

「例の段ボール箱ですよ」

「ああ、あれか」

「あの段ボール箱の存在を誰が金融庁に告発したんだろうという噂です」

「どんな内容になっているんだ？」

「審査の旧大東銀行の連中なんか、軒なみ疑われていますよ。今まで仲良くメシを喰っていた連中も喰わなくなってしまったらしいですよ」

「そんなに噂になっているのか」

「次長のおられた新宿支店でも同じようなことがあったのも噂になっています。あれは犯人が旧大東銀行の副支店長だったとはっきりしていますからね」

「犯人ってことはないだろう」

直哉は安達を叱った。野呂の顔が浮かんだ。止むに止まれぬ苦しい選択だったのだ。検査後、柿内支店長も野呂副支店長も新宿支店を去った。特に人事上の処分をされなかったことが、唯一の救いだった。だが、それは二人をどう処分していいか判断がつかなかったのも大きな理由だ。彼らを処分すれば、本部の多くの部署が処分されることになるからだ。それに金融庁もどうしろと言い残さなかった。だからこれ幸いと不問に付されてしまったのだ。

「金融庁があの段ボール箱を問題にしているのか、していないのかはっきりしないので行内の一部には内部告発した人間に対して、余計なことをしやがってという印象を持っている者がいるのです。なんだか以前よりずっと雰囲気が暗くなりましたね」

「余計なことをしやがってか……」

「あれが発覚したときは、もっと大きな問題になると恐れていたのが、案外、何にも言ってこないので旧五輪銀行側に勝ったという気分もあるんじゃないでしょうか。ですから犯人は旧大東に違いないとして、粛清しろなんて言うバカも現れる始末です」

「マスコミはどうだ？　あの段ボール箱について知っているのか？」

直哉は訊いた。大河原のことを思えば、マスコミが知っていると考えておいた方がいい。ただ問題はそれが銀行から見れば、ただの取引先資料であり、金融庁からみれば意図的な隠蔽データであるという二つの解釈が成り立つことだ。これが隠蔽データだと報道されれば、事態は最悪になっていくだろう。

「知っているとは思いますよ。行内で噂になっているわけですから」

「問われたことはあるのか」

直哉の問いに、一瞬、安達の視線が揺らいだ。問われたことがあるようだ。

「ええ、まあ。でも私にもよく分からないので記者に逆取材する始末ですよ」

「よく分からないというのは？」

「あの段ボール箱のことを金融庁がどう考えて、どうしようとしているのか、ということです」

「記者はなんと言っている？」

「そこはなんとも……。記者もよく分からないようですね」

安達の目には、新しい事実を少しでも直哉からなんとか引き出せないかという意図が表れていた。

「どう思う？」

直哉は安達を見つめた。

「どうって言いますと？」

安達が目を見開いた。

「大東五輪銀行はこのままでいいのかということだ。不毛な内部争いをしていて、この時代を乗り切れるだろうか？」

「どう答えればいいのでしょうか？」

安達の顔に戸惑いが浮かんだ。

「君の意見を素直に聞かせて欲しい」

直哉は言った。安達は、唾をごくりと飲みこんだ。周りを見渡した。他人がいないことを確認しているのだ。

「我々の同期、若手の中にはこの銀行を見捨てて転職しようとするものが増えています。私はこのままではいけないと思います。抜本的に中身を壊さなくては立ち行かないのではないでしょうか。ですから今回の金融庁検査で厳しく指摘をされたのであれば、それを奇貨として我が行の問題を抉《えぐ》り出すのが一番いいのではないでしょうか。小手先を弄すべきではないと考えます」

安達は直哉の耳元で小さな声で言った。

「本気でそう思っているのか」

直哉は改めて訊いた。

「はい」

安達が明快に答えた。

「こっちへ来い」

直哉は、安達を応接室に誘った。安達の顔に緊張が走った。

直哉は安達をソファに座らせ、ドアを閉めた。

「今から、知っていることを全て話してやる。その代わり一緒に動く覚悟はあるか」

直哉は安達の目を見つめた。安達は、直哉の視線を撥《は》ね返すように睨み、力強く頷いた。

5

「だれだ！　だれがこんな記事を書かせたんだ。情報をリークしたのは誰だ！」

廊下まで倉敷の怒声が聞こえてくる。直哉は、息を深く吐いてから、ドアをノックした。

「広報グループの松嶋、入ります」

直哉は深く低頭して執務室に入った。室内には倉敷の怒りから発散される熱気が渦巻いていた。顔を上げると企画部長や審査部長の姿が見えた。

「松嶋君、いったい情報管理はどうなっているんだ！」

倉敷はいきなり怒鳴りつけ、直哉の眼前に新聞記事を突きつけた。朝毎新聞だ。記事には『金融庁、大東五輪銀行に異例の再検査か？』という見出しに続いて『大東五輪銀行で金融庁の検査の際、正式の資料のほかに段ボール箱数十個分の大口債務者に係わる資料が発見された。これに基づき査定しなおすと、大東五輪銀行は大幅な引当不足となり積み増しを要求されることになる』と事実のみが書いてあった。隠蔽や検査忌避などの刺激的な用語はあえて避けている。

直哉は、倉敷の手から記事を受け取ると、

「こうした情報はいずれ洩れていきます」

と落ち着いた口調で言った。

倉敷は、驚き、目を大きく見開いた。信じられないといった声にならない声が倉敷の口からこぼれていた。

「松嶋君、今、君は何と言ったのか」

「こうした情報はいずれ洩れると申し上げました」

「君は情報管理の杜撰《ずさん》さを開き直るつもりなのかね」

「そういうわけではありません。事実を申し上げました」

直哉のあまりに落ち着いた反論に、倉敷の側にいる企画部長、審査部長が慌てた様子で顔を見合わせた。

「君はいったい何を言いたいのだ。私は釈明を求めているんだ。謝罪もね。この記事がどうして出てしまったのか、説明したまえ」

倉敷は苛々した顔つきになった。

直哉は、一歩前へ進み出た。

「専務、お言葉ではありますが、行内には疑心暗鬼が渦巻いております。金融検査の結果の報告をせめて本部の次長たちに説明願います。その上で、その検査結果を踏まえてどうするかをご判断していただきたいと存じます」

直哉は一気に話した。倉敷の目を見続けるべきだと思ったが、ふと逸《そ》らしてしまったのが悔やまれた。

「松嶋君、何を言っているのだ。君は自分の立場を分かって話しているのか」

倉敷は、腹立ちに顔を歪めた。

「私の立場は分かっております。専務に何かを申し上げられる立場ではありません。しかし我が行の窮状を見るにつけ、このままでは駄目になると思い詰めております。専務の耳にはどういう情報が入っているか分かりませんが、今回は金融庁の指摘以上のことをしませんと最悪の事態になると思われます」

「それを私に言えと松嶋検査官から命じられたのか」

倉敷は小鼻をぴくぴくと動かした。興奮しているのだ。

「それは違います。今、申し上げているのは、私の意見です。行内では今何が起きているのか分からない状態で皆が仕事をしております。ぜひ専務のご判断で方針を説明していただきたい。その際、抜本的な改革の方針を打ち立ててもらいたいのです」

「私が頭取をお守りしようとして必死に努力していることを君は分かっているのか」

「分かっております。しかしそれは……」

「それは間違っているというのか！　お前は何様だと思っているのだ！」

倉敷の声で壁が揺れるかと思われた。直哉はその場に崩れ落ちそうになった。

「頭取をお守りすることと、我が行を守ることは同じではありません！」

直哉も必死で言った。

突然、ドアが開いた。直哉と倉敷がドアの方を振り向いた。そこには数人の本部の次長が立っていた。全員が青ざめた顔をしていた。

「みんな……」

直哉が呟いた。

「外で待っていろって言われたけど、入ってしまったよ」

直哉と同期の営業部の次長が頭を掻いた。

「お前ら、なんだ？」

倉敷が不機嫌そうに訊いた。

「彼らも私と同じ思いで我が行の現状を心配している次長たちです」

直哉が言った。

「ふん」

倉敷が鼻でせせら笑った。

臆病そうに身体を寄せ合っていた次長たちの中に安達がいた。安達は次長ではないが、直哉と彼らの間に入って情報の伝達役を果たしていた。今日も直哉の指示で倉敷専務の執務室の前に次長たちを集合させたのだった。

「専務、私たちも我が行の現状を正確に知りたいと思います。ここには旧大東銀行も旧五輪銀行もなく我が行の現状と将来を憂える本部の中堅幹部が集まっております」

先ほどの営業部の次長が言った。

「お前たちは何が望みなのだ」

倉敷が言った。怒りを抑えるのを我慢しているのがありありと分かった。

「他行は大幅な不良債権の償却と増資で次々に経営を建て直しております。それに引き換え我が行は何もしていないというのが実情です。いやむしろ改革を阻む派閥争いに終始していました。もし自分たちで改革の引き金を引けないのなら、今回の金融庁検査で指摘されたことを我々にも十分に開示していただき、それを契機にして大胆な経営改革を実行していただきたいと考えております。私たちも覚悟して努力いたします」

営業部次長が言った。

企画部長、審査部長らは黙って俯いている。この場から逃げ出したいという思いなのだろう。

「松嶋君、私は君に目をかけてきた」

倉敷は営業部の次長を無視して直哉に言った。直哉は硬い顔で、僅かに低頭した。

「しかしこれまでだな。こんな本部の次長たちを煽動《せんどう》してクーデターまがいのことを起こすとは見損なったぞ。今回の記事も君がリークしたのだろう。行員に決起を促すつもりでもあったのかね」

倉敷は、薄く笑った。

「松嶋次長は、私利私欲で私たちを集めたのではありません。純粋に我が行を憂えているのです。誤解しないでください」

営業部次長が言った。彼の周りの次長たちが倉敷を見つめた。

「黙れ！　お前らも同罪だ。経営権の侵害だぞ。私に任せて黙って従えばいい。金融庁など私の手にかかれば、ひとひねりだ。経済産業省も私たちの味方だ。必ず勝つ。頭取に責任をとらせるようなことは断じてさせない。その上での抜本改革だ。もしこの場に残れば、一両日中に次長のポストを剥奪《はくだつ》する。もし解散すれば今日のことは、義侠心《ぎきょうしん》の現れとして不問に付する。すぐ決めろ！　解散するか、ポストを返上するか！」

倉敷は次長たちを睨みつけた。

営業部の次長が、苦しそうな視線を直哉に向けた。そして背後の次長たちと視線を交わした。眉根を寄せ、唇を嚙み締めていた。

「私たちは……」

営業部次長が、口を開いた。

「黙れ！」

倉敷が怒鳴った。

一番、ドアに近いところにいた次長が、執務室を出た。それをきっかけに他の次長たちも次々に外に出た。営業部次長も直哉に振り返りながら、「すまない」と言い残して出て行った。安達だけが、ぽつりと残された。腑《ふ》抜《ぬ》けのような顔で直哉を見つめていた。

「お前はどうするのだ？」

倉敷が安達に訊いた。安達は身体を震わせながら、

「私は、松嶋次長の部下です」

と答えた。

倉敷は、微笑して、

「松嶋君は、今の時点で広報グループ次長ではなくなった。解任だ。残念だな」

と言い、直哉を見つめた。直哉は唇を思いっきり嚙んだ。

「そんな！」

安達が絶句した。

「松嶋君、もし兄上に会うことがあれば言っておいてくれ。この銀行はあなたの銀行じゃない。好きにはさせぬとな」

倉敷は声に出して、乾いた笑いを漏らした。直哉は、その笑いが滅びに向かう葬送ラッパのように聞こえた。

6

立岡は、銀座八丁目にある馴染みのクラブ「蝶《ちょう》」にいた。立岡の隣にはナンバーワンホステスの綾乃《あやの》が座っていた。その隣には倉敷、そして彼が贔屓《ひいき》にしている絵里《えり》、その隣には企画部長、審査部長、秘書室長が座っていた。そしてなぜか直哉も末席を占めていた。

直哉は、倉敷から広報グループ次長の解任を言われたが、次のポストが決まるまで広報部付となっていた。自席に座っていると、倉敷の秘書から銀座のクラブに行くように告げられたのだ。理由の説明はなかった。

直哉は、相好を崩した倉敷を醒《さ》めた目で眺めていた。

「もっと女を呼んでいいぞ」

倉敷が声を上げた。

「嬉しいわ」

綾乃がヘルプの女性たちを各部長の間に座らせた。

「今日は、お祝い？」

絵里が訊いた。

「お祝いだ。戦勝祝いだ。頭取、久しぶりにドンペリを開けますか」

倉敷が立岡に笑いながら言った。

「ドンペリでもなんでも頼んでくれ。君のお陰で首が繋がった。ありがとう。私も辞める覚悟はしていたのだが、感謝するよ」

立岡は倉敷に頭を下げた。

「絵里、ドンペリを何本か持ってこい」

「嬉しい！」

絵里が倉敷の唇に、自分の人差し指を重ねた。

「ドンペリですって、初めて飲みますなあ」

審査部長が、頬を緩めて企画部長に言った。企画部長が真面目な顔で頷いた。

「本当に君たちありがとう。今日の検査局長への説明は完璧だった」

立岡は、倉敷たちと金融庁へ赴き、検査局長に決算の下方修正を報告したのだった。

「頭取のご説明も堂々とされておりました。感激いたしました」

企画部長が媚びた笑みを浮かべた。

「ドンペリが来たぞ」

倉敷がうきうきとした様子で、黒服からボトルを受け取った。

「我が大東五輪銀行の永遠の発展を願って乾杯します」

倉敷は、慎重にドンペリの栓を抜く。ポンという軽快な音とともに白い泡が噴き出す。絵里がシャンパングラスを差し出して、透明な液体を受け止めた。絵里はグラスを倉敷に渡すと、ボトルを自分の手で抱くように持ち、用意されたシャンパングラスに注いだ。

「それでは皆さん、行き渡りましたかな」

立岡が満面の笑みで、グラスを高々と上げた。

「松嶋君、グラスを取り給《たま》え」

倉敷が命令口調で言った。直哉は目の前にあるグラスを手に持った。

「乾杯！」

倉敷は、グラスに満たされたシャンパンを満足そうに呑み干した。

「専務、どうして私をこんな席にお呼びになったのですか」

直哉はシャンパングラスをテーブルに置いた。

「私が勝ったことを君に伝え、兄上にも伝えて欲しかったものだからね。それにあんなクーデターまがいのことで君に裏切られた者として、私の勝利の日の喜びようを見ておく義務もあるだろう。遠慮せず呑みたまえ。今夜が君の最後の華やかな夜だ」

倉敷は、満足そうに絵里が作ったウイスキーの水割りを口に運んだ。

「私が修正見通しを説明したとき、検査局長の顔が少し曇ったように見えたが、あれはなんだったのだろうね」

立岡が倉敷に訊いた。

立岡は、大東五輪銀行の平成十六年三月期決算を連結の当期利益千二百七十億円の黒字から八百九十億円程度まで下方修正した。これは金融庁の検査結果を踏まえて不良債権への引当金を三千億円強積み増ししたからである。

「気になさることはありません。私の目には、検査局長の満足そうな顔が見えました。経済産業省からエコーの再建のためにも我が大東五輪銀行をよろしく頼むと再三依頼してありますので、大きな無理も言えるはずがございません」

「そうか。しかし良くこの数字を作り出してくれたよ。なんとか三割ルールを死守することができた。感謝するよ」

立岡は、水割りグラスを綾乃から受け取り、倉敷に向けて、高く掲げた。倉敷が微笑みながら低頭した。

「松嶋検査官は、その場に同席していたのですか」

直哉は隣に座っていた企画部長に訊いた。

「同席しておられたよ」

企画部長は、酔いのために眠そうになった目を直哉に向けた。

「なにか発言はありましたか」

「発言ねえ？」

企画部長は目を一層、細めた。つい先ほどのことであるにもかかわらず遠い記憶を呼び起こそうとしているかのようだ。

「監査法人の承認が取れますか、などと訊いていたね」

「今回の決算を監査法人が認めるのかと訊いたのですね」

直哉は哲夫がどんな顔でその質問をしたのか、想像ができた。今にも怒りを爆発させたいが、我慢に我慢を重ねている顔だ。

「監査法人は、金融庁の味方ではない。私たちの味方だ。何をか言わんやだな。頭取が、問題ないと答えたら、それっきりだよ」

企画部長は、ロックでウイスキーを呑んでいた。肩の大きな荷物を全て下ろしてしまったように笑みを浮かべた。だが、直哉から見れば荷物を下ろしたのではない。倉敷に預けてしまっただけだ。企画部長は幹部の中でも比較的冷静に大東五輪銀行の経営を見ていただけに、直哉は彼の変化を哀しく思った。その意味では、立岡も同じだ。自分で考えることを止め、倉敷の振り付けどおり動いたに過ぎない。

倉敷は、隣の絵里と熱心に話しこんでいる。腰にさりげなく手を回しているところを見るとそれなりに親しいのだろう。銀座の一流クラブのホステスと親しくなるためにはどれほどの投資が必要なのか、直哉には分からないが、倉敷にとって今日ほど満足すべき日はないかのようだ。今夜の喜びの為に苦労をして来たとでも言いたいのだろうか。

「哀れな人だ……」

直哉は倉敷を見て、呟いた。

「松嶋君、何が言いたい。何が哀れな人だ」

倉敷は直哉の言葉を聞き逃さなかった。赤く濁った目で直哉を睨んでいる。

「どうしたのかね。専務、何か気に障るようなことでも……」

立岡が倉敷の機嫌を伺うように訊いた。

「この男は、金融庁の検査官、松嶋の弟です。私どもの仇敵《きゅうてき》の血縁です。よく似ているでしょう。鬱々として楽しまず、世の苦悩を自分で全て引き受け、自分だけが正しいと信じているような厳しい性格、そっくりだ。その男が私に向かって哀れだとのたまったのですよ。たかが次長の分際で、この私に……。松嶋検査官の弟だということを知って、重用しましたが、何の役にも立たなかった。かえって私に向かって、頭取をクビにしろと迫ったのですよ」

倉敷は笑いながら立岡に言った。

「私をクビにしようとしたのですか」

立岡が大げさに驚いた顔をした。

「そうですよ。金融庁の兄の意見を鵜呑《うの》みにして、赤字にしろと迫ったのです。抜本的に出直せとね」

「今回の決算は、抜本的だと思っているが、そうではないというのかね」

立岡が不機嫌そうな顔を直哉に向けた。

「松嶋君、何か申し上げたらどうだね。酒の席だ。多少の無礼は許してやる。それに今夜が最後だからね」

倉敷はグラスを高く掲げて、一気にウイスキーを呑み干した。

直哉は立ち上がった。

立岡が真剣な視線で直哉を捉えた。

「倉敷専務を哀れな人だと感じましたのは、頭取のお立場を慮《おもんぱか》るあまりに冷静な経営判断を失われているからです。この銀行の問題を全てご自分お一人で引き受けておられるのが、哀れだと申し上げました。大変失礼な言い方で申し訳ございません。しかし今、伺いましただけでも金融庁は、今夜の説明に全く満足していないでしょう」

「黙れ！」

倉敷が直哉の発言を封じようとした。

「頭取、三割ルールだの、ご自分の立場だのを考えずに抜本的な決算を実行しなければ、我が行は金融庁、なかんずく藪内大臣の攻撃の的になってしまいます。その結果、どれほどの不幸が待っているか。今はその瀬戸際です」

直哉は立岡に向かって話し続けた。

「黙れと言っているのが分からないのか。黙って、頭を下げて、出て行くんだ。この金融庁の犬め。決算をどうするかなどは、こっちの仕事だ。役人の口出すことではない」

倉敷がグラスをテーブルに叩きつけた。隣に座る綾乃が、小さく悲鳴を上げた。立岡が困惑したような顔で、直哉と倉敷を交互に見ていた。

「頭取が、当事者としてリーダーシップを発揮され、責任をおとりになる覚悟さえ固めていただければ、どれだけ専務が楽になられることでしょうか。私は長年、専務の下で仕事をしてきた人間として、専務が可哀そうでたまりません」

直哉の目からはいつの間にか涙が溢れ出ていた。

「黙れ！　黙れ！」

倉敷が大声を上げた。

「失礼します」

直哉は踵《きびす》を返した。立岡が何かを言いたげな表情をしたが、口を小さく開いただけで言葉は何もなかった。

「松嶋検査官に言っておけ！　私の勝ちだと」

倉敷の声が、直哉の背中に投げつけられた。悲しいのか、悔しいのか分からないが、涙が止まらない。

直哉は出口のところで、立ち止まり、振り向いた。倉敷が直哉を見つめていた。しかし直哉には涙でその顔も姿も揺らいで見えた。

7

「頭取、明日、この記事が朝毎新聞に出ます」

直哉は立岡に言った。立岡の隣には倉敷が座っていた。一ヵ月程前はドンペリに頰を赤く染めていたその顔は、失意のためにどす黒く汚れているように見えた。直哉は立岡と倉敷を前にしてこれほど冷静になれるとは思ってもいなかった。

直哉が立岡に示したのは、大河原から入手した記事のゲラだった。

『大東五輪銀行大幅赤字決算へ』

記事には黒く縁取られた見出しが躍っていた。その内容は、大東五輪銀行は、黒字予想から一転して一兆円近い引当金を積み増しするため、四千億円強の赤字に陥るだろうというものだった。当然にして立岡の責任にも言及しており、辞任は避けられないとしていた。それに加えて、金融庁が大口先の資料が多数発見されたことに対して検査忌避の疑いもあるとして告発を検討し始めたということまで言及してあったのだ。

「なんだ、この記事は」

立岡は血相を変えて、倉敷に迫った。

倉敷は黙っていた。

「話が違うじゃないか。それに私が知らないところで、なぜ決算の数字が決められるのだ」

立岡は倉敷に摑みかからんばかりだった。

「専務、きちんとご報告されたらどうですか」

直哉は言った。

「松嶋君は分かっているのか？」

倉敷は薄く笑っていた。その笑いには直哉に対する敗北感が滲んでいた。

「なぜ、彼に分かっていて、私には分からないのだ。極めて不愉快だ」

立岡は直哉を睨みつけた。

「それは彼の方に当事者意識が強かったということではないでしょうか。おそらくこの記事も彼が段取りをつけたものでしょう。そうじゃないのかね」

倉敷は小首を傾げた。

「それは全く買いかぶりです。私はそれほどの情報網を持っておりません」

直哉は言った。

「頭取、監査法人です」

倉敷は諦め顔で言った。

「なんだと？」

「監査法人が決算を承認できないと言ってきました。かなり交渉しましたが、どうしても無理だということでした。もし黒字決算を強行するなら適正の文言は記載できないとまで言われました」

「そんな馬鹿な。彼らが知恵を絞り、責任をもって利益をひねりだしてくれた結果ではないか。それをどうして今さら否定するんだ。私が代表に電話する」

立岡は受話器を取ろうとした。

「頭取、恐らく代表は電話に出られないでしょうから、無駄です」

倉敷は立岡の動きを制した。

「これ以上は、私の推測ですが、松嶋君の兄上が、いや金融庁の幹部が、監査法人に忠告されたのではないでしょうか。『大東五輪銀行の監査は適正に行われていますね。無理をなさっていれば、その問題は監査法人に撥ね返ってきます』とか言ったのでしょう。銀行と癒着した監査をしたと見なされれば、監査法人の死活問題になりますからね」

倉敷は直哉を見た。

直哉は何も答えなかった。

＊

「兄さん、分かって貰えなかった。倉敷専務は頭取を守ることしか考えていない」

直哉は電話で哲夫と話した。この間の動きを哲夫に説明した。それはまるで自分のふがいなさの言い訳をしているようだった。

『自己改革ができない組織だな。ガバナンスが全く機能していない』

「倉敷専務が強すぎるんだ。だがあの人は自己保身とは違う。なんだか兄さんとの戦いにいかにして勝つか、そればかり考えているようだよ」

『馬鹿な……』

「馬鹿ではないと思う。とにかく兄さんや金融庁に経営を牛耳られてたまるものかという気持ちだけだ。官に対する反発、民の自立というのが大東五輪銀行、なかんずく旧五輪銀行のエリートの考えなんだろう。それが歪んだ形で出てしまった……」

『もし民の自立を言うなら、官よりももっと厳しい基準で経営を統治しなくてはならないだろう。私たちだって民が自主的にやってくれるならそれほど厳しい目を光らせることはない。しかしこの国の民は、自分では緩い基準で経営しながら問題が発生すると官に頼ってくる。だから官主体にすぐ戻ってしまうのだ。民の自立は、民が官以上の、官が口を出せない厳しさでガバナンスを行って初めてできることだ』

「兄さんの言う通りだよ。決算も小手先を弄するのではなく、自ら血を流すべきだ」

『直哉、残念だが藪内大臣を怒らせてしまったようだ。この間の決算の下方修正がね。だから監査法人にも監査の方針を聴取するつもりだ。それに検査忌避の検討も始めた……』

「検査忌避の告発も……」

＊

直哉は哲夫との電話でのやり取りを思い出していた。倉敷や立岡は金融庁が負けた、すなわち大東五輪銀行の黒字決算を了承したと思っていた。しかしそれは甘い見込みだった。不良債権問題を一気に終わらせたいという金融庁の強い意思を倉敷は読み間違えていたのだ。直哉は、哲夫の言葉を立岡と倉敷に伝えなければならないと思った。それは『民が自立するためには、官が口を出せないほどの厳しいガバナンスを行うべきだ』という言葉だった。

「頭取、そして専務。我が行のガバナンスが問われたのです」

直哉は言った。

「ガバナンス？」

「藪内大臣はガバナンスを最も重視されます。これは他国の話ですが、ある銀行経営者は官が不良債権問題を先送りするために黒字決算をしろと言ったことに対して大幅な赤字決算をし、膿を出し切って再生に成功したそうです。私たち大東五輪銀行もそうすべきでした。いち早く過去の膿を出し切り、行内に危機感を醸成すれば大東も五輪もなく一緒に前進できたでしょう。大東五輪銀行は自主独立の気風を持った銀行だと私は信じています。今からでも遅くありません。民は官以上の厳しいガバナンスを行っていることを行動で示してください。これは兄の言葉でもあります」

直哉は深く頭を下げた。

倉敷は立ち上がって直哉に近づいた。直哉は緊張した。

「民が自立するためには官以上のガバナンスが必要か……。それが松嶋検査官の言葉か。結果として見るとその通りかもしれないな。過去の成功体験に基づく私のやり方が、自信過剰の傲慢さを招いていたんだ。松嶋検査官に今回は負けた。これほどまで執念深くやられるとは思わなかった。敵ながらあっぱれだ」

倉敷は、微笑して直哉の手を握った。

「な、なんだ。何が民だ、何が官だ。倉敷専務、君の責任だぞ。君に全面的な非があるぞ。大いなる判断ミスだ」

立岡が動揺した声で叫んだ。倉敷を糾弾しているのだ。倉敷はその声を無視して、直哉の手を握り締めていた。

「私は、私なりのやり方でなんとか銀行を守ろうとした。それが時代に合わなかった。時代に合わないということを読みきれなかった。失格だな。なにもかも終わりだ……」

倉敷は寂しそうに薄く笑った。

直哉は倉敷の目を見ることができなかった。なぜだか涙がとどめようもなく流れてきた。

「松嶋君、君に対する数々の非礼は許してくれ給《たま》え。君。次の時代の大東五輪銀行には君が必要になる。絶対に辞めるんじゃないぞ」

倉敷が強く直哉に命じた。直哉は涙を拭《ぬぐ》おうともせず俯いたままだった。

エピローグ

平成十七年四月二十四日。

日曜の磐越東線三春駅は、滝桜を見ようと集まった観光客で溢れていた。

「やっぱりこの時期は避けた方がよかったかな」

哲夫が言った。

「お父さんが、どうせならこの時期がいいって言ったんじゃないの」

美代子が苦笑した。

「この電車に直哉叔父さんが乗っているんじゃないの」

公夫が言った。

哲夫が改札口を見ていると、直哉が両手を子供たちに引っ張られるようにして現れた。

「こっちだ！　こっちだ！」

哲夫が手を振った。

「兄さん、姉さん遅れてすみません」

直哉は頭を下げた。

「麻美、健一、哲夫伯父さんにご挨拶よ」

亜紀子が子供たちに注意した。

「伯父さん、こんにちは」

麻美と健一が恥ずかしそうに頭を下げた。

「いい子だね」

哲夫は二人の頭を撫でた。

「公夫君、おめでとう。慶応大学に合格したんだね。偉いな」

直哉が、公夫に言った。

「ありがとうございます」

公夫が生真面目な顔で低頭した。

哲夫の側に見知らぬ青年が立っているのに直哉が気づいたようだ。哲夫は慌てて、

「紹介していなかったな」

と青年を直哉の前に立たせた。

「彼は柳井徹君だ。東大法学部を優秀な成績で卒業して、今春、我々金融庁の仲間になってくれたんだ。財務省を蹴ったんだぞ」

哲夫は、誇らしげに微笑んだ。

「ちょっと大げさな紹介だと思いますが、柳井です」

照れたような笑みを浮かべて柳井は低頭した。

「松嶋直哉です。弟です。ついこの間までは大東五輪銀行に勤務しておりました」

直哉は言った。

「存じております。いろいろ大変でしたですね」

柳井の顔が僅かに曇った。

「ところで今日はどうしてここに？」

「花見がてらに家族の墓参りに行くと言ったら、どうせ暇だからついていっていいですかと言ってね。俺のことを全て知りたいんだってさ」

哲夫が相好を崩した。

「お父さんのことなんか全部知ったら嫌になるのにね」

美代子が笑いながら直哉に同意を求めた。

「兄さん、いい後輩ができてよかったね」

直哉の、胸が熱くなるような思いに哲夫は、ああ、と一言呟き、頷いた。

「柳井さん、兄を頼みます」

直哉は、柳井の手をとって強く握り締めた。

「はい」

柳井も直哉の手を握りかえした。

「さあ、挨拶はこれくらいにして、タクシーに乗るぞ。福聚寺までだからな」

福聚寺は、三春町の古刹《こさつ》で当地を治めた戦国大名田村家の菩提寺《ぼだいじ》として名高い。

「直哉、一緒に乗るか」

哲夫が言った。

「それじゃあ、奥様方と麻美と健一は前の車、僕と兄貴と公夫君、柳井君は後ろの車だ。ちょっと狭いけどいいね」

直哉が言うと、二人の子供たちははしゃぎながらタクシーに乗り込んだ。

「僕は前に乗りますから」

公夫が助手席に乗り、直哉と哲夫が後部座席に、柳井を挟む形で乗った。

「運転手さん、福聚寺まで」

直哉が言った。タクシーは静かに発車した。

「どうだいその後は？」

哲夫が直哉に訊いた。直哉は大東五輪銀行を退職して、企業再建専門の投資ファンドに転職していた。平成十六年七月のことだった。

「まだなれないけどやりがいはあるよ。今、以前の罪滅ぼしじゃないけれど今貞食品の再建を手がけているんだ。久しぶりに柳沢部長に会って再建後を語り合ったよ。こういう仕事がいいね」

「そうか……。それはよかった」

「森山商事など、以前、大東五輪銀行で十分お世話できなかった会社の再建をお手伝いするつもりだ。儲けも大事だけれど、社会から役に立っている、期待されているというのがうれしいね」

「私もお前がすっかり元気になったので安心したよ」

哲夫が言った。

「倉敷専務は、残念だったな」

直哉が呟いた。

「残念だったが、覚悟はあったから、立派に責任を果したと言えるんじゃないかな」

哲夫が言った。

大東五輪銀行は、平成十六年三月期決算を約四千億円という巨額の赤字で終えた。朝毎新聞が報じた通りになった。その責任をとって立岡頭取、倉敷専務ら主要役員が退陣した。その直後、新経営陣は、大東京四菱銀行と経営統合を発表した。この経営統合は、藪内大臣の金融システム安定化に対する強い意思が働いたものだ。勿論、哲夫たち金融庁検査官の意思も……。さらに強い意思という意味では、金融庁は、平成十六年の十月に大東五輪銀行を銀行法違反、検査忌避罪で東京地方検察庁に刑事告発した。これを受け十二月に倉敷専務や数人の幹部が逮捕された。

「刑事告発は必要だったのかな？」

直哉が窓の外を眺めながら言った。

「時代に区切りをつけ、未来へ繋げるためには必要だった。金融庁の恣意的な思いがあって告発したのではない。これから金融庁はまさに金融機関のルール違反を第三者として厳格に監督するレフリーになる。その意味では、金融機関と幾分かでも馴《な》れ合ってきた古い監督行政から新しい監督行政へ遷《うつ》る移行期には、こうした犠牲が必要なのだと思う」

哲夫が静かに言った。

「銀行を辞めてみて改めて分かったけど金融機関は僕たちの生活にものすごい影響力を持っている。これが正しく経営されて、本当に生活者に役立っているかチェックすることが必要なんだと思う。そうでないと多くの生活者が金融機関によって被害を受けることにもなりかねない」

「その通りだ。日本の行政にはルール違反を厳しく監督し、責任を明確にするという姿勢がどの分野でも著しく欠けている。それは今まで行政が業者である企業と癒着した、業者に甘い行政だったからだ。これからの社会を考えた場合、それではいけない。金融庁はその先導役を務めるつもりだよ」

「兄さんはますます忙しくなるね」

直哉が微笑みかけた。

「組織はいつの間にか劣化する。その劣化は日本経済を劣化させる。愚直にその劣化を食い止める努力を続けるつもりだ。人間の持つ力、正しく生きる力を信じているからな。それにこんな力強い仲間も増えたからな」

哲夫は柳井の肩を叩いた。柳井が恐縮したように身体を小さくした。

「あっ、滝桜だ」

助手席に座った公夫が声を上げた。

公夫が指差す方向を見た。見事な満開の枝垂桜が目に入った。有名な「三春の滝桜」ではないが、この地には多くの枝垂桜がある。そのうちの一本なのだろう。

「この三春は梅、桃、桜が一緒に咲くところから、三つの春という意味があるらしい」

哲夫が言った。

「三つの春が一緒に里にやってくるんだね」

公夫が感心したように言った。

「いろいろあったけど日本経済も三つの春が一度に訪れるくらい回復するといいね」

直哉が言った。

「ああ、そうだな」

哲夫が言った。

公夫がタクシーの窓を開けた。まだ少し冷たいが、温《ぬく》み始めた感じがする春の風が哲夫の頬を撫でた。直哉は気持ち良さそうに目を細めている。

「もう直ぐ福聚寺だよ」

公夫が弾んだ声で言った。

解説――『小説　金融庁』は「ホンモノ」だ

梅澤　拓
（弁護士）

江上剛さんと初めてお会いしたのは、某外資系銀行で行われた反マネー・ローンダリング（資金洗浄）勉強会で反社会的勢力との関係の遮断についてご講演いただいたときである。著書での印象に反して、意外に柔和な語り口だな、と思ったのも束の間、いきなり「日本はヤクザの国ですから」という物騒な言葉から始まった体験談に引き込まれた。「『江上に任せると、不祥事が煙のように消えてしまうから不思議だ』とよく言われたものです」。江上さんは飄々《ひょうひょう》と、そんな話をする。「東京地検特捜部が入る前に、取締役に対して心構えをレクチャーし、陣頭指揮を取った」「反社会的勢力と実際に対峙し、過去からの関係を悉く断ち切った」という実体験に基づくエピソードを紹介したかと思えば、合間に脱力するようなオヤジギャグをとばす。絶妙のユーモア感覚と醒めた眼で語る「覚悟」を持った人物がそこには居た。

その迫力と独特のバランス感覚は、この『小説 金融庁』の、どこか飄々としていながら凄みのある筆致にそのまま表れている。言うまでもなく、この本に書かれていることは事実ではない。フィクションであるから当然である。決して過去の史実として読まれてはならない。にもかかわらず、『小説 金融庁』には、紛れもない「ホンモノ」の手触りがある。

江上さんが描くのは、大量の不良債権を抱えた「大東五輪銀行」を巡る検査官と銀行マンの息詰まる攻防である。

「基礎的な資料を改竄しているかもしれないということだ。もしそういうことをしているなら改竄した資料も全て出せ」

「改竄などしておりません。あらゆる状況でどういう業績を上げられるかを検証しただけです。……」

「ごちゃごちゃ言わずにみんな出しなさい」

「出します」

「どんな資料だ?」

「商品パンフレットなどとかがあります」
「商品パンフレットだと、舐《な》めるな！」

合併した銀行間内部の暗闘と復讐の思惑の渦巻く中にあって組織の一員として銀行を何とか守ろうとする立場の人間と、日本の金融機関を何とか立ち直らせたいと考え原理原則に忠実に検査を実施する立場の人間との真剣勝負である。どちらも銀行のことを思うという一点においては同じであるのに、立場が違うだけで、ここまで火花を散らすことになる。銀行という巨大組織の中で、切れ者の倉敷専務が頭取と銀行を守るために講じる姑息な対策、敏腕検査官としてじりじりと銀行を追いつめる哲夫、その実の弟で誠実な銀行マンとして板挟みになり苦悩する直哉、いずれも自分の職務と感情の狭間で揺れ動く。彼らの苦闘のエピソードには、検査の現場で感じたのと同じ緊張感と人間の悲哀がある。

私自身、銀行をはじめとする金融機関のコンプライアンスを専門分野とする弁護士として日々の糧を得ているが、金融庁検査局で約二年間の任期付き公務員として勤務していた。銀行の検査にも実際に赴いた。そのときの肩書きは「弁護士」ではなく「金融証券検査官」であった。まさに、この本の登場人物たち——主人公の哲夫や花木、御堂たち——と同じ立場である。

私が検査官であったとき、この『小説　金融庁』（当時は『霞が関中央合同庁舎第四号館　金融庁物語』というタイトルだった）が出版された。私は夢中になって読んだ。もちろん、この小説はフィクションである。しかし、「原理原則に厳格な主人公の統括検査官松嶋哲夫のモデルはやはりあの方をおいて他にはいないだろう」とか「ファッションショーでも通用するという美貌の女性検査官、花木恭子は、きっとあの彼女がモデルに違いない」等々、舞台裏を知る立場ならではの邪道な読み方が楽しくなかったといえば嘘になる。

しかし、何より「よくぞここまで書いてくれた」という思いの方がよほど強かった。周りの検査官も同感との声があった。

たしかに、世間からは、金融庁の検査官は、「ルールを厳格に適用することしかできない冷徹非情のお役人」と見られているかもしれない。例えば、検査中に、哲夫が持参した保温水筒で紅茶を飲むシーンがある。これは事実で、どの検査官も、検査中に銀行からお茶を出されたとしても絶対に手を付けない。あきれるほど厳格であり、非情にも見えるかもしれない。これは検査先との癒着を疑われないために、厳格な規律に服しているからだ。

しかし江上さんの書くのは、そんなステレオタイプな役人のイメージだけではない。例えば、こんなシーンがある。

「そんなことをしたら融資ができなくなります。この会社の社長は今、寝たきりなんです。（中略）もし破綻懸念先になり、融資を引き上げれば、この寝たきりの社長はどうなるのでしょうか……。住むところもなく……」

支店長は目を潤ませて御堂を見つめた。今にも涙を溢《あふ》れさせんばかりである。ついに泣き落としに来た。

御堂は腕を組んで支店長を睨んでいる。奥歯を音が出るほど嚙《か》んでいる。

実際の検査では、似たような現場に直面することもまれではない。ここで御堂検査官が奥歯を嚙んでいるのは、みえすいた泣き落とし戦術に苛立っているからではない。検査官としての立場を離れて、一人の人間として痛いほど分かるからだ。私自身、内容を明かすことはできないが、検査官の立場と一人の人間としての考えとの板挟みになり、暗澹たる気分になったことは一度や二度ではなかった。しかし、長年検査官をやってきたある検査官のこんな言葉に、ほんの少し、救われたことがある。

「私たちは、嫌われ者になってもいい。そのことで金融機関の方向性が少しでもよい方向に向かっていき、利用者やひいては国民全体のためになれば、それでいいんだ」

単なる建前論に聞こえるかもしれない。アンチヒーローを気取っていると言われるかもしれない。しかし、現場の検査官の偽らざる実感として、今でもその言葉は胸に響いている。

仕事に徹した厳格な検査官にも、銀行員と同じく、赤い血が流れている。そのことを江上さんは書きたかったのだろう。『小説　金融庁』を読み返すたびに、今も役所で仕事をしているだろう面々の顔が懐かしく思い出される。

多大な犠牲を払った日本の「失われた十年」の間、金融検査に耐え、不良債権の膿を出し切り、リスク管理とコンプライアンスに心血を注いだ銀行は力を付けた。サブプライム問題、リーマン・ショックを受け、世界同時株安と金融不安に悩まされる中で、日本の金融機関は、強靱な態勢を武器に再び立ち上がろうとしている。ようやくサムライの反攻が始まろうとしている。その足下には、無数の名もなき哲夫や直哉、倉敷専務が踏み固めてきた道がある。『小説　金融庁』は、フィクションでありながら、その失われた十年の貴重な記録として残っていくだろう。

■本書は二〇〇六年六月、実業之日本社より『霞が関中央合同庁舎第四号館　金融庁物語』として刊行されたものを改題し、文庫化したものです。

|著者| 江上 剛　1954年、兵庫県生まれ。早稲田大学政治経済学部政治学科卒業後、第一勧業銀行（現・みずほ銀行）に入行。人事部、広報部や各支店長を歴任。銀行業務の傍ら、2002年には『非情銀行』（新潮文庫）で作家デビュー。その後、2003年に銀行を辞め、執筆に専念。他の著書に、『頭取無惨』『不当買収』（いずれも講談社文庫）、『隠蔽指令』（徳間書店）、『絆』（扶桑社）などがある。

小説《しようせつ》　金融庁《きんゆうちよう》

江上《えがみ》　剛《ごう》

2008年11月14日第1刷発行

講談社文庫

定価はカバーに
表示してあります

発行者——野間佐和子

発行所——株式会社　講談社

東京都文京区音羽2-12-21　〒112-8001

電話　出版部（03）5395-3510
　　　販売部（03）5395-5817
　　　業務部（03）5395-3615

Printed in Japan

デザイン—菊地信義

本文データ制作—講談社プリプレス管理部

印刷——信毎書籍印刷株式会社

製本——株式会社若林製本工場

落丁本・乱丁本は購入書店名を明記のうえ、小社業務部あてにお送りください。送料は小社負担にてお取替えします。なお、この本の内容についてのお問い合わせは文庫出版部あてにお願いいたします。

ISBN978-4-06-276196-3

講談社文庫刊行の辞

二十一世紀の到来を目睫に望みながら、われわれはいま、人類史上かつて例を見ない巨大な転換期をむかえようとしている。

世界も、日本も、激動の予兆に対する期待とおののきを内に蔵して、未知の時代に歩み入ろうとしている。このときにあたり、創業の人野間清治の「ナショナル・エデュケイター」への志を現代に甦らせようと意図して、われわれはここに古今の文芸作品はいうまでもなく、ひろく人文・社会・自然の諸科学から東西の名著を網羅する、新しい綜合文庫の発刊を決意した。

激動の転換期はまた断絶の時代である。われわれは戦後二十五年間の出版文化のありかたへの深い反省をこめて、この断絶の時代にあえて人間的な持続を求めようとする。いたずらに浮薄な商業主義のあだ花を追い求めることなく、長期にわたって良書に生命をあたえようとつとめるところにしか、今後の出版文化の真の繁栄はあり得ないと信じるからである。

同時にわれわれはこの綜合文庫の刊行を通じて、人文・社会・自然の諸科学が、結局人間の学にほかならないことを立証しようと願っている。かつて知識とは、「汝自身を知る」ことにつきていた。現代社会の瑣末な情報の氾濫のなかから、力強い知識の源泉を掘り起し、技術文明のただなかに、生きた人間の姿を復活させること。それこそわれわれの切なる希求である。

われわれは権威に盲従せず、俗流に媚びることなく、渾然一体となって日本の「草の根」をかたちづくる若く新しい世代の人々に、心をこめてこの新しい綜合文庫をおくり届けたい。それは知識の泉であるとともに感受性のふるさとであり、もっとも有機的に組織され、社会に開かれた万人のための大学をめざしている。大方の支援と協力を衷心より切望してやまない。

一九七一年七月

野間省一

講談社文庫 最新刊

宮部みゆき　**日暮らし** (上)(中)(下)

ぼんくら同心・平四郎と超美形少年・弓之助が挑む謎。町人達の日暮らしに潜む影とは。

辻村深月　**凍りのくじら**

「少《S》し・不《F》在」と自らを称する理帆子。一人の青年との出会いが彼女を変えていく——。

江上　剛　**小説 金融庁**

金融庁と銀行、これがすべての真実。敏腕検査官・松嶋哲夫が巨大銀行の闇に切り込む。

折原　一　**叔父殺人事件**〈グッドバイ〉

叔父が死んだ。集団自殺の車中になぜかいた。謎を追う甥に迫る影。あざやかな折原マジック。

中島らも　**僕にはわからない**

「人生、不可解なり」——著者は考え尽くす。混迷時代に解答を与える奇妙な味のエッセイ集。

樋野道流　**無明の闇**〈鬼籍通覧〉

轢き逃げ犯は再犯だった。かつての事件の目撃者はミチル。メスで復讐を果たす時が来た。

ひこ・田中　新装版 **お引越し**

両親の別居により父と離れることになった、娘のレンコ。勝手な両親に納得できずにいた。

田中啓文　**蓬《ほう》莱《らい》洞《どう》の研究**

講談社ノベルス「私立伝奇学園民俗学研究会」シリーズ、遂に文庫化。解説・はやみねかおる

石黒　耀　**死都日本**

霧島火山帯が破局噴火！　日本はどうなる？火山学者をも熱狂させたメフィスト賞受賞作。

神崎京介　**利口な嫉妬**

男女にまつわる話を丹念に仕立てた短編集。ちょっと怖い話、官能的な話——大人の世界。

五木寛之　**百寺巡礼 第三巻 京都I**

永遠の古都でもあり、時代の最先端を行く街、京都。懐かしさを感じる旅へ出かけよう。

色川武大
遠景・雀・復活　色川武大短篇集
解説＝村松友視　年譜＝著者
自らの生を決めかね、悲しい結末を迎える若き叔父・御年《みとし》。彼の書き残した手紙で構成した「遠景」をはじめとし、最後の無頼派作家が描く、はぐれ者の生と死、九篇。
いN3
978-4-06-290030-0

村山槐多
槐多の歌へる　村山槐多詩文集　酒井忠康編
解説・年譜＝酒井忠康
大正時代、放浪とデカダンスのうちに肺患により夭折した天才画家は、生得の詩的才能にも恵まれていた。その迸《ほとばし》る〈詩魂〉を詩、短歌、小説、日記を通して辿る詩文集。
むD1
978-4-06-290032-4

グリム兄弟
完訳グリム童話集2
訳・解説＝池田香代子
グリム兄弟は農民や職人など普通の人々を近代ドイツの根拠とし、メルヒェンは彼等を魂の次元で結ぶものだった。第二巻には「幸せなハンス」「命の水」等、六三篇収録。
クA2
978-4-06-290031-7

歌野晶午　放浪探偵と七つの殺人
歌野晶午　安達ヶ原の鬼密室
歌野晶午　新装版 長い家の殺人
内館牧子　リトルボーイ・リトルガール
内館牧子　切ないOLに捧ぐ
内館牧子　あなたが好きだった
内館牧子　ハートが砕けた！
内館牧子　B・U・S・U〈すべてのプリティ・ウーマンへ〉
内館牧子　別れてよかった
内館牧子　愛しすぎなくてよかった
内館牧子　あなたはオバサンと呼ばれてる
内館牧子　養老院より大学院
内館牧子　愛し続けるのは無理である。
宇都宮直子　人間らしい死を迎えるために
薄井ゆうじ　竜宮の乙姫の元結いの切りはずし
薄井ゆうじ　くじらの降る森
宇江佐真理　泣きの銀次
宇江佐真理　室の梅〈おろく医者覚え帖〉
宇江佐真理　涙堂〈琴女《ことじょ》癸酉《きゆう》日記《にっき》〉
宇江佐真理　あやめ横丁の人々
宇江佐真理　卵のふわふわ 八丁堀喰い物草紙・江戸前でもなし
上野哲也　ニライカナイの空で
魚住　昭　渡邉恒雄 メディアと権力
魚住　昭　野中広務 差別と権力
氏家幹人　江戸老人旗本夜話
氏家幹人　江戸の性談〈男たちの秘密〉
内田春菊　愛だからいいのよ
内田春菊　ほんとに建つのかな
魚住直子　非・バランス
魚住直子　超・ハーモニー
魚住直子　未・フレンズ
植松晃士　おブスの言い訳
内田也哉子　ペーパームービー
上田秀人　密封〈奥右筆秘帳〉
上田秀人　国禁〈奥右筆秘帳〉
遠藤周作　海と毒薬
遠藤周作　わたしが・棄てた・女
遠藤周作　ぐうたら人間学
遠藤周作　聖書のなかの女性たち
遠藤周作　さらば、夏の光よ
遠藤周作　最後の殉教者
遠藤周作　反逆 (上)(下)
遠藤周作　ひとりを愛し続ける本
遠藤周作　深い河《ディープ・リバー》
遠藤周作　周作塾〈読んでもタメにならないエッセイ〉
遠藤周作　『深い河』創作日記
衿野未矢　依存症の女たち
衿野未矢　依存症の男と女たち
衿野未矢　依存症がとまらない
衿野未矢　「男運の悪い」女たち
衿野未矢　男運を上げる15歳ヨリウエ男〈悩める女の厄落とし〉
江上　剛　頭取無惨
江上　剛　不当買収
大江健三郎　新しい人よ眼ざめよ
大江健三郎　宙返り (上)(下)
大江健三郎　取り替え子《チェンジリング》
大江健三郎　鎖国してはならない

講談社文庫　目録

大江健三郎　言い難き嘆きもて
大江健三郎　憂い顔の童子
大江健三郎　河馬に噛まれる
大江健三郎　M/Tと森のフシギの物語
大江健三郎　キルプの軍団
大江健三郎　治療塔
大江健三郎　治療塔惑星
大江健三郎・文 大江ゆかり・画　恢復する家族
大江健三郎・文 大江ゆかり・画　ゆるやかな絆
小田　実　何でも見てやろう
大橋　歩　おしゃれする
大石邦子　この生命ある限り
沖　守弘　マザー・テレサ〈あふれる愛〉
岡嶋二人　焦茶《こげちゃ》色のパステル
岡嶋二人　七年目の脅迫状
岡嶋二人　あした天気にしておくれ
岡嶋二人　開けっぱなしの密室
岡嶋二人　三度目ならばABC
岡嶋二人　とってもカルディア

岡嶋二人　チョコレートゲーム
岡嶋二人　ビッグゲーム
岡嶋二人　ちょっと探偵してみませんか
岡嶋二人　記録された殺人
岡嶋二人　ツァラトゥストラの翼〈スーパー・ゲーム・ブック〉
岡嶋二人　そして扉が閉ざされた
岡嶋二人　どんなに上手に隠れても
岡嶋二人　タイトルマッチ
岡嶋二人　解決まではあと6人〈5W1H殺人事件〉
岡嶋二人　なんでも屋大蔵でございます
岡嶋二人　眠れぬ夜の殺人
岡嶋二人　珊瑚色ラプソディ
岡嶋二人　クリスマス・イヴ
岡嶋二人　七日間の身代金
岡嶋二人　眠れぬ夜の報復
岡嶋二人　ダブルダウン
岡嶋二人　殺人者志願
岡嶋二人　コンピュータの熱い罠《わな》
岡嶋二人　殺人！ザ・東京ドーム

岡嶋二人　99％の誘拐
岡嶋二人　クラインの壺
太田蘭三　密殺源流
太田蘭三　殺人雪稜
太田蘭三　失跡渓谷
太田蘭三　仮面の殺意
太田蘭三　被害者の刻印
太田蘭三　遭難渓流
太田蘭三　遍路殺《ころ》がし
太田蘭三　奥多摩殺人渓谷
太田蘭三　白の処刑
太田蘭三　闇の検事
太田蘭三　殺意の北八ヶ岳
太田蘭三　高嶺の花殺人事件
太田蘭三　殺人猟域〈警視庁北多摩署特捜本部〉
太田蘭三　待てば海路の殺しあり
太田蘭三　夜叉神峠死の起点〈警視庁北多摩署特捜本部〉
大前研一　企業参謀　正・続
大前研一　やりたいことは全部やれ！

講談社文庫　目録

大沢在昌　野獣駆けろ
大沢在昌　死ぬより簡単
大沢在昌　相続人TOMOKO
大沢在昌　ウォームハート　コールドボディ
大沢在昌　アルバイト探偵《アイ》
大沢在昌　調毒師を捜せ　アルバイト探偵《アイ》
大沢在昌　女王陛下のアルバイト探偵《アイ》
大沢在昌　不思議の国のアルバイト探偵《アイ》
大沢在昌　拷問遊園地　アルバイト探偵《アイ》
大沢在昌　帰ってきたアルバイト探偵《アイ》
大沢在昌　走らなあかん、夜明けまで
大沢在昌　雪　蛍
大沢在昌　涙はふくな、凍るまで
大沢在昌　ザ・ジョーカー
大沢在昌　夢　の　島
大沢在昌　新装版　氷の森
C・ドイル原作　大沢在昌　バスカビル家の犬
逢坂　剛　コルドバの女豹
逢坂　剛　スペイン灼熱の午後

逢坂　剛　十字路に立つ女
逢坂　剛　ハポン追跡
逢坂　剛　まりえの客
逢坂　剛　あでやかな落日
逢坂　剛　カプグラの悪夢
逢坂　剛　イベリアの雷鳴
逢坂　剛　クリヴィツキー症候群
逢坂　剛　重《じゅう》蔵《ぞう》始《し》末《まつ》
逢坂　剛　じぶくり伝兵衛〈重蔵始末㈡〉
逢坂　剛　猿曳遁兵衛〈重蔵始末㈢〉
逢坂　剛　遠ざかる祖国(上)(下)
逢坂　剛　牙をむく都会(上)(下)
逢坂　剛　燃える蜃気楼(上)(下)
逢坂　剛　墓石の伝説
逢坂　剛　新装版カディスの赤い星(上)(下)
M・ルブラン原作　逢坂　剛　奇巌城
オノ・ヨーコ　飯村隆彦編　ただの私《あたし》
オノ・ヨーコ　南風椎訳　グレープフルーツ・ジュース
折原　一　倒錯のロンド

折原　一　水の殺人者
折原　一　黒衣の女
折原　一　倒錯の死角〈201号室の女〉
折原　一　101号室の女
折原　一　異人たちの館
折原　一　耳すます部屋
折原　一　倒錯の帰結
折原　一　蜃気楼の殺人
折原　一　叔母殺人事件〈偽りの館〉
大橋巨泉　巨　泉〈人生の選択〉
大橋巨泉　巨泉流 成功！海外ステイ術
太田忠司　紅《べに》天蛾《すずめ》〈新宿少年探偵団〉
太田忠司　鴇色の仮面〈新宿少年探偵団〉
太田忠司　まぼろし曲馬団〈新宿少年探偵団〉
太田忠司　黄昏《たそがれ》という名の劇場〈新宿少年探偵団〉
小川洋子　密やかな結晶
小川洋子　ブラフマンの埋葬
小野不由美　月の影　影の海(上)(下)〈十二国記〉
小野不由美　風の海　迷宮の岸〈十二国記〉

2008年9月15日現在